BASTEI
LÜBBE

Von Hef Buthe ist bei Bastei-Lübbe Taschenbücher erschienen

15 599 Das Erbe der Loge

Über den Autor

Hef Buthe, geboren 1946, durchstreifte von 1968–1975 die USA, Südamerika und Asien und berichtete als Reporter über den Vietnamkrieg, den Bürgerkrieg in Nicaragua und den Jom-Kippur-Krieg. Danach folgten Aufenthalte auf Borneo, in Japan und Sibirien. Während seines anschließenden Studiums der Wirtschaftswissenschaften gründete er mit einem Freund eine Beraterfirma in Hongkong. 2000 zog er sich aus dem Geschäftsleben zurück. Heute wohnt er wieder in Deutschland und widmet sich dem Schreiben von Krimis.
Besuchen Sie den Autor auf seiner Webseite www.hef-buthe.de

HEF BUTHE

IM SCHATTEN DES MÜNSTERS

ROMAN

BASTEI LÜBBE

BASTEI LÜBBE TASCHENBUCH
Band 15783

1. Auflage: Dezember 2007

Bastei Lübbe Taschenbücher in der Verlagsgruppe Lübbe

Lektorat: Helmut W. Pesch
Einbandgestaltung: HildenDesign, München
Titelbild: Eigenarchiv HildenDesign, München
Satz: Urban SatzKonzept, Düsseldorf
Druck und Verarbeitung: Ebner & Spiegel, Ulm
Printed in Germany
ISBN: 978-3-404-15783-9

Prolog

Eigentlich ist die Münsterstadt ein schöner, beschaulicher Ort, gelegen am Fuße des südlichen Schwarzwalds. Mit einem prächtigen Wahrzeichen von Sakralbau, um den sich ein gemütlicher Marktplatz mit allerlei Gastronomie schart.

Hier trifft jeder jeden bei schönem Wetter, um zu sehen und gesehen zu werden.

Eine Attraktion ist der Wochenmarkt, der hier täglich außer sonntags stattfindet. Man lässt es sich bei Wein und Bier gut gehen und schaut dem Treiben zu.

Sehr idyllisch.

Wenn da nicht jemand jeden Tag mit Glockenschlag zwölf Uhr das Gesamtbild stören würde. Niemand konnte sich noch erinnern, wann der Mann das erste Mal aufgetaucht war. Er war einfach da.

Die Anlieger beobachteten ihn mit Argwohn, die Wirte fürchteten um ihren Umsatz, wenn er sich ihrem Lokal näherte.

Wie er wirklich hieß, wer er war, wo er lebte? Keinen schien das zu interessieren. Nur dass seine Anwesenheit störte. Darüber waren sich die Geschäftsleute einig.

»Otto«, rief man ihn. Wenn man ihn rief. Meistens benutzten die Leute diesen Namen mehr als Schimpfwort, um ihn zu vertreiben. Aber Otto … wer? Ein Familienname? Fehlanzeige!

Otto kam und ging. Jeden Tag, bei jedem Wetter und zu jeder Jahreszeit. Wie eine Fleisch gewordene Drohung zog er magisch seinen Kreis um den Münsterplatz.

In der ganzen Stadt schien sich nur ein Einziger für ihn zu interessieren. Und der machte sich lächerlich, da er eine Katastrophe prophezeite, wenn dieser Otto sterben sollte ...

1

An was ich mich erinnere, als ich den Mann das erste Mal wahrnahm, war ein stetiges, metallenes Geräusch.

Es war an einem Samstagmorgen. Ich saß in einem der Biergärten am Münsterplatz und berauschte mich am Treiben des Wochenmarktes.

Die Händler standen mit dem Rücken zur Gastronomie, sodass sich die Gäste der Wirtschaften und Cafés, die sich um das gesamte Münster drapierten, als Zuschauer hinter den Kulissen fühlen konnten. Meine Augen waren durch das Gewimmel ermüdet, und ich gönnte ihnen eine Erholung, indem ich hoch oben die mit pittoresken Wasserspeiern versehenen Kapitelle des Münsters entlangglitt.

»Tack-Tack, Tack-Tack«, machte es. Ich drehte mich nach dem Geräusch um.

Ein Wesen, das ich im Gegenlicht nur an seinem Gang auf zwei Beinen als Mensch identifizieren konnte, zog einen Handwagen über das Pflaster. Die eisenbereiften Räder verursachten dieses »Tack«, wenn sie von der Kuppe eines der groben Pflastersteine in das Tal der Fuge rollten, um den nächsten Stein zu erklimmen.

Damit war die Neugier meines Gehörs nach der Lokalisierung des Geräusches befriedigt, und ich wandte mich wieder dem Markttreiben zu.

Es vergingen ein paar Tage, bis ich dieses »Wesen« erneut zur Kenntnis nahm. Dieses Mal unter höchst merkwürdigen Umständen.

Das Wetter war nicht dazu angetan, sich länger als nötig im Freien aufzuhalten. Ich hatte beschlossen, mir die geschichtsträchtigen Bauten der Stadt von innen anzuschauen.

Als ich aus dem historischen Kaufhaus trat, bemerkte ich beiläufig, dass ein Leiterwagen unter den Arkaden geparkt war. Ein großer schwarzer Hund von undefinierbarer Rasse bewachte den Inhalt, der bei oberflächlicher Betrachtung wie ein Sammelsurium von Mülltüten aussah. Ein blondes Mädchen von etwa zwölf Jahren kniete neben dem Hund und kraulte sein ungepflegtes Fell. Mehr nahm ich nicht zur Kenntnis.

Da ich keinen Regenschirm hatte, beeilte ich mich, den Münsterplatz, auf dem die Händler frierend auf Kundschaft warteten, zu überqueren.

Ich betrat das Münster durch das Südportal, das als Pforte in einer mit Kupferornamenten beschlagenen Flügeltür eingelassen war. Sozusagen als Tür in der Tür.

Ohne Sonne schluckten die bunten Kirchenfenster das draußen ohnehin nur spärlich vorhandene Licht. Das im romanischen Baustil gehaltene Kirchenschiff ließ die Stimmung aufkommen, die Jonas im Bauch des Wals gehabt haben musste. Einziger Trost und Lichtblick waren das Ewige Licht am Hochaltar und die Kerzen, die im Seitenschiff auf einer Lichterbank flackerten.

Majestätisch schimmerten die Pfeifen der Orgel von der Empore und zogen mich magisch an.

Nachdem ich mich über ausgetretene Stufen hinaufgetastet hatte, sah ich einen Mann im Licht einer Leselampe über den Spieltisch gebeugt, der etwas schrieb.

»Hallo?«, machte ich mich bemerkbar.

Er wandte sich mir zu und fixierte mich über die von einer Adlernase gehaltene Lesebrille.

»Spielen Sie Orgel?«, wollte er wissen und schob den Bleistift in sein weißes Haarbüschel, unter dem die Ohren verborgen waren.

»Nein.«

»Was wollen Sie dann hier? Sie haben hier nichts zu suchen.«

Ich trat näher und sah, dass er etwas an einer vorgefertigten Partitur änderte.

»Ich interessiere mich für die Technik der Orgel«, log ich.

Er zog die Augenbrauen hoch. »Spielen Sie ein Instrument?«

»Etwas Gitarre«, gab ich in Erinnerung an meine wilde Studienzeit vor.

»Spielen«, lächelte er verächtlich. »Haben Sie sich jemals dafür interessiert, wie eine Gitarre entsteht?«

Ich verneinte.

»Also, was wollen Sie dann mit dem Wissen um das komplizierteste Musikinstrument der Menschheit anfangen?«

Seine provokante Art reizte mich, und ich stellte mich als Journalist vor, der sich seine Aufträge nicht aussuchen konnte.

»Aha. Und da lässt man Sie auf Deutschlands Orgeln los. Ein Grund mehr, keine Zeitung zu lesen.«

Amüsiert und vielleicht auch geschmeichelt stellte er sich als Professor an der hiesigen Musikhochschule vor.

»Na dann passen Sie mal schön auf. Das Grundprinzip der Orgel ist ...«

Er gab mir einen Exkurs über die Bauart der Orgel, dass mir schwindelig wurde. Manuale, Register, Traktur, Magazinbalg, Lippenpfeifen, Zungenpfeifen.

Alle Funktionen verdeutlichte er durch das Anspielen mir wenig oder gar nicht bekannter Stücke berühmter Komponisten. Was ich behielt, war, dass diese Orgel mit mehr als siebzig Registern und fünftausend Pfeifen zu den größeren ihrer Art gehörte und er dabei war, eine Partitur eines Werkes von Pachelbel zu modernisieren.

Ein lang gezogener Name hallte durch das Gewölbe, brach sich an den Pfeilern und schwang nach.

Ich beugte mich über die Empore und sah eine Gestalt, die Taschen oder Tüten schleppte, und dabei fast unter der Last zusammenbrach.

Eine weitere Gestalt eilte mit großen Schritten auf sie zu und brüllte ein zweites Mal: »Ottoooo ...«

Der Gerufene blieb stehen, setzte die Beutel ab, richtete sich aber nicht auf, sondern blieb auch ohne die Last mit fast rechtwinklig vorgebeugtem Oberkörper stehen.

Der Rufer erreichte die abgewinkelte Gestalt, die sich nicht von der Stelle bewegte, übergoss sie mit einem Wortschwall, nahm die abgesetzten Beutel, stürmte zur Nordpforte, stieß sie mit dem Fuß auf und warf alles hinaus.

Es folgten ein paar unwirsche Worte, dann war er wieder in der Tiefe des Chors verschwunden.

Der Gescholtene setzte sich in eine Bank, zog etwas aus der Tasche, biss davon ab und spuckte es in den Kreuzgang.

Der Professor hatte sich von seinen Noten erhoben, schaute kurz über die Brüstung und schüttelte den Kopf.

»Otto und der Küster. Das ist deren ewiger Kleinkrieg.«

Er sah meinen fragenden Blick.

»Na ja. Man kann es dem Küster nicht verdenken. Er hat in diesem alten Gemäuer schon genug mit Ungeziefer zu kämpfen. Wenn hier jeder seinen Unrat hereinschleppen würde, dann ...«

»Was meinen Sie damit ... Unrat und Kleinkrieg?«

Der Professor seufzte.

»Bei schlechtem Wetter bringen die Touristen ihre Bratwürste und Pommes frites herein und hinterlassen ihren Müll in den Bänken. Die Kirchgänger beschweren sich über mit Senf und Ketchup verschmierte Sitze. Dann kommt noch dieser Otto mit seinen Abfällen. Da kann einem schon mal der Kragen platzen.«

Er versuchte sich wieder auf die Noten zu konzentrieren.

»Nein. Bei diesen Störungen geht das nicht. Ich bin völlig aus dem Konzept.« Er stand auf und griff seinen Mantel. »Kommen Sie. Ich mache eine Pause. Ich lade Sie zu einem Wein ein.«

Ohne eine Zustimmung von mir abzuwarten, kletterte er die Stiege hinunter.

Wir verließen das Münster durch die Pforte, durch die ich gekommen war, und steuerten das Gasthaus an, in dessen Biergarten ich die Tage zuvor das Markttreiben beobachtet hatte.

Er hieß mich neben sich an einem runden Tisch Platz zu nehmen, der mit einem übergroßen Aschenbecher und einem schmiedeeisernen Schild als Stammtisch ausgewiesen war.

Nachdem wir mit einem heimischen Rotwein angestoßen hatten, blickte er versonnen in den Regen hinaus. Die Händler waren dabei, ihre Stände abzubauen.

Der Professor schaute auf seine Uhr. »Gleich müsste er kommen. Er hat was aufzuholen.«

»Wer hat was aufzuholen?«

Ohne seinen Blick von der Uhr zu nehmen: »Otto. Man kann die Uhr nach ihm stellen.«

»Wer ist dieser Otto?«

Er schaute wieder aus dem Fenster. »Da, sehen Sie selbst. Da kommt er.« Triumphierend schaute er mich an und deutete auf das Zifferblatt. »Genau mit Glockenschlag.«

Was ich da über das Pflaster wanken sah, vermochte in mir nicht das geringste positive Gefühl zu wecken. Ein vom Leben und seiner Krankheit gezeichneter Mann schleppte Plastiktüten, die mehrfach mit Pflaster am Auseinanderfallen gehindert wurden. Auf seinem tief gebeugten Kopf saß er eine abgewetzte Schirmmütze, von der der Regen rann. Über einem zerschlissenen Pullover trug er eine zerfetzte Wolljacke, seine Beine steckten in einer mit Lederflecken reparierten Cordhose. An den Füßen hatte er klobige Stiefel.

»Können Sie sich vorstellen, dass dieser Mann einigen Leuten noch verdammt viel Ärger machen wird?«

Der Professor schenkte uns Wein nach.

Ich schüttelte den Kopf. »Warum sollte dieser ... na ja, Krüppel jemandem Ärger machen. Der ist doch froh, wenn ihm keiner was tut.«

Er kniff die Augen zusammen, als konzentriere er sich auf sein Inneres, schlürfte hörbar einen Schluck Wein und heftete dann den Blick fest auf mich.

»Wollen Sie das wirklich wissen?«

»Ich bin Journalist.«

Er schüttelte den Kopf. »Ich kenne nur Journalisten, die etwas interessiert, wenn es bereits passiert ist. Dann erst stürzen sie sich drauf wie die Geier aufs Aas. Sind Sie auch so einer?«

Ich überlegte, ob es einen Sinn hatte, dieses ewige Vorurteil gegen meine Berufsgruppe entkräften zu wollen. Gegen die Bilder in den Köpfen der Nutzer unserer Tätigkeit war nicht anzukommen. Für sie war jeder Journalist ein Spanner, ein Paparazzo.

»Es gibt auch bei uns schwarze Schafe, wie in jedem Beruf. Natürlich interessiere ich mich für alles, was eine Geschichte erzählen kann.«

»Auch für eine Geschichte, die ihren Anfang vor langer Zeit hatte und ihr Ende erst morgen finden wird?«

»Hat die mit diesem Otto zu tun?«

Er nickte versonnen. »Ja; dieser Mann wird Unheil über den Münsterplatz bringen.«

»Wie soll das denn gehen?«, fragte ich vielleicht eine Spur zu ungläubig.

Er lehnte sich zurück und blickte einen Moment ins Leere. »Keiner will mir glauben. Mir fehlt der letzte Beweis, aber es wird in nicht allzu weiter Ferne einen Knall geben.«

Er schaute aus dem Fenster. Die Marktstände waren abgebaut.

Das grobe Pflaster des Münsterplatzes glänzte im Regen. Ein paar Tauben pickten in den Hinterlassenschaften der Marktleute. Die Stadtreinigung würde bald auch diese Reste entfernt haben.

Er stemmte sich vom Tisch hoch und legte einen Geldschein neben die Karaffe.

»Entschuldigen Sie. Aber ich bin es leid, immer wieder zu warnen und für einen Spinner gehalten zu werden. Und Sie sind nicht ehrlich.«

»Was meinen Sie damit?«

Er zog sich seinen Mantel über und stützte sich mit den Fingerkuppen auf der Platte ab. »Entweder sind Sie kein Journalist oder nicht an Orgeln interessiert. Sonst hätten Sie sich Notizen bei meinem Vortrag gemacht. Aber ich gebe Ihnen trotzdem einen guten Rat. Dieser Otto birgt ein Geheimnis. Beobachten Sie, was in nächster Zeit um das Münster herum passiert. Da mir keiner glauben will, müssen alle erst fühlen. Guten Tag.«

Ich sah ihm nach, bis er wieder im Münster verschwunden war, und bestellte noch ein Viertel Wein.

Mein Gehirn fand keine passende Erklärung für diesen Auftritt. Oder war es eine Warnung gewesen?

»Darf ich Ihnen noch etwas bringen?«

Eine männliche Stimme riss mich aus meinen Betrachtungen. Ein fülliger Mann in Kochkleidung beugte sich herab.

»Entschuldigung. Ich bin der Wirt. Sind Sie neu in der Stadt?«

Er zog einen Stuhl unter dem Tisch hervor und setzte sich.

Die Bedienung brachte ihm ein Achtel Weißwein und eine Packung Zigaretten. Nachdem er den ersten Rauch genussvoll eingesogen und wieder ausgeblasen hatte, entschuldigte er sich wieder.

»Ich bin das beste Beispiel dafür, dass alle Wirte saufen und rauchen. Das wissen die Versicherungen ganz genau, und unser Berufszweig muss Risikozuschläge zahlen wie nur noch Sprengmeister.«

Er lachte mit bebendem Bauch und ließ das Achtel in seiner Kehle verschwinden.

»Na, hat Sie der Professor auch davon zu überzeugen versucht, dass unser Otto der neue Erzengel Gabriel ist, der Unheil über unsere sündige Stadt bringen wird?«

Er lachte wie über einen guten Witz und hielt das leere Glas der Bedienung zum Nachschenken hin.

»Was wissen Sie über diesen Otto?«

Er schob sein Doppelkinn nach vorn und leerte das Glas erneut.

»Eigentlich nicht viel. Nein. Wirklich weiß keiner etwas über ihn. Er kommt jeden Markttag um zwölf und geht um zwei. Egal bei welchem Wetter. Er füllt sich die Tüten mit den Abfällen, die die Händler nicht verwerten können, packt sie in seinen Leiterkarren und verschwindet wieder.«

»Wo lebt er und wovon?«, hakte ich nach.

Der Wirt hob die Schultern.

»Er wohnt irgendwo außerhalb, und wahrscheinlich lebt er von den Abfällen. Sind ja nicht verdorben, nur eben nicht mehr zu verkaufen.«

»Wie lange kennt man ihn?«

»Keine Ahnung. Er tauchte irgendwann vor vielen Jahren auf und ist seither ein fester Bestandteil des Münsterplatzes.«

»Er scheint hilfsbedürftig zu sein. Tut die Stadt denn nichts für ihn?«

Er steckte sich eine neue Zigarette an.

»Die Stadt? Wozu? Er scheint allein zurechtzukommen. Mir ist nicht bekannt, dass er irgendeinen Antrag auf Hilfe gestellt hat. Keiner weiß, ob er überhaupt lesen und schreiben kann.«

»Er ist doch krank«, insistierte ich.

Der Wirt wog mit dem Kopf.

»Ja, Bechterew im letzten Stadium, sagen die Ärzte, die bei mir verkehren. Sind sich sicher, dass er es nicht mehr lange machen wird. Aber behandelt ... nein, das hat ihn noch keiner.«

»Das ist doch ein fürchterlicher Tod. Man erstickt jeden Tag ein Stück mehr.«

Er schaute mich an, als sei ihm der Verlauf dieser Krankheit noch nie bewusst geworden.

»So. Na ja. Sie entschuldigen. Ich muss in die Küche zurück.«

Ganz leise schob er den Stuhl wieder unter den Tisch und räumte sein Glas und den Aschenbecher ab.

Ich überlegte, ob ich noch einmal den Professor an der Orgel aufsuchen sollte, um mein ehrliches Interesse an Otto zu bekunden, ließ es aber.

Meine Arroganz, den Organisten nicht mehr sprechen zu wollen, würde sich sehr bald als großer Fehler erweisen. Aber davon ahnte ich an diesem Tag noch nichts.

Stattdessen nahm ich ein Taxi, das mich in meinen Gasthof zurückbringen sollte. Da mir die Stadthotels zu teuer waren, hatte mir ein Studienkollege eine Pension etwa fünf Kilometer außerhalb der Stadt empfohlen. Es war nichts Besonderes, aber die Wirtsleute waren sehr freundlich, das Zimmer sauber und ruhig, und die Küche entsprach meinem etwas deftigen Geschmack. Abends saßen alle beisammen und redeten über alte und neue Zeiten. Das tat der Seele wohler als manch ein Schlaftrunk, der das Abschalten und den Schlaf herbeizwingen sollte.

Sinnverloren folgte ich den Regentropfen, die an das Taxifenster klatschten, sich zerteilten und als kleine Bäche vom Fahrtwind ins Nichts gerissen wurden.

Die Landschaft draußen nahm ich nur als Wechsel von Grautönen wahr. Auf einem parallel zur Landstraße verlaufenden Wirtschaftsweg glaubte ich einen gebeugten Schatten mit einem Handwagen erkannt zu haben. Ich drehte mich um, konnte aber durch die aufspringende Gischt der Reifen nichts sehen.

»Wer war das, den wir gerade überholt haben?«, fragte ich den Fahrer, der bisher wohltuend ruhig gewesen war.

Er schüttelte den Kopf. »Da war niemand. Wir sind gleich da.«

Nach dem Abendbrot, Frau Gerster hatte mir eine Versperplatte gemacht, saß ich mit ihrem Mann zusammen.

Herr Gerster war ein feingliedriger Mann mit scharfen Gesichtszügen. Die Pension war ihr Eigentum, brachte aber nicht so viel ein, dass sie sich selbst trug. Daher arbeitete Herr Gerster untertags bei der Stadtverwaltung und kümmerte sich in seiner Freizeit um die vielen kleinen Reparaturen, die das Haus so mit sich brachte.

An diesem Abend hatte ihn meine Frage nach einem Otto vom Münsterplatz von weiteren Tätigkeiten abgehalten.

Ruhig hörte er sich meine Geschichte vom Professor, dem Wirt und Otto an.

Bedächtig entkorkte er eine Flasche, die kein Etikett trug.

»Wollen Sie auch einen?« Er hielt mir den Flaschenhals unter die Nase.

»Obstler. Selbst gebrannt. Hilft gegen alles, auch böse Geister.« Er lächelte. »Na ja, Otto. Wer kennt ihn nicht? Wohnt nicht weit von hier in einem heruntergekommenen Bauernhaus. Hat ein paar Schweine, die aber regelmäßig an Altersschwäche sterben, da sie keiner schlachtet, und ein paar Hühner, die das gleiche Schicksal erleiden, wenn sie nicht der Fuchs holt. Otto ist Vegetarier. Vielleicht lebt er deshalb noch.«

Er goss noch einen von diesem Teufelszeug nach, das zuerst nicht hinunterwollte, um mir dann den Schweiß aus den Poren zu treiben.

»Der Professor … persönlich kenne ich ihn nicht. Ist aber auch so ein Unikum in der Stadt. Sehr guter Organist, wie man sagt, und beschäftigt sich mit Genealogie und Heraldik. Manchmal steht was davon in der Zeitung.«

Ich hielt die Hand über das Glas, um zu verhindern, dass er nachgoss.

»Der Professor hat keine Ruhe, wenn er nicht den Stammbaum von jedem kennt. Das hat er wohl auch bei Otto versucht. Der wohnt auf einem Gelände, das seit Jahrhunderten einem Italiener gehört, über den aber keine Informationen aufzutreiben sind. Das bringt unseren Organisten um den Verstand. Die Wirte am Münster sehen Otto nicht gerne. Sie haben Angst, dass ihre Gäste Anstoß an seinem Aufzug nehmen könnten … womöglich ein paar Flöhe den Besitzer wechseln.«

Er lachte herzhaft und verkorkte die Flasche.

»So, jetzt muss ich aber noch was tun. Fragen Sie mal meine Frau. Vielleicht weiß die etwas mehr.«

Frau Gerster war eine Frau Mitte vierzig. Dass sie eine gute Köchin war, die beim Abschmecken nicht nur nippte, sah man ihr an. Ihre lustigen Augen bildeten eine Einheit mit den rosa Backen, die fließend in den Hals mündeten.

»Ist gerade fertig geworden. Probieren Sie ein Stück.«

Sie stellte ein Ungetüm von Torte auf den Tisch und schnitt sie sofort an.

Ich machte wohl ein abwehrendes Gesicht.

»Stellen Sie sich nicht so an, das ist meine Spezialität. Die alten Damen sind ganz wild darauf. Der Schnaps ist schon drin«, sie zwinkerte mit den Augen.

Nachdem ich ihre Spezialität genossen hatte, musste ich mich konzentrieren. Einer der Schnäpse, entweder der flüssige oder der versteckte, begann Wirkung zu zeigen. Ich wiederholte, was ich ihrem Mann gesagt hatte.

»Otto kommt gelegentlich vorbei, wenn mein Mann nicht da ist. Er bittet dann um eine Flasche Schnaps. Ich glaube, er reibt sich damit ein, denn wenn ich ihm einen einschenken will, lehnt er ab. Ja, und dann gebe ich ihm gelegentlich die abgetragenen Hemden und Pullis meines Mannes. Was gibt es noch zu sagen …?« Sie suchte mit rollenden Augen an der Decke. »Er ist sehr höflich. Man könnte meinen, er käme aus einem besseren Haus. Das war's. Mehr fällt mir nicht zu ihm ein. Nur dass er ein armes Schwein ist.«

Ehrliches Bedauern schwang in ihrer Stimme mit.

2

Der Tag versprach seine schlechte Laune vom Vortag wettmachen zu wollen. Die Landschaft sah in der spätsommerlichen Sonne wie geputzt aus. Da die Schnäpse wider Erwarten keine Spuren bei mir hinterlassen hatten, beschloss ich zu Fuß in die Stadt zu gehen.

Frau Gerster beschrieb mir den Weg und war nicht davon abzubringen, mir ein Butterbrot einzupacken. Ich fühlte mich in meine früheste Schulzeit zurückversetzt, wenn Mutter sich mehr Sorgen darüber gemacht hatte, dass ich nicht verhungerte, als über die Noten.

Insgeheim hatte ich gehofft, Otto zu treffen. Laut Frau Gerster war dies der direkte Weg, und er würde bei seinem Gebrechen unnütze Wege vermeiden.

Er musste jedoch schon sehr früh aufgebrochen sein, denn ich fand ihn unter den Arkaden im Gespräch mit dem blonden Mädchen, das eine Schultasche auf dem Rücken trug. Ich suchte mir im Biergarten einen Platz, von dem aus ich die beiden beobachten konnte.

Ich musste Frau Gerster beipflichten. Der Mann war wirklich ein armes Schwein. Seine Krankheit zwang ihn, in extrem gebeugter Haltung durchs Leben zu staksen. Wenn er mit jemandem redete, so wie er es mit dem Mädchen tat, musste er den Kopf zur Seite drehen und von unten hoch sprechen. Das Gesicht eines größeren Menschen konnte er aus dieser Position und Distanz nicht sehen. Wie schlief dieser Mann nur? Wie ein halb aufgeklapptes Taschenmesser, ohne die Chance, sich jemals wohlig zu strecken.

Seine Kleider wirkten im Sonnenlicht noch schäbiger, als ich sie gestern im Regen und durch das Gasthausfenster zu erkennen vermocht hatte. Er trug drei Pullis übereinander, von denen jeder durch die Löcher des anderen schimmerte. Der linke Ärmel seiner schmuddeligen Jacke gab das Innenfutter am Ellenbogen frei, der rechte löste sich am Saum auf. An den Stiefeln lagen die stählernen Sicherheitskappen frei. Die Hose hatte er mit Paketband anstatt einem Gürtel gesichert.

Es ging mir nicht in den Kopf, dass eine solche Stadt nicht mehr für einen Bürger tat. Wenn er sich schon von Abfällen ernährte, dann gebot es doch der Anstand, ihm wenigstens mit Kleidung zu helfen.

Vom Münster erklang der Zwölfuhrschlag. Otto streichelte dem Mädchen die Wange und machte sich daran, die Tüten aus dem Wagen zu klauben. Sein Körper verschwand hinter den aufgetürmten Waren der Händler, und ich konnte seine Position nur an der Reaktion der Käufer feststellen, die angewidert einen Schritt zurücktraten, wenn er den Abfall zu ihren Füßen auflas.

Ich folgte ihm. Bei seinem durch die eingeschränkte Beweglichkeit begrenzten Gesichtsfeld war es ihm kaum möglich, mich zu entdecken.

Ich fand ihn am Stand für Südfrüchte – besser, ich fand ihn darunter. Auf den Knien kroch er zwischen den leeren Kisten herum und prüfte, was von den unverkäuflichen Bananen, Orangen und Ananas für ihn noch verwertbar war. Das reinigte er, mehr aus Reflex, an seiner Jacke und steckte es in eine der Tüten.

Wenn er den Beinen des Verkaufspersonals zu nahe kam, setzte es Tritte, die seiner eingeschränkten Atemtätigkeit zusätzlich die Luft nahmen. Wie bei einem Boxer, der Leber- und Nierenschläge erhielt.

Es dauerte eine Weile, bis er sich danach wieder auf den Beinen hatte. So kämpfte er sich nach einem von mir nicht durchschaubaren Konzept mal unter dem Gemüse-, mal unter dem Kartoffelstand hindurch. Auch die Abfallkörbe der Wurststände blieben nicht unbeachtet. Die mit Majo oder Senf verschmierten Wurst- und Brotreste wanderten in eine eigene Tüte.

So umrundete er langsam das Münster im Uhrzeigersinn.

Ich hatte genug gesehen und suchte mir einen Platz in einem Café. Mein Gefühl schwankte zwischen Depression und Wut. Wie war es möglich, dass die Gesellschaft es zulassen konnte, dass sich ein Mensch derartig in der Öffentlichkeit erniedrigen musste? War sie schon so abgestumpft, dass sie es als gegeben hinnahm, weil dieser Mann schon zum Stadtbild gehörte? Oder brauchten sie ihn als Spiegelbild ihres eigenen Wohlergehens, wie einen Clown, der sich zum Gespött des zahlenden Publikums machte, damit er überleben konnte?

Dass sich Otto rein körperlich nicht wehren konnte, reizte die Herrscher der Verkaufsstände, ihm auf ihrem angemieteten Terrain Schmerzen zuzufügen, die niemand zur Kenntnis nehmen konnte außer dem Opfer.

Ein Gezeter hinter der Espresso-Maschine riss mich aus meinen dumpfen Betrachtungen. Die lautstarke Diskussion wurde in einer Mischung aus Italienisch und Deutsch geführt. Soweit ich es mitbekam, ging der Disput um neue Gebühren und eine schon wieder höhere Miete für das Café. Der mir nichts sagende Name einer Gesellschaft wurde mehrfach als Hauptschuldiger genannt.

Meine Gedanken schweiften wieder zu diesem Otto ab, der einerseits mein Mitleid erweckte, andererseits meinem Kobold, wie ich meinen Instinkt nannte, keine Ruhe ließ.

Ich musste noch mal versuchen, den Professor von der Ernsthaftigkeit meines Interesses zu überzeugen.

Ich betrat das Münster durch die Nordpforte. Dieses Mal

strahlten die bunten Fenster im Sonnenlicht und verliehen dem Innenraum die freudige Verspieltheit, die sich die Bauherren erdacht hatten. Wenn die Orgelpfeifen gestern eine strenge Hoheit ausgestrahlt hatten, so glänzten sie heute wie begehrenswertes Silber.

Ich stieg zur Empore hinauf und war enttäuscht. Der Spieltisch war verwaist.

Ich machte mich auf die Suche nach dem Küster, denn der musste wissen, wo der Professor zu erreichen war. Aber auch der Küster war wie vom Boden verschluckt.

Ärger kam in mir hoch. Warum hatte ich mir nicht den Namen gemerkt? Er hatte sich vorgestellt. Aber außer Professor hatte ich mir nichts gemerkt.

»Typisch deutsch«, knurrte ich mich an. Der Titel steht für alles. Namen sind Schall und Rauch. Mir blieb nur die Hoffnung, dass der dicke Wirt vom Stammtisch seinen Namen wusste.

Bevor ich den Chor durchquert hatte, betrat Otto die Kirche. Er schien dieses Mal besonders gut gesammelt zu haben. So schnell er konnte, strebte er dem Südportal zu. Jetzt verstand ich. Er nutzte den Weg durch das Münster als Abkürzung, um zu seinem Karren zu kommen.

Ich schaute mich um, ob sich jetzt vielleicht der Küster zeigen würde. Aber es tat sich nichts.

Der Stammtisch im Gasthaus war mit älteren Herren besetzt. Ich war unschlüssig. Als Fremder hatte ich ohne Vertrauensperson nichts an diesem Tisch zu suchen. Ich fragte die Bedienung, ob der Wirt da sei. Sie schüttelte den Kopf. Geschäftlich außer Haus. Rückkehr ungewiss.

Ich setzte mich an einen Tisch in der Nähe des Stammtisches und bestellte einen Rotwein. Das Gespräch der Männer drehte sich um den Tod einer Person. Soweit ich entnehmen konnte, war dieser Mensch überraschend gestorben. Ein Name fiel ... Solvay. Genau. So hatte sich der Professor vorgestellt.

»Entschuldigung«, mischte ich mich ein, »meinen Sie Professor Solvay, den Organisten?«

Das Gespräch verstummte, bis der wohl Rundenälteste wieder anhob.

»Kannten Sie ihn? Ist gestern gestorben. Ganz plötzlich. Unfall.«

Dann schwieg man wieder, und ihre Blicke sprühten die Aufforderung: Verschwinde! Du hast hier nichts zu suchen.

Es wurde schon dunkel, als ich in der Pension ankam. Gedankenvoll oder gedankenlos hatte ich den Weg zurückverfolgt, den ich heute Morgen gekommen war.

Frau Gerster legte mir beim Abendbrot die Stadt-Nachrichten zum Gedeck. Auf der ersten Seite prangten das Foto und der Artikel zum Tod von Professor Solvay.

Demnach war er von einer Straßenbahn überrollt worden. Der erste ernsthafte Unfall seit dem Bestehen dieses Verkehrsmittels in dieser Stadt. Es folgten die üblichen Erklärungen der Offiziellen, den Unfall genauestens zu untersuchen ...

Nichts über das Schaffen und Wirken des Verstorbenen. Der Tote wurde totgeschwiegen.

»Schade«, murmelte Gerster, der mir über die Schulter geschaut hatte und mit der Flasche Obstler wedelte, »jetzt werden wir nie mehr erfahren, was das Mysterium vom Münsterplatz ist.«

Ein Lächeln huschte über sein Gesicht, als sei ihm der Tod des Professors genau zur richtigen Zeit gekommen.

»Mysterium?«, wiederholte ich. »Was meinen Sie damit?«

Er schenkte zwei Schnäpse ein. »Na ja, diese Spinnerei vom Professor, dass der Münsterplatz jemand anderem gehört, der sich eines Tages sein Recht zurückholen kommt.«

»Was für ein Recht? Wem gehört er denn jetzt?«

»Keine Ahnung. Woher soll ich das wissen ... nur, dass die meisten meiner Kollegen Pächter sind, die an zwei Verwaltungsgesellschaften zahlen.«

Er nahm sich die Zeitung, die neben mir lag, und sortierte die Seiten, die ich beim Lesen auseinandergenommen hatte.

»Es muss doch jemand im Grundbuch eingetragen sein?«, versuchte ich sein Interesse zu mobilisieren, etwas mehr von sich zu geben.

»Was schert mich das Grundbuch«, murrte er. »Ich bin froh, wenn ich da noch 'ne Weile drinstehe.«

»Was könnte hinter diesem Otto für ein Geheimnis stecken?«

Er stieß die Zeitung hochkant auf den Tisch, bis die Seiten wieder bündig waren, verschloss die Schnapsflasche und erhob sich. »Das einzige Geheimnis bei dem ist, wie er so alt werden konnte, ohne sich jemals zu waschen. Entschuldigen Sie mich. Muss noch eine Dusche reparieren.«

Ich überlegte, ob es sich lohnte, der Geschichte als möglicher »Story« nachzugehen.

Wir haben Urlaub, mahnte mein Kobold, aber eine kleine Nachforschung kann nicht schaden.

Frau Gerster half mir, die Adresse des Professors zu suchen. Ich wollte den Hinterbliebenen einen Besuch abstatten. Außerdem würde ich versuchen, mit Otto und den Geschäftsleuten vom Münsterplatz ins Gespräch zu kommen.

3

Der Wohnblock lag in der Südstadt. Es war eines dieser Gebäude, die um die Jahrhundertwende des vorigen Jahrhunderts als Zeichen wohlhabenden Bürgertums entstanden waren.

Der Besitzer schien nicht viel Wert auf die Bausubstanz zu legen. Die Fassade war in einem jämmerlichen Zustand, der Eingang war mit Fahrrädern vollgestellt und roch muffig nach feuchtem Putz. Die Briefkästen quollen mit Werbung über und waren teilweise, wohl in Ermangelung eines Schlüssels, gewaltsam geöffnet worden.

Die alten Holzstiegen knarrten unter meinen Schritten. Im zweiten Stock fand ich an einer mit bunten Butzenscheiben versehenen Wohnungstür das Schild »P. & M. Solvay«.

Die Türglocke war unfachmännisch auf den Türrahmen geschraubt. Der Klingeldraht verschwand in einem kleinen Loch.

Ein blonder Schopf erschien im Türspalt, der von einer Sperrkette begrenzt wurde.

»Ist deine Mama da?«

Die Tür wurde wieder geschlossen, und Kinderschritte entfernten sich.

Es verging wohl mehr als eine Minute, bis eine ebenfalls blonde Frau, etwa Anfang dreißig, in einen schwarzen Pulli und schwarze Hosen gekleidet, öffnete.

»Ja, bitte?«

Ich stellte mich vor und kondolierte ihr.

»Kommen Sie herein. Der Professor war mein Vater.«

Sie führte mich in einen zwar altmodisch, doch gemütlich eingerichteten Raum mit hoher Stuckdecke. Als herausragendes Mobiliar glänzte ein schwarzer Konzertflügel.

»Bitte ...« Mit einer Handbewegung wies sie mir einen Platz an.

In der Tür erschien der Blondschopf. »Meine Tochter Lisa«, stellte sie das Kind vor.

Es war das Mädchen, das ich zweimal mit Otto unter den Arkaden gesehen hatte.

Diese unerwartete Konstellation irritierte mich einen Augenblick und hieß mich, nicht mit der Tür ins Haus zu fallen.

Frau Solvay, sie trug noch ihren Mädchennamen, machte einen seltsam gefassten Eindruck. Sie schien auch nicht geweint zu haben. Mit einem leeren Blick schaute sie an mir vorbei.

»War es ein Unfall?«, versuchte ich eine Gesprächseröffnung.

Sie zuckte mit den Schultern und schaute zum Fenster hinaus. »Das Schicksal meint es nicht gut mit uns ... Erst die Sache mit Lisas Vater, und jetzt das.«

Es entstand eine lange Pause. Lisa schmiegte sich an ihre Mutter.

»Ich weiß nicht, wie das weitergehen soll. Werde wohl wieder arbeiten müssen.«

»War der Professor – ich meine, Ihr Vater – versichert? Ich meine, kann ich irgendwie helfen?« Mir fiel nichts Besseres ein, um einen Zugang zu ihr zu finden.

»Ja, war er. Aber das deckt vielleicht die Schulden, die mir Lisas Vater hinterlassen hat.« Sie fixierte mich. Ihr Blick klarte auf. »Was wollen Sie? Was geht Sie das an?«

Ich schob berufliches Interesse vor und erzählte von der Begegnung mit ihrem Vater und seiner Prophezeiung.

Der Anflug eines zynischen Lächelns umspielte ihren Mund. »Seit dem Tod von Mutter hat mein Vater nur noch Feinde um sich gesehen. Mit jedem in der Stadt hat er sich angelegt, in seiner Vergangenheit gekramt, etwas gesucht, mit dem er anderen am Zeug flicken konnte. Vergessen Sie es. Alles fixe Ideen. Es ist besser, wenn Sie gehen.«

Sie erhob sich und machte eine Handbewegung zur Tür.

Auf dem Weg zur Haustür stellte ich die Frage, die mich eigentlich hergebracht hatte: »Hatte Ihr Vater etwas mit diesem Otto vom Münster zu tun?«

Sie hielt inne und sah mich erstaunt an. »Wie kommen Sie darauf? Was sollte er mit diesem Penner zu tun haben?«

Lisa, die uns gefolgt war, legte den Finger auf die Lippen, um zu verdeutlichen, dass ich nicht weitersprechen sollte.

»Ja, schon gut. War nur so eine Idee. Und wenn Sie doch Hilfe brauchen, ich wohne in der Pension Gerster.«

Wenn der Besuch auch nicht die erhofften Informationen erbracht hatte, war ich mir nach Lisas Fingerzeig sicher, dass Frau Solvay mehr wusste, als sie sagen wollte. Und dass der Professor paranoid gewesen sein sollte, hielt ich für eine Schutzbehauptung, um von etwas abzulenken.

Ich war etwas zu spät am Münster. Der Handwagen stand unter den Arkaden, der Hund hatte es sich in den Plastiktüten bequem gemacht.

Der Zeit nach musste Otto bei den Ständen auf der Nordseite sein. Schnell durchquerte ich das Münster. Ich war unruhig. Eine Ahnung trieb mich.

Ich fand ihn beim Bratwurststand direkt neben der Pforte, umringt von Schaulustigen. Ein junger Mann kniete neben ihm und versuchte das Blut aus einer klaffenden Wunde über dem rechten Auge zu stoppen.

»Was ist hier los?«, fragte ich in die Runde.

Der junge Mann blickte kurz zu mir hoch. »Keine Ahnung. Kam zufällig vorbei.«

Eine ältere Dame zeterte, dass es Zeit sei, dieses dreckige Subjekt vom Markt zu entfernen. Drei weitere ältere Herrschaften stimmten ihr zu.

»Heute war der Küster besonders schlecht gelaunt«, ergänzte ein alter Mann, der auf seinen Stock gestützt in der Runde stand. »Hab's kommen sehen. Otto hat es provoziert. So kann man nicht Hausordnungen negieren.«

»Jawohl«, fügte ein anderer zu, »dieses Mal hat er nicht nur die Tüten hinausbefördert, sondern den ganzen Kerl gleich mit.«

»Und was haben Sie gesehen?«, fragte ich den Wurstverkäufer, der auf die Theke seines Wurststandes gelehnt alles von oben betrachtete.

»Nichts. Hatte Kundschaft.«

»Aber Sie kennen den Mann?«

»Na klar. Hilft mir, meine Abfallkosten zu verringern.«

Otto versuchte stöhnend aufzustehen.

Das Blut war nicht zu stoppen, und der junge Mann schlug vor, ihn zu der Arztpraxis zu bringen, die sich wenige Schritte weiter im ersten Stock des griechischen Lokals befand.

Ich half ihm, den sichtlich benommenen Otto zu stützen.

»Der Arzt wird seine Freude haben«, bemerkte die zeternde Dame.

»Nein, nein. Nicht bei uns«, empfing uns die Sprechstundenhilfe. »Das geht nicht. Holen Sie den Krankenwagen. Der Mann stinkt und ist wahrscheinlich nicht mal versichert.«

»Das ist ein Notfall, und ich bezahle für ihn ...«

»Eben, ein Notfall. Dafür sind der Notarzt und die Unfallaufnahme zuständig. Ich rufe Ihnen den Rettungswagen ... wenn Sie wollen.«

Otto saß wie ein fast geschlossenes Taschenmesser auf einem Stuhl und ließ das Blut auf den Boden tropfen.

»Wenn Sie nicht sofort Ihren Chef holen, rufe ich die Polizei und nicht den Notarzt. Unterlassene Hilfeleistung nennt man das.«

Meine Drohung schien zu wirken. Sie verschwand in einem der Behandlungszimmer und kam mit dem Arzt zurück.

»Sie bezahlen?«, war seine einzige Sorge. Ich nickte.

»Schwester, den Patienten in Zwei, und nehmen Sie die Daten des Herrn auf . . . und schreiben Sie gleich die Rechnung.«

Er diktierte die Diagnose und die erbrachte Leistung. Dann zog er sich Latex-Handschuhe über und stützte Otto.

Während der Wartezeit sah ich mir den jungen Mann näher an. Ein blasser Bursche, Anfang oder Mitte dreißig und mit südländischem Einschlag, der meinen Blicken auswich und nicht so recht wusste, wo er mit seinen Händen hin sollte.

»Was halten Sie denn von solch einem Verhalten wie eben? Ist das eine Berufsauffassung?«

»Nun ja, es sind nicht alle so«, druckste er herum. »Vielleicht wäre es wirklich besser gewesen, den Notarzt zu holen. Aber . . .«

»Was aber?«

»Die Wunde ist nicht so schlimm. Blutet eben sehr stark, aber dafür den Notarzt . . . ist eigentlich nicht nötig. Wir sind total überlastet, und solche Leute haben wir jede Nacht.«

»Sie arbeiten im Notdienst?«

»Ja. Als Sanitäter. Schicht, Bereitschaft . . . glaube, Sie kommen jetzt allein zurecht.«

Er verabschiedete sich schnell, als sei ihm eine erneute Begegnung mit dem Patienten unangenehm.

Die Hilfe brachte Otto, den sie stützte, als habe sie eine heiße Kartoffel zu balancieren.

»Ist genäht worden. In fünf Tagen können Sie die Fäden in der Klinik ziehen lassen.«

Otto setzte sich wieder in der Taschenmesser-Haltung. Der weiße Verband ließ ihn noch schmuddeliger wirken.

»Die Rechnung. Wie bezahlen Sie?«

Der Preis war am obersten Limit dessen, was ein Arzt einem Privatpatienten abnehmen durfte.

»Was kostet es ohne Rechnung und bei Barzahlung?«

»Da muss ich den Doktor fragen. Moment bitte.«

Was sollte ich jetzt mit Otto anfangen? In dem Zustand konnte ich ihn nicht allein weiterziehen lassen, und dass er in der Lage sein würde, meine Fragen zu beantworten, bezweifelte ich. Der Mann gehörte wirklich ins Krankenhaus.

Er hatte mir diese Überlegung wohl angesehen. »Nicht ins Krankenhaus ... meine Tiere warten.«

Es war das erste Mal, dass ich ihn sprechen hörte. Seine Stimme war krächzend und mit rasselndem Atem hervorgebracht.

Das rechte Auge blutunterlaufen, das andere schaute flehend.

Die Hilfe kam zurück. »Die Hälfte. Haben Sie es passend?« Ich zahlte und bat sie, mir ein Taxi zu rufen.

Der Fahrer machte kein begeistertes Gesicht, als wir einstiegen. Ich konnte ihm ansehen, dass ihn bei diesem Fahrgast nur ein Gedanke bewegte, nämlich wie er das Auto wieder sauber und geruchsfrei bekommen sollte.

Nachdem ich ihn gebeten hatte, auf der anderen Münsterseite noch ein Gepäckstück aufzunehmen, und sich dieses als verwahrloster Hund herausstellte, half nur noch mein Hinweis auf seine Beförderungspflicht, um ihn zum Weiterfahren zu bewegen.

Auch noch den Leiterwagen zu befördern, traute ich mich nicht zu bitten. Das hätte seine Toleranzgrenze endgültig überschritten.

Drei Kilometer nachdem wir die Pension passiert hatten, bogen wir in einen Feldweg ein, der ein paar hundert Meter leicht bergauf führte und im Hof eines kleinen Bauernhofes endete.

Der Hund sprang aus dem Wagen und rannte laut bellend zu einem Gatter, hinter dem sich Schweine suhlten und Hühner auf einem Komposthaufen tummelten. Dahinter schloss sich so etwas wie ein Stall oder Geräteschuppen an.

Ich half Otto aus dem Sitz und hieß den Fahrer, zu warten. Der stieg aus und zündete sich eine Zigarette an, deren Rauch er begierig einsog, als wolle er seine Schleimhäute vom Mief im Wagen befreien.

Otto, der mich grunzend in die Stube dirigierte, hielt ich wie eine Teppichrolle unter dem Arm.

Stöhnend ließ er sich auf die Ofenbank fallen.

Ich schaute mich um. Der Raum war einfach, aber praktisch ausgestattet. Massive Bauernmöbel, die wohl schon an die hundert Jahre waren, ein Regal mit überraschend vielen Büchern, aber kein elektrisches Gerät. Als Beleuchtung dienten Öllampen. Unter der Bank, die sich an einen Kachelofen schmiegte, stapelten sich Holzscheite.

Otto verfolgte lächelnd meinen Rundblick.

»Danke«, krächzte er. »Ich möchte jetzt ruhen. Gehen Sie bitte.«

Das Taxi setzte mich an der Pension ab. Erst als ich Otto verlassen hatte, war mir aufgefallen, dass die Stube im krassen Gegensatz zu ihrem Bewohner gestanden hatte. Sie war sauber und aufgeräumt gewesen. Das Haus war zwar alt, aber auch nicht baufällig, wie Herr Gerster gesagt hatte.

Ich hatte das Gefühl, je tiefer ich in ... ja was eigentlich, die Angelegenheit eindrang, umso mehr entzog sich alles meinen Bemühungen.

Bei sauren Nieren mit Bratkartoffeln erzählte ich Herrn Gerster den Tagesablauf und auch meine Gedanken.

»Sie wollten doch Urlaub hier machen. Was schert Sie ein

meschugger toter Professor und ein schwer kranker Mann, dessen Tage doch gezählt sind? Genießen Sie das schöne Wetter und fahren Sie in die Berge. Ich habe da eine Hütte.«

Er hatte eigentlich recht. Aber mein Instinkt hatte angeschlagen. Und der sagte mir, dass hier etwas im Hintergrund lauerte, das es sich näher zu untersuchen lohnte. Ich spürte etwas wie ein Jäger im Urwald, der seine Beute zwar nicht sehen konnte, aber sie ahnte.

»Wollen Sie morgen Abend mitkommen?«

»Wohin?«

»Morgen haben wir Versammlung vom Verband. Es geht um die Feinabstimmung zum Weinfest. Welcher Wirt bietet was an und so …«

»Was soll ich da?«

»Ist ganz lustig. Gibt reichlich zu essen und zu trinken. Stelle Sie als meinen Berater vor. Das wirkt immer. Da kommen Sie mal auf andere Gedanken.«

Ich versprach, es mir zu überlegen.

4

Gegen Mittag war ich wieder am Münster. Ottos Handkarren war weg. Ich kehrte in dem Lokal mit dem Stammtisch ein und fragte nach dem Wirt.

Es dauerte eine Tageszeitung lang, bis er erschien.

»Was kann ich für Sie tun?« Er wischte sich die Hände an der Schürze ab und bestellte ein Viertel.

»Ich suche den Handkarren, den Otto gestern da stehen lassen musste.«

Er zog wieder einen Stuhl unter dem Tisch hervor und setzte sich.

»Ja, habe schon von dem Unfall gehört. Aber das war zu erwarten. Irgendwann platzt uns allen hier der Kragen mit diesem Schmutzfink. Wäre das Beste, wenn ihn der da oben schnellstens holt. Wir haben schon Ärger genug …«

»Ärger? Wer ist ›wir‹?«

Es stutzte einen Moment. Meine Frage war ihm nicht geheuer. »Ich kenne Sie nicht. Wer sind Sie? Was geht Sie das an?«

»Ich berate die Gersters geschäftlich«, log ich, »vielleicht kann ich Ihnen auch helfen.«

»Wie wollen Sie das machen? Sie kennen sich hier nicht aus, ich kenne noch nicht einmal Ihren Namen.«

Ich stellte mich vor, änderte aber meinen Beruf von Journalist in Unternehmensberater.

Meine Erfahrung hatte mich gelehrt, dass Leute, die etwas nicht sagen wollten, wie eine Auster zuschnappten, wenn sie mit einem Journalisten konfrontiert wurden. Aber Berater, denen konnte man sich anvertrauen wie einem Psychiater oder Pfarrer bei der Beichte. Sie hatten den unerschütterlichen Glauben, dass ein Berater einer gesetzlichen Schweigepflicht unterlag. Zugegeben, der Trick war nicht gerade fein, aber er wirkte.

»Die Gersters vertrauen mir gerade, weil ich nicht von hier bin. Ich bin auch heute Abend bei Ihrer Versammlung dabei.«

Er bestellte zwei Viertel für uns. »Na ja. Schaden kann es nicht. Es pfeifen ja schon die Spatzen von den Dächern.«

Was er erzählte, bestätigte nur die Aussage von Gerster und das Gespräch, das ich im Café mitgehört hatte.

Zwei Verwaltungsgesellschaften teilten sich den Platz auf. Seltsam war allerdings die Art der Aufteilung. Ich hätte es als normal betrachtet, dass ein Grundstückseigentümer ein möglichst zusammenhängendes Stück sein Eigen nennen würde. Also Verwaltung »A« die Gebäude nördlich des Münsters, Verwaltung »B« die südlichen Immobilien.

Dem war aber nicht so. Der Stammtischwirt zahlte an »A«. Sein Nachbar, ein Kroate, an »B«, der anschließende Kebab wieder an »A«, der Textilladen an »B«, das auf der gleichen Seite liegende Andenkengeschäft wieder an »A«.

Die gleiche Konstellation ergab sich auf der Nordseite, mit Ausnahme der Konditorei Hofmann, die im Familienbesitz war.

»Das verstehe ich nicht«, gab ich zu.

»Doch, ganz einfach«, klärte mich der Wirt auf.

Sein direkter Konkurrent war der Kroate. Ihm selbst hatte man die Pacht nicht unerheblich angehoben. Dem Kroaten nicht. Der Kebab hatte ebenfalls eine Anhebung erfahren, wie das Münstercafé. Dessen Nachbarn, die Pizzeria und der Grieche nicht. Auf Hofmanns hatte man keinen Zugriff.

Der Zusammenhang leuchtete mir nicht ein.

»Wenn Sie zu ›A‹ gehören, dann wird ›B‹ bald ebenfalls die Pacht anheben. Alles andere wäre kaufmännischer Blödsinn.«

Er bestellte noch zwei Viertel und zündete sich die x-te Zigarette an. »Eben nicht. Denn jetzt kommt die Bank ins Spiel.«

Er ließ uns kalten Hackbraten mit eingelegtem Kürbis kommen.

»Ich war gestern auf der Bank. Die haben das schon gewusst und mir ein Ultimatum gestellt. Entweder ich steige aus dem Pachtvertrag aus, was ich bei der Erhöhung rechtlich könnte, oder ich versuche es durch höhere Preise abzufangen. Verstehen Sie?«

»Nein, verstehe ich nicht. Was hat die Bank damit zu tun?«

Er rollte mit den Augen und zündete sich eine Zigarette an, obwohl die letzte halb angeraucht im Aschenbecher verqualmte.

»Meine Rücklagen – oder wie Sie es nennen wollen – sind aufgebraucht. Steige ich aus dem Vertrag aus, dann bin ich pleite. Erhöhe ich die Preise, dann laufen mir die Touristen zum Kroaten.«

Jetzt verstand ich. Ein trickreiches Spiel. Wenn es dem Kebab und dem Münstercafé ähnlich erging, war ein Regulativ um das Münster tätig, das mit freier Marktwirtschaft wenig zu tun hatte.

»Wer steckt Ihrer Meinung nach dahinter?«

»Mafia und Kirche«, polterte er. »Keiner weiß, wer hinter den Verwaltungen steckt. Die sind zwar im Grundbuch als Eigentümer eingetragen, aber da steckt noch jemand hinter.«

»Wie kommen Sie darauf?«

»Es geistert schon seit Monaten das Gerücht, dass ein Investor den Platz übernehmen will. Der könnte Pächter nicht gebrauchen, die Verträge haben. So macht man eben einen nach dem anderen kaputt.«

»Sind Ihre Kollegen derselben Meinung?«

Irgendwo fehlte die zwingende Logik. Mir wollte nicht einleuchten, warum sich Verwaltungsgesellschaften und Bank solch eine Mühe machen sollten, um Pächter loszuwerden.

»Kollegen ...«, knurrte er verächtlich. »Schauen Sie sich doch mal an, was wir für ein Gesindel haben. Lauter Ausländer. Ich bin der einzige deutsche Gastwirt. Das Pack kann noch nicht einmal die Verträge lesen, die sie unterschrieben haben. Nein, auf mich hat man es abgesehen. Wenn man mich kleinkriegt, dann hat man mit diesen ›Kollegen‹ leichtes Spiel. Außerdem ist hier sowieso jeder gegen jeden. Der Kroate kann mich und den Griechen nicht leiden, der wiederum hat was gegen den Türken, und die Italiener sind gegen alle.«

»Dann hat die Prophezeiung des Professors doch einen Grund«, murmelte ich mehr zu mir selbst.

Der Wirt überlegte einen Augenblick. »Dazu muss man kein Prophet sein. Nein, der Professor hatte ein Erzengel-Syndrom. Der hat zu viel Staub aus den alten Büchern geatmet, in denen er andauernd herumgekramt hat. Hat völlig den Bezug zur Realität verloren. Musik und Vergangenheit waren sein Leben. Da kann man ja nicht normal bleiben ...«

»Können Sie sich vorstellen, was es mit diesem Otto auf sich haben soll?«, unterbrach ich seinen Redefluss.

Er klappte den Mund zu und wieder auf, um einen Schluck Wein zu nehmen.

»Für den Professor war alles suspekt, was nicht sofort einen lückenlosen Stammbaum herunterbeten konnte. Wer am Münster dauerhaft verkehrte, musste rasserein sein. Es gibt kaum einen Stammgast in den Lokalen hier herum, den er nicht bis Adam und Eva zurückverfolgt hat. Bei mir hat er herausgefunden, dass meine Vorfahren Hugenotten waren, die siebzehnhundert-was-weiß-ich aus Frankreich fliehen mussten. Er war eine Nervensäge.«

»Also ein Spinner, den man nicht ernst nehmen konnte«, versuchte ich eine klare Aussage zu provozieren.

»So würde ich das nicht sagen«, kratzte er sich in seinem Specknacken, »nur ausgerechnet Otto als den Großinqui...dings zu bezeichnen ...«

»›Großinquisitor‹ meinen Sie ...«

»Ja, genau. Das hat ihn bei allen lächerlich gemacht.« Er lehnte sich zurück und schaute durch den wenig besetzten Gastraum. »Warum erzähle ich das überhaupt? Das ist doch so unwichtig wie ein Kropf. Der Professor ist tot, und Otto hat es auch bald geschafft, uns von seinem Anblick zu befreien. Um mich geht es, mir steht das Wasser bis zum Hals. Was würden Sie mir vorschlagen, als Berater?«

Ich schlug ihm das vor, was ich auch seit Jahren meinem heimischen Stammwirt versuchte klarzumachen: runter mit den Preisen. Wenigstens an umsatzschwachen Tagen.

»Oder machen Sie jeden Tag von ... bis ... eine ›Happy Hour‹. Alles zum halben Preis.«

Er schaute mich mit dumpfen Kuhaugen an, als hätte ein Geist zu ihm gesprochen, dessen Worte er zwar hörte, aber nicht verstand.

»So, ›happy hour‹, halber Preis. Wenn Sie meinen ...«

Seine Gehirnaktivitäten spiegelten sich Wort für Wort in seinem Gesicht wider.

»Geht nicht«, grunzte er, nachdem er die Worte geistig durchgekaut hatte. »Die anderen Wirte lynchen mich.«

»Es ist Ihre Existenz«, kürzte ich das nun schwerfällig werdende Gespräch ab.

»Wo ist Ottos Wagen?«, wollte ich im Herausgehen wissen.

»Hab ich der Müllabfuhr mitgegeben.«

Ich nahm es nur beiläufig zur Kenntnis, dass die Kirchenfenster im Licht wieder mit der Architektur spielten. Der Küster musste mir noch eine Frage beantworten. Ich fand ihn in der Sakristei.

»Sie haben hier keinen Zugang«, knurrte er mich an und beschäftigte sich weiter mit der Politur irgendwelcher sakraler Gegenstände.

»Ich bin Journalist und interessiere mich für den Vorfall gestern mit Otto.«

»Weiß nichts von einem Vorfall. War gestern nicht da.«

»Aber Sie wissen, wer Otto ist?«

»Ja.«

»Zeugen haben gesehen, wie Sie Otto gestern eigenhändig unter Einsatz körperlicher Gewalt vor das Nordportal gesetzt haben. Dabei hat er sich eine schwere Kopfverletzung zugezogen.«

Er hörte auf die Gegenstände zu bearbeiten.

»Moment mal. Dieser Otto ist zwar ein Ärgernis, und man gewöhnt sich an alles. Aber ich würde niemals Gewalt in der Kirche zulassen oder selbst welche anwenden. Nie. Fragen Sie den Pfarrer. Ich war gestern überhaupt nicht hier.«

»Die Zeugen behaupten aber …«

»Welche Zeugen? Alte Weiber, die in jedem Kirchendiener den Stellvertreter vom Stellvertreter Gottes sehen. Vergessen Sie es. Die erkennen mich noch nicht einmal, wenn ich ihnen den Senf vom Arsch wische, in den sie sich setzen, wenn Touristen jeden Tag die Kirche mit einer Wurstbude verwechseln.«

»Wer kann mir bestätigen, dass Sie gestern nicht hier waren?«

»Der Pfarrer, meine Frau und der Arzt im Krankenhaus, in dem sie liegt. Jetzt machen Sie, dass Sie rauskommen, sonst mache ich Gebrauch vom Hausrecht.«

Eine eigenartige Situation. Wenn es nicht der Küster gewesen war, wer dann?

»Sie wissen, dass in diesem Fall Otto Ihr einziger Zeuge ist?«

Was mischst du dich da ein? Das geht dich doch alles nichts an, versuchte mir mein Gehirn einen Rückzug schmackhaft zu machen.

Das Taxi brachte mich direkt zu Ottos Haus.

Er saß in der Taschenmesser-Haltung vor dem Haus und genoss die untergehende Sonne. Frisch rasiert und in einem blauen Overall, der so neu war, dass er noch die Verpackungsfalten hatte.

Er wirkte gepflegt. Sein Gesicht strahlte die Verschmitztheit des Wissenden aus.

»Geht es Ihnen besser?«, versuchte ich die Stimmung zu sondieren.

»Ich wusste, dass Sie kommen«, krächzte er und versuchte den Kopf in meine Richtung zu drehen, die ich, wie bei einem Unbehinderten, automatisch zu nah für sein Gebrechen gewählt hatte.

»Setzen Sie sich, hier neben mich.«

Er klopfte mit den Fingerknöcheln auf die Bank rechts von sich.

»Wo ist mein Wagen?«

»Keine Ahnung. Er war heute Morgen weg.«

Er zog einen Knaufstock heran und stützte sein Kinn auf die darüber gefalteten Hände.

»Habe ich mir gedacht.« Er lächelte in Richtung Schweinekoben. Sein Profil war, abgesehen von seinem körperlichen Gebrechen, rasiert und etwas gepflegt, nicht das eines Mannes, der es gewohnt war, sich sein Essen unter den Marktständen zu suchen.

Wenn er in den frühen fünfziger Jahren als junger Mann in der Stadt aufgetaucht war, so musste er jetzt um die siebzig sein.

»Was geht mit Ihnen vor?«, versuchte ich einen Anfang.

Er drehte den Kopf, so weit er es vermochte, und half mit einer Körperdrehung nach, um mich fixieren zu können.

»Mit mir? ... Nichts. Sie mögen es nicht, wenn ich ihnen ihre Schwäche zeige.«

»Ihre Schwäche? Sie sind doch der Schwache.«

Er lächelte und rief den Hund, der genauso ungepflegt war, wie ich ihn in Erinnerung hatte.

»Der Küster behauptet, dass er Sie nicht angerührt hat, weil er gestern nicht da war. Stimmt das?«

Otto kraulte den Hund.

»Habe nicht gesagt, dass es der Küster war.«

Das stimmte. Der Küster war mir von den umstehenden Leuten genannt worden, nicht von ihm. Ich hatte den Fehler gemacht, den man nur ganz jungen Journalisten verzieh, die Meinung und Beobachtung anderer ohne Recherche als gültig anzunehmen.

Er gab dem Hund einen Klaps. Das Tier verschwand im Gelände.

»Wer war es dann?«

»Was bringt Ihnen das, wenn Sie wissen, wer mich hinausgestoßen hat? ... War nicht das erste Mal.«

Er sagte es so, als plaudere ein Profiboxer über die Normalität eines Knockout.

»Noch irgendwelche dummen Fragen?«, krächzte er und stützte sich an seinem Stock hoch.

Ich blieb sitzen und bückte mich, um mit ihm auf gleicher Kopfhöhe zu sein.

»Kannten Sie den Professor näher?«

Es stieß einen lang gezogenen Krähenschrei aus.

»Das ist sogar eine blöde Frage. Natürlich kannte ich ihn. Hat versucht, aus mir ein Fabelwesen zu machen. Nun ist er selbst eines.«

Er stakste ins Haus und schloss die Tür.

5

Zurück in der Pension, informierte ich Frau Gerster, dass ich ihren Mann auf die Versammlung begleiten würde.

Unter der Dusche schalt ich mich einen Narren. Was wollte ich überhaupt mit diesen undurchschaubaren Situationen? Alles was ich wusste, war eine Vermutung, gestützt auf die Aussagen des Professors, Herrn Gersters und des dicken Wirts, dass es am Münsterplatz nicht mit rechten Dingen zuging ... eben nur eine Vermutung. Mehr nicht.

Bis zum Ende meines Urlaubs würde sich daraus noch nicht einmal eine Überschrift, geschweige eine Story herleiten lassen.

Versprochen war versprochen, und so begleitete ich Herrn Gerster zur Versammlung, die im nobelsten Hotel am Platz stattfand.

In Ermanglung des von mir ungeliebtesten Kleidungsstücks, einer Krawatte, trug ich einen leichten Rollkragenpullover, dem ich auch beruflich zu hohen Anlässen anstatt dieser Halseisen den Vorzug gab.

Wir waren etwas spät, da Frau Gerster darauf bestanden hatte, dass ihr Mann den »Guten« anziehen müsse.

»Wenn du schon zu diesen Blendern willst, dann zieh dich gefälligst entsprechend an«, hatte sie ihn gezwungen, seine Freizeitbekleidung gegen einen Anzug zu tauschen.

Der Anzug war wirklich gut, aber Herr Gerster wirkte darin deplatziert, woraus er auch verbal keinen Hehl machte.

»Die nehmen dich so ernster«, war ihr abschließendes unwidersprochenes Argument.

Die Versammlung fand in einem Saal statt, der wohl für eine kommende Veranstaltung, etwa eine Hochzeit, festlich geschmückt war.

Die etwa fünfzig Anwesenden standen mit einem Glas in Gruppen herum. Mir fiel auf, dass keine Frau zugegen war. Der Wirteverein, oder besser, die lokale Gastronomie, war demnach ausschließlich in männlicher Hand, was ich bezweifelte. Bei einigen Lokalitäten hatte ich auf den Türschildern gesehen, dass die Inhaber oder Pächter sehr wohl weibliche Vornamen trugen.

»Gehört keine Frau zu dieser Elite?«, fragte ich Herrn Gerster.

Er murmelte etwas und zog mich zu einer Gruppe aus drei Herren, die sich angeregt rauchend unterhielten.

Er stellte mich dem Vorstand vor. Zwei der Männer lösten bei mir nur eine höfliche Verbeugung aus. Den dritten, Klaus Müller, Direktor der Sparkasse, siedelte mein Instinkt sofort in der untersten Sympathieklasse an. Er unterschied sich zwar nicht wesentlich von den anderen, aber er strahlte die Wärme seines Haupttresors aus.

»Sehr schön, dass Sie Herrn Gerster beraten. Hätten hier noch ein paar nötig.«

Damit wandte er sich wieder seinen Kollegen zu.

Herr Gerster strahlte. »Eigentlich könnten wir jetzt gehen. Aber vorher essen wir noch.«

Ich verstand nicht.

»Ist doch einfach. Jetzt weiß die Bank, dass ich einen Berater an der Seite habe. Sie werden sich hüten, mich weiter als Dummkopf zu behandeln und einfach so über den Tisch zu ziehen.«

Obwohl mich diese Schlitzohrigkeit ärgerte und ich ihm dazu noch ein paar passende Worte sagen würde, spielte ich mit. Wenn schon blenden, dann aber richtig. Außerdem hatte ich mich dem dicken Wirt auch als Berater vorgestellt.

Den fand ich in einem gequält leise gehaltenen Gespräch mit den Kollegen vom Münsterplatz, die ebenfalls eine Pachterhöhung erhalten hatten. Ich verstand nicht viel, aber es schien ein konspiratives Gespräch zu sein, das überwiegend aus »wenn nicht« und »dann« bestand. Genannte Namen sagten mir nichts.

Als sie mich bemerkten, lächelte der dicke Wirt freundlich und wechselte in normaler Lautstärke das Thema.

War es Zufall, oder hatte Herr Gerster nachgeholfen? Beim Essen saßen wir beide am Tisch der Marktplatzwirte. Die Sitzordnung war jedenfalls nicht unwillkürlich. Die gebeutelten Wirte saßen den noch nicht geschröpften gegenüber. Herr Gerster und ich nahmen jeweils den Platz am Kopfende ein, gleichsam als Beobachter oder Linienrichter.

Ein ausgezeichnetes Menü konnte die Spannung zwischen den Fronten bestenfalls im Rahmen eines Waffenstillstandes halten. Die Eskalation begann beim Dessert und dem abschließenden Schnaps.

Während die übrigen Teilnehmer der Veranstaltung in gesättigtes Murmeln verfielen, polterte der dicke Wirt los. Sein Gegenüber, sein kroatischer Nachbar auf dem Münsterplatz, war das Opfer. Was nun folgte, war ein Mosaikstein mehr für die Aussage des Professors. Am Münster herrschte Krieg, geführt mit allen Waffen, die den menschlichen Niederungen entspringen können.

Der Wirt stützte seinen rechten Ellenbogen auf den Tisch, ballte die Faust und zielte mit dem Zeigefinger wie mit einer Waffe auf den Kroaten.

»Hör zu, du Partisan. Du weißt, was mal wieder los ist. Ich muss die Preise anheben und erwarte von dir, dass du mitziehst.« Und zu dem Kebab-Inhaber, der sein Essen in Schwein und Nichtschwein auseinandergefieselt hatte: »Und du Kümmeltürke schluckst nicht wieder die Pachterhöhung, sondern setzt zumindest deine Getränkepreise mit meinen gleich. Was du mit deinem Fraß machst, interessiert mich nicht.«

Die gleiche Drohung erging an den Griechen und den Italiener von der Nordseite, die von der Pachterhöhung nicht betroffen waren.

Der Kroate, er erinnerte mich an ein Bild Stalins, stemmte sich auf seinen Fäusten hoch und beugte sich über den Tisch.

»Es reicht, du fettes Nazi-Schwein. Wenn es dir schlecht geht, dann soll es uns auch schlecht gehen. Wenn es dir gut geht, drangsalierst du uns. Wenn du nicht die Finger von meiner Frau lässt und weiterhin meine Bedienungen versuchst abzuwerben, landest du noch in feinen Scheiben beim Türken. Das schwöre ich. Und ich werde meine Preise so lange senken, bis du verreckt bist.«

Der Türke lächelte still vor sich hin, der Grieche klopfte Beifall mit dem Messergriff. Der Pizza-Italiener rührte in seinem Espresso und verfolgte die Schaumkringel, die sich hinter dem Löffel bildeten.

»No, Signore Arschloch«, murmelte er, ohne den Wirt anzusehen. »Du warst es doch, der mir letzten Sommer das Gesundheitsamt auf den Hals geschickt hat, nur weil ich deiner Bedienung – die beste, die du jemals hattest – ein besseres Angebot gemacht habe. Und weißt du was? Sie hat mir gesagt, dass du impotent bist. Ich halte meine Preise. Basta.«

»Ich auch. Vielleicht kann ich noch etwas mit dem Essen runtergehen«, fügte der Grieche hinzu.

Der Wirt sprang auf, wobei sein Stuhl umfiel, und zog eine Fratze, die nichts Gutes verhieß. »Ich werde euch hergelaufenem

Pack noch zeigen, wo es langgeht! Mein Lokal ist seit hundert Jahren nur von Deutschen betrieben worden. Aber ihr Gesindel nutzt eure Konzession als Deckmantel für eure schmutzigen Geschäfte. Mädchenhandel, Rauschgift und was weiß ich noch alles. Jetzt ist Schluss. Ich werde es euch Gesindel zeigen. Mich macht ihr nicht fertig. Eher beißt ihr ins Gras ... Der Professor hatte doch recht ...«

Mit rotem Kopf warf er seine Serviette dem Türken ins Gesicht und stürmte aus dem Saal.

Da war er wieder, der Professor. Seine Prophezeiung nahm Gestalt an. »*Achten Sie in den nächsten Tagen auf* ...«

Herr Gerster gab mir zu verstehen, dass es jetzt besser wäre, auch zu gehen. Ich gab ihm recht. Die drei Kulturen steckten ihre Köpfe abweisend zusammen. Wir waren als Beobachter nicht mehr erwünscht.

»Ist das immer so?«, fragte ich Herrn Gerster, als wir auf der Heimfahrt waren.

In der Dunkelheit konnte ich seine Mimik nicht sehen, aber er lächelte.

»Nein. Schlimmer. Die haben sich wegen Ihnen zurückgehalten. Es herrscht Mord und Totschlag ums Münster.«

»Warum hassen die sich? Ziehen doch alle am gleichen Strang, und eigentlich macht doch keiner dem anderen Konkurrenz.«

Im Schein einer Ampel sah ich Herrn Gerster mit dem Kopf nicken.

»Stimmt. Eigentlich tun sie das. Aber jemand im Hintergrund will nicht, dass es Ruhe gibt.«

»Wie kommen Sie darauf?«

»So ein Gefühl. Der Professor hatte es auch.«

»Sie meinen ...«

»Genau. Der Professor war etwas oder jemandem zu nahe gekommen.«

»Mord?«

Ich erhielt keine Antwort, also ging ich zum Angriff über.

»Warum haben Sie so ein Interesse daran? Sie geht das doch da draußen in Ihrem Gasthof alles nichts an. Was sollte ich in diesem Spiel, und was sollte die Masche mit dem Berater? Das passt mir nicht. Oder glauben Sie, dass ich den Bankdirektor beeindruckt habe? Habe eher den Eindruck, dass er Sie jetzt erst recht nicht mehr ernst nimmt.«

Wir hatten die Stadtgrenze passiert, und Herr Gerster gab Gas.

Er parkte den Wagen hinter der Pension und stellte den Motor ab.

»Sie wissen jetzt genauso viel wie ich. Nur können Sie als Unbeteiligter anders agieren als ich und der Prof …« Er brach ab und stieg aus.

Frau Gerster saß in der Stube und machte Buchhaltung.

»Hallo. Schon zurück? Werden Sie nie Wirt oder so etwas. Dieser Papierkram bringt mich noch um. Lieber backe ich zehn Torten. Wo ist mein Mann?«

Ich setzte mich zu ihr an den Tisch. »Glaube, der will aus dem Anzug raus.«

»Der will immer aus allem raus. Am liebsten wäre es ihm, den ganzen Tag im Stadtarchiv zu verbringen. Aber seit der Professor tot ist, hat er kein Alibi mehr. Sie verstehen? Er kann sich nicht mehr hinter jemandem verstecken, der ihn beauftragt hat, Überstunden zu machen. Na ja. Hat auch sein Gutes. Seither kümmert er sich mehr ums Haus.«

»Sind Sie sicher, dass es Professor Solvay war?«, hakte ich nach.

Sie überlegte einen Moment. »Ich denke schon. Habe meinen Mann nie nach dem Namen gefragt. Aber es gibt doch nur einen Musikprofessor, oder?«

Mit einer Flasche Wein bewaffnet zog ich mich früh aufs Zimmer zurück und versuchte mich mit dem Fernseher abzulenken. Ich musste mir darüber klar werden, ob ich diese Angelegenheit als journalistischen Fall verfolgen wollte, dann musste ich die Redaktion informieren, dass ich noch ein paar Tage länger bleiben wollte, oder die verbleibenden Tage als das zu nutzen, wofür sie gedacht gewesen waren. Urlaub zu machen.

Viel sprach nicht dafür zu bleiben.

Herr Gerster sagte nicht die Wahrheit oder verdrehte zumindest etwas. Der Krieg der Wirte schien nicht neu zu sein und ebenfalls zum Bestandteil des Münsterplatzes zu gehören, Otto wollte nichts sagen, und der Professor konnte nichts mehr sagen.

Ohne zu wissen, wem oder was der Tote auf der Spur gewesen war, sah jede weitere Anstrengung von mir nach reiner Zeitverschwendung aus.

6

Am nächsten Tag startete ich einen letzten Versuch und stattete dem Stadtarchiv einen Besuch ab.

Dass das Gebäude an das Erzbischöfliche Ordinariat angrenzte, verwunderte mich weniger als die Tatsache, Herrn Gersters Namen als Leiter des Archivs auf der Hinweistafel im Eingang zu lesen.

Der schien allerdings weniger über meinen Besuch überrascht zu sein.

»Hab mir schon gedacht, dass Sie mal hier vorbeischauen. Bringt aber nichts«, begrüßte er mich.

»Wie können Sie so sicher sein? Sie wissen doch gar nicht, was ich suche?«

»Oh doch. Der Professor geht Ihnen nicht aus dem Kopf. Der Tod hat eine magische Anziehung auf euch Journalisten. Kommen Sie. Ich zeige Ihnen, worin der Professor gewühlt hat. Auch wenn ich nicht glaube, dass das viel bringt. Ich habe ihm die Bücher im Archiv gesucht, die teilweise noch nicht einmal aufgelistet sind. Können Sie Latein?«

Das war allerdings ein Schwachpunkt meiner Schulbildung. Diese Sprache war nie meine Stärke gewesen.

»*Ich* kann es nicht«, betonte er, als wollte er es als Entschuldigung verstanden wissen, mir nicht gleich gesagt zu haben, dass er den Professor näher gekannt und gewusst hatte, was oder wem dieser auf der Spur gewesen war.

»Es muss aber doch jemand geben, der das beherrscht? Wie verwalten Sie sonst die Schriften?«

»Verwalten?«, murmelte er und führte mich durch verwinkelte Gänge. »Wenn es in diesen alten Folianten überhaupt etwas zu verwalten gab, dann hat das der Professor gemacht. Verstehen Sie? Seit ich denken kann, hat sich außer ihm kein Mensch für dieses Zeug interessiert.«

Wir betraten einen Raum ohne Fenster, der nur von einer Neonröhre erhellt wurde. Auf dem Boden stapelten sich Holzkisten. Die Deckel waren aufgestemmt worden.

»Das alles musste ich ihm aus dem Keller hochschleppen.«

Herr Gerster machte mit der Hand eine Rundumbewegung über das Sammelsurium an Büchern, die sich neben den Kisten stapelten.

»Und die hier«, er wies auf einen gesonderten Stapel, »waren die, in denen er letztendlich glaubte was gefunden zu haben. Aber er hat danach immer nur gemurmelt, dass da was fehlt. Dann hat er sich nicht mehr für den Kram interessiert.«

Ich blätterte in den Büchern. Sie waren teilweise in feinstem Leder gebunden. Die Goldprägung war noch vorhanden. Nur, so alt waren diese Bücher nicht, denn sie waren bereits im Buchdruck erstellt. Soviel ich beim Durchblättern entziffern konnte, handelte es sich um Chroniken über das Geschlecht der Herzöge von Modena.

»Haben Sie irgendwo die Stadtchronik?«, fragte ich Herrn Gerster.

»Kommen Sie. Die ist inzwischen komplett im Computer.«

Das Gesuchte war so schnell gefunden.

Die Stadt war als »Wiedergutmachung« nach dem Friedensschluss von Lunéville 1801 für einige Jahre an das Großherzogtum von Modena-Toscana gefallen.

Lag des Rätsels Lösung in dieser Zeit?

»Und nun?«, stand Herr Gerster wie ein leibhaftiges Fragezeichen neben mir.

»Weiß auch nicht«, gab ich zu.

»Sagte ich doch. Über diese Schiene ist nicht weiterzukommen. Außerdem, wen interessiert das noch?«

Ja, wen?

»Gibt es kirchliche Aufzeichnungen über diese Zeit?«, ließ mich eine Eingebung fragen.

Er hob die Schultern. »Sicher. Aber nicht hier. Wenn, dann hat sie der Erzbischof unter Verschluss. Die stellen sich damit an, dass man glauben kann, dass sie etwas zu verbergen haben. Für die Aufarbeitung der Stadtchronik mussten wir die Anfragen schriftlich stellen. Nicht ein Buch haben sie herausgerückt.«

»Könnte der Professor als Organist Zugang erhalten haben?«

»Könnte. Vielleicht ja, vielleicht nein. Aber interessieren Sie sich lieber für die Markt-Mafia. Die lebt noch.«

Ich fühlte, dass Herr Gerster bockig zu werden begann. Mein mögliches Interesse an der Vergangenheit passte ihm aus unersichtlichem Grund nicht.

»Wenn es kein Unfall war, dann hat ihn jemand vom Münsterplatz ...«, er vermied das Wort, das auf eine andere Todesursache hätte hinweisen können, »... ja, ich meine, dass kaum jemand aus der Vergangenheit etwas gegen ihn gehabt haben kann«, bog er den missglückten Satz zurecht.

Sinnierend umrundete ich den Münsterplatz. Die Abkürzung durch die Kirche war mir heute irgendwie unangenehm. Wie mir der Bau überhaupt nicht mehr filigran, sondern wie ein Moloch erschien. Die sonnenabgewandte Seite warf drohende Schatten über den Platz. Die Spitzen der Seitenschifftürmchen krochen wie angriffslustige Lanzenspitzen über das Pflaster auf die Lokale zu.

Ohne es geplant zu haben, fand ich mich beim Kroaten wieder. Der wiederum kam mir heute nicht so griesgrämig vor, wie ich ihn von gestern Abend in Erinnerung hatte.

»Hallo. Schön, dass Sie mal reinschauen«, begrüßte er mich mit einem breiten Lächeln und rief einer dunkelhaarigen Frau hinter dem Tresen etwas in seiner Sprache zu.

»Bitte, nehmen Sie hier Platz«, forderte er mich auf.

Es war wohl der Stammplatz der Familie, denn auf der Bank lagen Kinderspielzeug, Zeitungen, Strickzeug, an dessen Nadeln ein halbfertiger Kinderpullover steckte, und Papiertaschentücher. Das Lokal war weniger steril eingerichtet als das beim dicken Wirt. Bunte Madonnen mit flackerndem Kunstlichtfeuer im Hintergrund zeugten ganz offiziell vom Glauben der Familie. Fischernetze mit Plastikfischen, Glasbojen und Fotos von Dubrovnik versuchten Urlaubsstimmung zu verbreiten.

Die Frau stellte eine Karaffe mit Rotwein und zwei Gläser auf den Tisch, lächelte freundlich-schüchtern und verschwand wie ein flüchtiges Reh wieder hinter dem schützenden Tresen, um weiter Gläser zu polieren.

»Boras«, stellte sich der Kroate vor und nahm Platz. Er goss die Gläser voll und prostete mir zu. »Auf die Freundschaft.«

Schweigend erhob ich mein Glas und nippte.

Was wollte ich eigentlich hier? Meine Gedanken kreisten um ein Buch, ein Dokument, das irgendein Unheil heraufbeschwor.

»*... hier fehlt was ...*«, klangen die Worte von Gerster in mir nach, die der Professor gesagt haben sollte. Hatte der Professor das fehlende Stück gefunden, und wenn, wo war es jetzt, oder war es wirklich nur ein Unfall gewesen?

»Sagen Sie, Boras. War Professor Solvay, der Organist, öfter hier?«

Er überlegte nicht lange. »Ja, er kam täglich. Mittags zu diesem Nazi nebenan und abends zu mir. Warum?«

»Hat er mal von einem ›Unheil‹ gesprochen?«

Sein Gesicht verfinsterte sich.

»Ja. Sehr oft. Aber alle haben ihn für einen Spinner gehalten, bis ...«

»Bis was?«, drängte ich.

»Bis zu seinem Unfall. Da wurde mir klar, was er mit den Andeutungen gemeint hat, und dieser Abend gestern ...«

»Was haben die Andeutungen des Professors mit dem gestrigen Abend zu tun?«

Boras druckste herum und spülte seinen Wein in einem Zug hinunter. Er beugte sich zu mir und flüsterte: »Er hat prophezeit, dass es eine Katastrophe am Münster geben wird.«

»Das weiß ich«, flüsterte ich zurück, obwohl außer uns und der Frau niemand im Raum war.

»Was Sie nicht wissen, da waren Sie schon weg, im gleichen Maß, wie man den anderen die Pacht erhöht hat, hat man den Übrigen, also auch mir, die Nebenkosten gesenkt.«

»Ist doch schön«, antwortete ich mehr aus Reflex, wohl wissend, was das bedeutete.

»Das ist gar nicht schön. Was wir dadurch sparen, müssen wir jetzt in zusätzliche Sicherheitsmaßnahmen stecken. Wir können nicht mehr ruhig schlafen. Kein Stuhl, kein Tisch darf nachts mehr draußen bleiben. Die Blumenkästen müssen jeden Abend reingeschleppt werden. Wie wir die riesigen Sonnenschirme schützen, weiß noch keiner von uns. Wir werden wohl einen teuren Wachdienst über Nacht anheuern müssen. Verstehen Sie? O Maria hilf!«

Er erhob die Hände und Augen zu der Statue, die hinter mir in die Wand eingelassen war.

Und wie ich verstand. Jemand versuchte massiv, die Wirte gegeneinander aufzuwiegeln.

»War Otto heute schon auf dem Platz?«, fragte ich im Hinausgehen.

»Otto? Nein. Hab ihn gestern und heute nicht gesehen.«

Die nächsten Stunden wanderte ich ziellos in der Altstadt umher. Jeder Versuch, mich gedanklich der Situation zu nähern, scheiterte daran, dass etwas Entscheidendes fehlte.

Irgendwer oder -was wollte einen Krieg am Münster. Aber wem nutzte das? Weder den Wirten noch den Verwaltungen, und der Bank schon gar nicht. Jemand stand hinter und über allem.

Die Kirche? Der Gedanke war zwar bestechend, aber hier fand ich schon gar keine Logik.

Schutzgelderpressung? Könnte sein. Aber ich verwarf auch das, denn die Verwaltungen bestimmten die Pachten und Nebenkosten und würden sich kaum auf kriminelle Machenschaften einlassen, zumindest nicht auf solch vordergründige.

Wer stand hinter den Verwaltungen? Sie waren zwar laut Gerster als Eigentümer im Grundbuch eingetragen, aber wer war Eigentümer der Verwaltungen. Doch die Kirche?

Ich rief die Redaktion an, bat um Verlängerung meines Urlaubes und um einen kleinen Gefallen.

Ein Taxi brachte mich zu Otto. Da die Marktstände schon abgeschlagen hatten, hatte ich zwei Tüten Obst und Gemüse in einem Feinkostgeschäft teuer erstehen müssen. Mir war eigentlich nicht klar, was ich bei ihm wollte. Aber schaden konnte es auch nicht.

Der Hund hatte den Wagen schon gehört und lief bellend nebenher. Als ich ausstieg, sprang er an mir hoch und versuchte mein Gesicht zu lecken.

»Fritz, lass das«, quäkte Otto, der mit einem Eimer aus dem Schweinekoben kam.

Er sah wieder so aus, wie ich ihn vom Marktplatz kannte. Schmutzig.

»Ach, Sie schon wieder«, krächzte er an mir hoch. »Können Sie Fäden ziehen?«

Ohne meine Antwort abzuwarten, stakste er ins Haus.

Einen Augenblick war ich unschlüssig, was ich tun sollte. Eine Vorahnung sagte mir, dass dieser Schrat kein Verbandsmaterial im Haus hatte, und es kostete mich einiges, um dem Taxifahrer seinen Verbandskasten abzuluchsen.

Mit den Tüten und dem Kasten folgte ich in die Stube. Es roch nach verbrannten Essensresten, überall lagen Kleider und Unrat herum. Ein Huhn flüchtete kreischend vor dem Hund von der Fensterbank ins Freie.

Es war, als habe sich jemand zwischen meinem ersten Besuch und heute einen schlechten Scherz erlaubt und einfach die Kulissen gewechselt.

Otto saß auf der Ofenbank, wieder wie ein Taschenmesser auf den Tisch gestützt, und nestelte an seinem inzwischen grauen Kopfverband.

»Machen Sie mir den ab. Das juckt. Will nicht, dass sich das entzündet.«

»Haben Sie Verbandszeug?«

»Wozu? Das haben Sie doch vom Taxi. Also, worauf warten Sie?«

»Haben Sie wenigstens einen Schnaps, um die Wunde zu reinigen?«, fragte ich in der gleichen Tonlage, während ich den Kasten nach einer Verbandsschere durchsuchte.

Er griff unter sich und zog eine Flasche, wie ich sie aus der Pension kannte, aus den Holzscheiten hervor.

»Brauchen Sie einen Schluck vorher?« Sein Lachen klang wie der Schrei eines Aasgeiers über der Beute.

Nach zwanzig Minuten war die Prozedur beendet. Die Wundränder hielten auch ohne Fäden. Im Kasten hatte ich noch eine Salbe gefunden, die zwar schon über das Verfalldatum hinaus, aber besser als nichts war.

Otto betrachtete mein Werk, seine blutunterlaufene Stirn und

Augenbraue in einem Hackbeil, das er zuvor mit dem Ärmel abgewischt hatte.

»Sie taugen ja was«, bemerkte er und machte sich über meine Tüten her.

Das teure Gemüse stopfte er achtlos in einen Eimer, das Obst breitete er vor sich auf dem Tisch aus.

»Ist nicht vom Markt«, murmelte er. »Die haben nicht so teures Zeug.«

Vorsichtig nahm er eine Kiwi und betrachtete sie. Mit seinem Daumennagel kratzte er die Pelle an der Fruchtseite ab und lutschte sie, wie man ein rohes Ei aussaugt.

Die Haut wog er in seiner Hand. »Ob ich es noch jemals schaffe, in deine Heimat zu kommen?« Dabei streichelte er sie wie das Fell einer toten Maus. Sein Blick war traurig. »Waren Sie je in Neuseeland?«

Ich verneinte.

»Als junger Mann war das mein Traum, bis das da kam.« Er machte eine leichte Kopfbewegung, um zu verdeutlichen, dass er sein Gebrechen meinte. »Es waren schlechte Zeiten damals. Meine Familie war arm, und ich träumte davon, auf einer Plantage mit diesen Früchten zu arbeiten.«

Er betonte das »mit« so, dass ich es den Früchten zuschlagen musste. Es klang wie »mit meinen Freunden, den Kiwis, zu arbeiten«.

»So was schmeißen sie nicht weg. Finde nie welche. Machen sie Saft draus.«

Ich schämte mich, nur drei Kiwis gekauft zu haben. Der Rest bestand aus polierten Äpfeln, ausgesuchten Bananen und ein paar Birnen.

»Erzählen Sie. Was gibt es auf dem Markt Neues?«

Lieber hätte ich ihm ein paar Fragen gestellt, befürchtete aber, dass er wieder zuklappte wie eine Auster. So erzählte ich von dem

Krieg, der zwischen den Wirten auszubrechen drohte, und welche Konsequenzen daraus für den ganzen Platz entstehen konnten.

Er entpellte wieder eine Kiwi und genoss sie auf die gleiche Weise wie die erste. Den leeren Pelz legte er behutsam wie ein schlafendes Wesen neben den anderen.

»So, so. Die haben mal wieder Krach«, knurzte er. »Es ist seit Jahren das Gleiche. Wenn sie sich nicht über mich ärgern können, dann gehen sie aufeinander los. Wird Zeit, dass ich wiederkomme.«

Seine Augen verwandelten sich wieder ins Schelmische.

»Tun Sie mir einen Gefallen?« Er nahm meine Hand zwischen seine knorrigen Finger. »Wenn ich wiederkomme, legen Sie mir nur zwei Kiwi in den Wagen?« Er wartete meine Reaktion nicht ab. »Ich verspreche, es werden nicht mehr viele sein.«

Ich nickte stumm.

Da ich vergessen hatte, dem Fahrer zu sagen, dass er mich wieder abholen sollte, blieb mir nichts anderes übrig, als die paar Kilometer zur Pension zu laufen.

Die Sonne war schon untergegangen, als ich mein Ziel erreichte.

Die Gersters saßen beim Abendbrot.

»Kein Taxi? Zu Fuß?« Frau Gerster nickte anerkennend mit dem Kopf. »Das ist gut. Dann haben Sie sich das Essen redlich verdient.«

Sie hatte Hase mit Rotweinsauce und Knödel gemacht.

»Kiwi«, dachte ich beim Einschlafen.

7

Neben dem Frühstücksteller lag ein Fax der Redaktion. So hatte ich mir das vorgestellt. Die Kollegen hatten Auskünfte über die beiden Verwaltungsgesellschaften eingeholt, und beide gehörten einer Gesellschaft in Vaduz, die wiederum einer Gesellschaft in Rom gehörte. Von da an waren keine weiteren Spuren mehr zu finden.

Wie es aussah, gehörten die Münstergesellschaften letztendlich zusammen, arbeiteten aber vordergründig gegeneinander. Das ergab für mich zwar auch keinen Sinn, aber die Fakten sprachen dafür, dass hier ein übles Spiel getrieben wurde.

Der Professor musste ebenfalls bis zu dieser Konstellation vorgedrungen sein, wahrscheinlich noch ein Stück weiter, sonst hätte seine Voraussage nicht eintreten dürfen.

Wo sollte ich jetzt noch suchen, und wonach?

Mir fiel nur die Tochter des Professors ein. Sie konnte die Einzige sein, die etwas wusste oder etwas im Nachlass ihres Vaters hatte, von dem sie noch nicht einmal ahnte, wozu es von Nutzen war.

Frau Gerster hatte mir meine Überlegung angesehen.

»Das bringt heute nichts. Der Professor wird heute beerdigt.«

»So schnell?«, entfuhr es mir.

Sie sah mich erstaunt an. »Warum nicht? Ist doch normal, wenn die nicht so viel zu tun haben.«

Normal. Was war daran normal? Demnach hatte der Staatsanwalt keinen Zweifel an einem Unfall gehabt und keine Untersuchung angeordnet. Seit Bestehen der Straßenbahn wird das erste Mal jemand von einer solchen getötet, und das sollte normal sein? Die Sache wurde mir immer suspekter.

Einen Moment verfiel ich auf die Idee, der Erzbischöflichen Bibliothek einen Besuch abzustatten, verwarf das aber gleich wieder. Wenn man der Stadtverwaltung schon keine direkte Einsicht gewährte, warum sollten sie es bei einem fremden Journalisten tun?

Ich wurde das Gefühl nicht los, dass die Angelegenheit doch irgendwie mit der Kirche zu tun hatte. Die Fäden schienen in Rom zu enden.

Eine Stunde später war ich in der Universität.

Seit meiner Studienzeit hatte sich einiges verändert. Der alte Lesesaal mit der angrenzenden Bibliothek hatte sich in ein Internet-Café verwandelt. Es dauerte eine Weile, bis ich einen Bildschirmplatz ergattern konnte.

Mehr als zwei Stunden tauchte ich in die europäische Geschichte, fasziniert vom Medium Internet, der Wandlung der Gesellschaft und der politischen Machtverhältnisse in wenigen Jahrhunderten. Dokumente, die ich im Original nicht lesen konnte, gab es als Übersetzung, was gerade mir mit meinen verloren gegangenen Sprachkenntnissen zugute kam.

Zufrieden mit meiner Ausbeute steuerte ich den Münsterplatz an.

Ich hatte zwar immer noch nicht die Erkenntnisse, die der Professor mit ins Grab nehmen würde, aber zumindest eine Richtung, wonach ich zu suchen hatte. Der Anfang musste in der Herrschaftszeit der Großherzöge von Toscana und Modena gelegen haben, denen per Reichsdeputationshauptbeschluss vom Februar 1803 die Stadt und das Umland rückwirkend von 1801 zugesprochen worden waren.

Ich durchquerte die Arkaden und fand kein Zeichen von Otto.

Der dicke Wirt stand unbeteiligt mit verschränkten Armen in der Tür und beobachtete das Treiben beim Kroaten. Vier Männer waren dabei, einen der beiden großen Sonnenschirme, die seinen ganzen Biergarten überspannten, aufzurichten.

»Was ist los?«, fragte ich den Dicken.

Er grinste. »Jemand hat dem heute Nacht die Dinger abgesägt.«

»Weiß man schon, wer?«

Er schüttelte den Kopf. »Keine Ahnung. Die Polizei war schon da und hat's aufgenommen.«

»Und, haben Sie die Preise schon angehoben?«

Sein Lächeln verschwand. »So schnell geht das nicht. Muss erst neue Karten drucken lassen.« Damit stieß er sich vom Türrahmen ab und trollte sich ins Restaurant.

Boras stand ebenfalls in der Tür. Er lächelte nicht.

»Madonna, ich hab's kommen sehen«, jammerte er. »Was das kostet!«, und als er mich wahrnahm: »Was habe ich gestern noch gesagt? Sie sind mein Zeuge!« Er senkte die Stimme und grollte mir zu: »Das war dieser Nazi. Ganz bestimmt. Kann es nur nicht beweisen.«

Ich hatte keine Lust, in diesen Krieg hineingezogen zu werden, und beschloss, eine Kleinigkeit beim Türken zu essen. Der hatte sich an dem fraglichen Abend als der Unbeteiligtste gezeigt.

Er verfügte nicht über einen mit Blumentrögen abgegrenzten Vorplatz. Einfache Stehtische mit einem Sonnenschirm in der Mitte verdeutlichten seine Geschäftspolitik und wohl auch die Art seiner Kundschaft.

Das Lokal war kleiner als die übrigen und von einfacher Funktionalität. Nichts, was einen Gast länger als nötig halten wollte. Eine Glasvitrine mit Sesambrot, gefüllt mit Salaten, der obligatorische Kebabspieß. Ein Spiegelregal mit Spirituosen und Gläsern, eine Schankanlage.

Ich bestellte ein gefülltes Fladenbrot und ein Bier.

Erst jetzt erkannte er mich. »Guten Tag, mein Herr. Schön, dass Sie mal vorbeischauen. Ist eine Menge los heute.« Er deutete mit dem Fleischmesser in Richtung des Kroaten.

Er schenkte mir einen Arak ein. »Bitte nicht zu dieser Tageszeit«, wehrte ich ab.

»Doch. Es ist Brauch so. Ein neuer Gast muss begrüßt werden. Trinken Sie nur, wärmt den Magen vor. Ist ein Blödsinn, dass man Schnaps nach dem Essen trinkt. Vorher kann er wirken, nicht wenn der Magen schon voll beschäftigt ist. Dann ist es zu spät.«

»Haben Sie keine Angst vor Repressalien?«, fragte ich mit halb vollem Mund.

Eine Horde Halbwüchsiger stürmte herein und bestellte Kebab mit Majo und Cola.

»Nein«, antwortete er, während er die Jugend bediente. »Warum sollte ich? Ich bin hier das kleinste Glied, und was wollen die mir schon tun? Mir meine paar Tische umwerfen? Mich bedrohen? Lachhaft. Ich muss hiermit mein Geld verdienen, der Rest geht mich nichts an. Und das wissen die.«

»Nein, ich meine vonseiten der Bank, wenn Sie die Preise nicht anheben?«

Er überlegte einen Moment. »Es geht Sie zwar nichts an, aber ein Geheimnis ist es auch nicht. Ich zahle, was ich an die Verwaltung zu zahlen habe, bar bei der Sparkasse ein. Mehr nicht. Ich will mit denen nichts zu tun haben. Hat es geschmeckt?«

Er kritzelte einen Betrag auf einen Brauereiblock und schob ihn mir hin. Damit betrachtete er das Gespräch als beendet.

Beim Kroaten waren die Männer immer noch mit dem Aufstellen der Schirme beschäftigt.

Aus dem Münster glaubte ich Orgelklänge zu hören und betrat

es durch die Südpforte. Der Tonfolge nach übte jemand, ohne ein zusammenhängendes Stück erkennen zu lassen. Ich schlich die Stiegen zur Empore hinauf und schaute über den Rand der obersten Stufe.

»Kannst du Orgel spielen?«, fragte ich das Mädchen.

Lisa schaute erschrocken vom Spieltisch hoch.

»Sie sind das«, klang es fast enttäuscht.

»Warum bist du nicht auf der Beerdigung?«

Sie zog alle Register und ließ die Orgel aufheulen, dass sich die Kirche in einen schmerzhaften Resonanzraum verwandelte.

»Ich will nicht ... und ja, ich kann Orgel spielen. Opa hat es mir beigebracht.« Sie klang trotzig und traurig zugleich. »Wo sind Otto und Fritz?«

Ich beruhigte sie, dass beide bald wieder am Marktplatz sein würden.

»Warum sollte ich deiner Mutter nichts davon erzählen?«

Sie entlockte den Pfeifen leisere Töne. »Mami will das nicht. Sie sagt, Otto sei schmutzig und ein Ungeheuer, eine Ausgeburt der Unterwelt ... glaubst du das auch?«

Ich konnte mir ein Lächeln nicht verkneifen. »Was verstehst du unter ›Unterwelt‹?«

Sie zuckte mit den Schultern und warf ihr blondes Haar in den Nacken. »Weiß nicht. Was Unheimliches eben.«

»Findest du Otto unheimlich?«

Sie presste die Lippen zusammen und schüttelte den Kopf. »Nö. Soll ich dir was vorspielen? Ich kann auch die Noten.«

»Darfst du denn überhaupt hier spielen?«

»Mann, bist du doof. Wenn Opa krank war, habe ich für ihn gespielt. Hat keiner gemerkt. Na ja, fast keiner.«

Mein Lachen hallte vom Gewölbe zurück.

»Was spielst du mir denn?«

»Eine Bach-Fuge. Die mochte Opa.«

Es war nicht nur ein Hörgenuss, es war auch eine Augenweide, wie die Kleine ihren ganzen Körper am Spieltisch einsetzte. Wenn die Partitur es verlangte, aber ihre Beine zu kurz waren, die Fußpedale zu bedienen, behalf sie sich halb stehend wie eine Stepptänzerin auf der Bühne. Von einem Fuß auf den anderen hüpfend.

»Bravo«, klang es von der Stiege. »Sehr gut. Aus dir wird noch eine große Organistin.«

Lisa sprang erschrocken auf und machte einen Knicks. »Herr Erzbischof, ich, ich wollte ...«

»Schon gut. Und wer sind Sie?« Ich war aufgestanden und musterte den alten Herrn. Er trug den schlichten schwarzen Anzug eines katholischen Priesters. Nur sein Siegelring verriet ihn als Amtsinhaber. Ich stellte mich vor, und er reichte mir die Hand, die sich weich und kraftlos anfühlte.

»Freut mich, wenn Touristen sich für die Kulturschätze unserer Stadt interessieren.«

Bevor er wieder hinabstieg, streichelte er Lisa übers Haar.

»Sei nicht traurig. Dein Opa wird immer da sein, um dich beim Spielen zu unterstützen. Er lebt in deinem Talent für uns alle weiter.«

Lisa schüttelte die Hand, als habe sie sich verbrannt. »Komm, lass uns gehen. Lädst du mich zu einem Eis ein?«

Wir suchten uns einen Platz im Münstercafé.

Lisa bestellte einen Maxi-Eisbecher, ohne die Karte eines Blickes zu würdigen. Sie war wohl nicht zum ersten Mal hier. Ich entschloss mich zu einem Cappuccino.

»Einen wunderschönen guten Tag, Signore«, begrüßte mich der Wirt und stellte persönlich das Gewünschte auf den Tisch. »Haben Sie gehört, was diese Geier gemacht haben?«

Ich tat unwissend und schüttelte den Kopf. Er erzählte mir mit südländischem Überschwang, was mir der Kroate schon berichtet hatte.

»Was meinen Sie? Sie sind doch Berater. Was soll ich tun. Die Preise halten, obwohl es schwerfällt, oder anheben?«

Da ich mir dazu schon Gedanken gemacht hatte, fiel mir die Antwort nicht schwer.

»Wenn Sie Ihre Ruhe und eine vernünftige Gewinnspanne behalten wollen, anheben. Sie haben doch als Einziger keinen direkten Wettbewerb, also was soll es.«

Er raffte seine lange Schürze zur Seite und setzte sich zu uns.

»Ich bin noch nicht so lange hier«, erklärte er. »Und Enrico, der das Café vor mir gehabt hat, konnte auch gut wirtschaften, und trotzdem hat er es nicht geschafft. Die kleine Lisa weiß das, nicht wahr, Bambina?«

Lisa nickte. Ich fragte mich, was Lisa mit der ganzen Sache zu tun hatte, aber bevor ich eine entsprechende Frage stellen konnte, sprach der Wirt auch schon weiter.

»Und da ist noch das Café Hofmann, Signore. Ich glaube nicht, dass die auch die Preise anheben werden. Das gehört der Signora. Das könnte schon Probleme für mich geben.«

Mir kam eine Idee.

»Giacco, so heißen Sie, glaube ich. Wer von uns beiden hat den größeren Charme? Sie oder ich?«

Er schaute etwas irritiert. »Ohne Sie beleidigen zu wollen, Signore, ich.«

»Sehr gut. Dann wird es für Sie kein Problem sein, die Signora Hofmann davon zu überzeugen, dass auch sie in bestimmten Bereichen die Preise anheben sollte. *Capisce?*«

»Ähm, warum sollte sie das?«

»Wer Eigentum am Münsterplatz hat, ist ein cleverer Geschäftsmann. Darum.«

Giacco überlegte einen Moment. »Sie sind ein Genie. Die

Kleine bekommt noch einen Maxi-Eisbecher und Sie einen Café Amaretto. Geht alles aufs Haus.«

Laut schnatternd gab er die Bestellung auf und rannte davon.

Lisa schaute mich über den Rand des Bechers an, aus dem die letzten Reste laut gurgelnd durch den Strohhalm in ihr verschwanden.

»Gibt's jetzt noch so einen?«

»Sieht so aus.«

»Cool ... können wir auch mal Otto mit hierher nehmen?«

Obwohl sich da äußerste Bedenken in mir meldeten, sagte ich: »Fragen wir ihn einfach, wenn er wieder da ist.«

Während Lisa sich mit der zweiten Eisbombe beschäftigte, hing ich meinen Gedanken nach.

Eine so schöne Stadt, ein so schöner Platz, und doch nichts als Unfrieden, der es noch nicht einmal mehr schaffte, es hinter den Fassaden zu halten. Oder sollte es jeder sehen? Wer trieb bloß dieses perfide Spiel hinter allem und allen?

Aber das war nicht mein Problem. Wenn es etwas zu berichten geben würde, sollte sich die lokale Presse darum kümmern.

Obwohl das Verhalten der Staatsanwaltschaft dagegensprach, hatte ich mich entschlossen, den Tod des Professors zu meiner Story zu machen. Was ich zu diesem Zeitpunkt noch nicht einmal ahnte, war, dass ich einem gravierenden Gedankenfehler aufsaß. Einem Fehler, weil ich versuchte, logisch an die Sache heranzugehen, und nicht auf meinen Instinkt hörte.

Das Gurgeln des Strohhalms brachte mich in den Tag zurück. Lisa lehnte sich zurück und hielt sich den Bauch.

»Puh. Ich kann nicht mehr«, stöhnte sie.

»Schade. Ich wollte dir gerade noch ein Stück Kuchen im Café Hofmann spendieren.«

»Nein, danke. Können wir das auf morgen verschieben? Ich muss jetzt nach Hause. Sonst wird Mami stinkig. Wie spät ist es?«

Es war schon vier Uhr. Lag es an der herzerfrischenden Art des Kindes oder an meinem Alter, dass die Zeit verflog? Ich würde mir darüber ein anderes Mal Gedanken machen.

Ich nahm ein Taxi und setzte Lisa vor ihrer Haustür ab.

»Stark«, grinste sie beim Aussteigen. »Jetzt hängen sie alle hinter den Gardinen und zerreißen sich die Mäuler, wie ich mir ein Taxi leisten kann.«

8

Diesmal vergaß ich nicht, das Taxi anzuweisen, so lange auf mich zu warten.

Otto fand ich im Schuppen hinter dem Schweinestall. Er hatte einen zweirädrigen Handkarren auf die Seite gelegt und setzte ein Rad auf die Achse.

»Was treibt Sie schon wieder her?«, knurzte er mich von unten an.

»Wird das Ihr neues Transportmittel?«, umging ich seine Frage.

Er nickte. »Hat nicht so viel Platz, ist aber luftbereift, wie Sie sehen. Fortschritt aus Mangel.« Ein krächzender Husten folgte, und er winkte mir, das Ding auf die Beine zu stellen.

Seine Lungen rasselten, und es dauerte geraume Zeit, bis er wieder halbwegs atmete.

»Das hört sich nicht gut an«, diagnostizierte ich.

»Was wissen Sie schon! Was wollen Sie?«, murrte er.

Ich hielt einen Plastiksack hoch. »Kiwi?«

»Zwei?«

»Nein, sechs Stück.«

»Blödsinn«, seine Stimme wurde böse, »Überfluss tötet die Einzigartigkeit. Nehmen Sie vier wieder mit.«

»Sie enthalten die meisten Vitamine«, versuchte ich mich zu rechtfertigen, wohl wissend, dass es nur meine Hilflosigkeit war, die das gesagt hatte.

»Vitamine, bäh! Esse ich schon mein ganzes Leben mehr als genug. Hat nichts geholfen, wie jeder sehen kann.«

Er ließ mich stehen und stakte ins Haus.

Ich ging ihm nach. Als ich eintrat, saß er bereits am Tisch und starrte vor sich hin. Die Kiwi-Häute lagen noch an ihrem Platz.

»Wer hat Sie aus dem Münster auf die Straße gestoßen?«, fragte ich ohne Vorwarnung.

Sein Gesicht verdüsterte sich, und als ob es seine Erinnerung zurückbringen würde, kratzte er an dem Pflaster auf der Stirn.

»Warum wollen Sie das immer noch wissen? Das bringt doch nichts.«

Ich erklärte ihm, dass ich nach Hintergründen für den Tod des Professors suchte.

»So, so. Journalist sind Sie. Ein Schnüffler also ... wenn's Ihnen hilft, Gottes Helfer persönlich hat mich hinausgeworfen.«

»Wen meinen Sie damit?«

»Ihr Taxi wartet. Finden Sie es selbst heraus. Ist doch Ihr Beruf. Oder?«

Mit der schnippischen Bemerkung »Nicht alle auf einmal essen!« legte ich die Kiwi-Tüte auf den Tisch und ließ mich in die Pension fahren.

»Kommen Sie mit Ihrer Story weiter?«, empfing mich Gerster, der früher als üblich zu Hause war.

»Mit welcher?«

»Lassen wir den Professor ruhen. Er hat alles mit ins Grab genommen. Die Lebenden geben mehr her.« Damit wandte er sich wieder seinen Rosen zu, die an der Hauswand emporkletterten.

»Waren Sie auf der Beerdigung?«

»Ja. War sehr schön und erhebend. Sogar der Bürgermeister hat eine Ansprache gehalten.«

»Der Erzbischof war nicht zufällig auch da?«

Er hielt beim Schneiden inne. »Nein. Was sollte der da. Das macht der Stadtpfarrer.«

»Schön und erhebend«, sinnierte ich, während ich mich umzog. Was fanden die Menschen bloß an einer Beerdigung »schön«? Trauer, Betroffenheit wäre angebracht, aber es war Voyeurismus, Sensationslust an einem Spektakel, bei dem man (noch) nicht selbst beteiligt war.

Ich brauchte Ablenkung und hatte beschlossen, ins Theater zu gehen. Molière war immer gut. Vielleicht ergab sich im Anschluss bei einem Kneipenbummel dies oder das.

Es ergab sich.

An der Theke eines kuscheligen Altstadt-Lokals lauschte ich dem Gespräch dreier jüngerer Männer. Wie es sich anhörte, waren sie Kollegen meiner Zunft bei der hiesigen Zeitung. Das Thema waren die Verhältnisse der Münster-Gaststätten und der Professor.

Ich hörte zwei Bier lang zu und stellte mich dann vor. Ihre Neugier war, wie es sich für Journalisten gehörte: woher, warum, wieso? Nachdem sie mich ausreichend beschnüffelt und als einen der ihren akzeptiert hatten, entspann sich ein Gespräch nach meinem Herzen.

Nach einer saftigen Rechnung – die drei hatten meinen Altersunterschied, meine höhere Position bei einer überregionalen Zeitung und meine Einladung weidlich ausgenutzt – kam ich weit nach Mitternacht etwas alkoholisiert in die Pension zurück.

Frau Gerster war immer noch oder schon wieder im Gastraum zugange.

»Jemine! Wo kommen Sie denn her?«, empfing sie mich. »Ich dachte, Sie schlafen schon längst.«

Ich hatte wohl einen etwas schwankenden Gang. Denn sie geleitete mich an einen Tisch.

»Au, au, das kenne ich von meinem Mann. Da hilft nur eins ...«

Sie verschwand in der Küche und kam mit einem Glas zurück, in dem sich etwas sprudelnd auflöste.

»Trinken und ausschlafen!«, befahl sie. »Ich mache Ihnen dann ein Spezialfrühstück.«

9

Es war bereits Mittag, bis ich mein Frühstück einnahm – ein als Omelette getarntes Bauernfrühstück, das zwischen den Mittagessen der übrigen Gäste nicht ganz so deplatziert wirkte.

Die Essenz meiner nächtlichen Gespräche war befriedigend. Die Kollegen von der Presse waren gleicher Meinung, dass der Professor nicht durch einen Unfall umgekommen war. Verstärkt hatte diese Annahme das Verhalten ihres Chefredakteurs, der einen hinterfragenden Artikel gekippt hatte.

Weiter hatte man meine Annahme geteilt, dass es am Münsterplatz nicht mit rechten Dingen zuging, obwohl es zwischen den Wirten schon öfters Streitigkeiten gegeben hatte. Neu für mich war, dass es die Zweiteilung der Verwaltungsgesellschaften erst seit einigen Monaten gab. Diese hatte nahezu unter Ausschluss der Öffentlichkeit stattgefunden.

Auch für den Namen »Gottes Helfer« hatten sie eine Erklärung. Es war der Spitzname des Erzbischofs in der Stadt, der wegen seiner Distanz zur Presse nicht beliebt war. Ich konnte mir zwar nicht vorstellen, dass sich ein Erzbischof an Otto die Finger schmutzig machte, aber ich ließ die Möglichkeit offen.

Ich hatte lange überlegt, welche Blumen die passenden sein könnten, und mich für Sonnenblumen entschieden. Sie strahlten zeitlose Freundlichkeit aus und erhoben nicht den Anspruch, nur zu bestimmten Gegebenheiten verschenkt werden zu dürfen.

Frau Solvay öffnete. »Ach, Sie! Kommen Sie herein.«

Ihre blonden Locken bildeten einen zauberhaften Kontrast zu einem schlichten grauen Kleid. Bei meinem ersten Besuch war mir nicht aufgefallen, wie zerbrechlich sie war. Groß, aber feingliedrig.

Sie nahm mir meinen erneuten Besuch anscheinend nicht übel und bat mich ins Wohnzimmer.

»Trinken Sie einen Kaffee mit? Es dauert noch ein wenig, bis er durchgelaufen ist. So lange stelle ich die Blumen ins Wasser.«

Sie verschwand in die Küche.

Ich nutzte die Zeit, um mir den Raum genauer anzusehen als beim letzten Mal.

Unter einem der drei Fenster stand ein dunkelbrauner Schreibtisch mit gedrechselten Beinen. Um ihn herum waren Papiere, Akten und Bücher, fein säuberlich getrennt, zu Stapeln aufgeschichtet. Auf dem Fensterbrett standen Bücher, wie ich sie im Archiv gesehen hatte. Goldbedruckte Lederrücken, teilweise sogar mit Goldschnitt.

»Das war sein Arbeitsplatz.«

Sie jonglierte ein Tablett mit Tassen, Keksen und einer Kanne und hatte sich geschminkt.

»Möchten Sie einen Cognac dazu? Vater hat immer einen zu den Keksen getrunken.«

Ich lehnte dankend ab. Mein Bedarf war noch gedeckt.

»Kommt nicht in Frage. Ich trinke nicht gerne alleine, und heute ist mir nach einem Cognac ... als Toast und Andenken an einen wahrhaft genialen Menschen.«

Nachdem wir auf den Professor angestoßen hatten, streifte sie die Schuhe ab und zog die Beine auf den Sessel.

»Was haben Sie mit meiner Tochter gemacht? Die schwärmt nur so von Ihnen.«

»Nichts. Ich habe nur ihrem Spiel gelauscht. Sie ist schon fast perfekt.«

»Wenn sie so gut in der Schule wäre, hätte ich ein paar Sorgen weniger. Aber stopfen Sie sie nicht mehr so mit Eis voll. Das untergräbt meine Autorität.«

Sie lächelte dabei. Ihr Tadel war demnach nicht ganz so ernst gemeint.

»Ihr wird eine starke Hand fehlen, wenn ich erst einmal wieder arbeiten muss. Ich weiß auch nicht, wie das werden soll.«

Sie schlug einen Weg ein, der zwar angenehm werden konnte, mir aber momentan nicht in den Zeitplan passte.

»Ähm, darf ich zwischendurch eine andere Frage stellen?«, versuchte ich meine Linie wieder zu finden.

»Fragen Sie.«

Behutsam versuchte ich ihr zu erklären, wonach ich suchte und dass die Beweise alle in die Richtung deuteten, dass der Professor kein Spinner gewesen war, sondern bewusst oder zufällig jemand mit seinen Recherchen zu nahe gekommen war, und dass ich seinen Tod nicht für einen Unfall hielt.

Sie stützte den Kopf in die Hände und starrte durch mich hindurch. Es entstand eine lange Pause, die nur vom Knacken der Kekse gestört wurde, die ich unbewusst in mich hineinstopfte.

»Nun gut. Von mir aus können Sie einen Blick in seine Unterlagen werfen, aber unter einer Bedingung ...«

»Und die wäre?«

»Sie rühren nicht an seinem Unfalltod. Sonst zahlt die Versicherung nicht. Haben wir uns verstanden?«

Das hatte ich nicht bedacht. Bei Mord würde sich die Versicherung auf ihre Bedingungen stützen und die Zahlung verweigern. Es blieb mir nichts anderes übrig, als einzuwilligen, wenn ich weiterkommen wollte, ohne ihr und Lisa zu schaden.

»Es wird ein paar Tage dauern, bis Sie das alles gesichtet haben.« Sie ging zu den Stapeln auf dem Boden und auf der Fensterbank. »Ich bin Ihnen dabei keine Hilfe. Er hat nie darüber gesprochen, was er gerade suchte. Wollen Sie einen Schlüssel zur Wohnung, oder soll ich Ihnen sein Zimmer richten?«

Sie verstand es, mich zu überraschen. Ihre Zerbrechlichkeit täuschte über ihren Willen und ihre Kraft hinweg, etwas zu erreichen.

Da mir das zu leicht und zu schnell ging, schob ich vor, das erst mit der Pension klären zu müssen, ob man mich ohne Zusatzkosten aus der Buchung lassen würde.

Wir verabredeten uns auf den morgigen Nachmittag.

»Wie heißen Sie eigentlich?«

Ich druckste die übliche Schrecksekunde herum, die mich immer überkam, wenn man mich nach meinem Namen fragte.

»Krzcywanowski.« Was kann ich für meine polnischen Vorfahren? »Oder sagen Sie einfach Gerd.«

»Das passt ja. Ich heiße Gerda.«

». . . und danke für die Sonnenblumen! Sie sind sehr schön. Freue mich auf morgen . . .«, rief sie mir im Treppenhaus nach.

Im Eingang traf ich auf Lisa.

»Hi, wo warst du heute? Otto hat mir von dir erzählt. Du hast ihn gerettet. Hast du Mama was erzählt?«

Ich schüttelte den Kopf und legte den Finger des Schweigens auf den Mund.

»Du hast was verpasst. War ganz schön was los heute Nacht. Der Pizzeria haben sie die Blumenkästen umgestürzt und alle Fenster mit ›Mafia-Schwein‹ besprüht, und dem Griechen haben sie die Sonnenschirme verbrannt. Waren tierisch viele Bullen unterwegs. Sehen wir uns morgen?«

Sie wartete meine Antwort nicht ab und hetzte die Treppe hoch.

Meine berufsbedingte Neugier trieb mich zum Münsterplatz. Stadtarbeiter waren damit beschäftigt, die Blumenkübel wiederaufzurichten. Ich konnte mir nicht vorstellen, wie man die ohne schweres Gerät hatte umwerfen können. Es konnte demnach nicht die Tat eines Einzelnen sein.

Die Sonnenschirme reckten ihre verbrannten Streben von sich und sahen mit den verbliebenen Stoffresten Vogelscheuchen ähnlich. Das Pizza-Personal war mit Messern dabei, die Farbe abzukratzen. Das »Mafia« hatten sie schon geschafft.

Den Umsatztag konnten beide Lokale abschreiben. Dafür profitierten das Münstercafé und die Konditorei Hofmann, deren Gärten voll mit Schaulustigen waren. Ich suchte mir im Inneren der Konditorei einen Platz und fragte nach der Chefin.

»Ja bitte?«

Frau Hofmann war eine elegante, sehr gepflegte Frau von etwa Anfang vierzig. Ihr rotbraunes Haar hatte sie hinter dem Kopf zusammengefasst und strahlte dadurch eine gewisse Unnahbarkeit aus. Ein schwarzes Kostüm mit einer Brillantenkette verstärkte diesen Eindruck.

Ich stellte mich mit meiner wahren Identität vor und dass ich einen Artikel über die Stadt seit 1800 schrieb. Was noch nicht einmal so gelogen war. Da ihr das nur ein freundlich distanziertes Lächeln entlockte, orakelte ich, dass der Tod des Professors mit den derzeitigen Vorfällen am Platz zu tun haben könnte.

Es dauerte ein paar Sekunden, bis sie sich entschieden hatte, ob das von Interesse sei oder nicht.

»Kommen Sie bitte mit«, forderte sie mich auf und führte mich im ersten Stock in ein Büro.

Im Gegensatz zum Café, das etwas altbacken wirkte, war der Raum nach modernsten Gesichtspunkten ausgestattet. Ein weit ausladender hellgrauer Schreibtisch, Chromregale mit schwarzen Böden, Computer, filigrane Skulpturen, Drucke von Miró.

»Stört es Sie, wenn ich rauche?«

Mit einem goldenen Feuerzeug zündete sie sich ein Zigarillo an, was ihr gleich den Hauch einer Edel-Zigeunerin verlieh.

»Erzählen Sie.«

Ich begann mit dem, was mir die Kollegen erzählt hatten, dass sich die Verwaltung der übrigen Liegenschaften vor noch nicht langer Zeit in zwei aufgesplittet hatte.

»Das geht mich nichts an, aber ich habe davon gehört. Worauf wollen Sie hinaus?«

Sie hörte meiner Vermutung ruhig zu und blies blaue Kringel in die Luft.

»Da könnte etwas dran sein. Wo Sie das sagen, fällt es mir auch auf. Vorher war relativ Ruhe am Marktplatz. Erst seitdem sich zwei Gesellschaften den Markt teilen, ist ständig Ärger. Das letzte Nacht war bisher der Gipfel. Man könnte wirklich meinen, dass da eine Taktik hintersteckt. Nicht auszudenken, wohin das noch eskaliert. Aber was hat das mit dem Professor zu tun?«

»Der Professor war den Drahtziehern vermutlich zu nahe gekommen.«

»Sie meinen ... dass das kein Unfalltod war?«

Ich zuckte mit den Schultern. »Die Staatsanwaltschaft hat keine Untersuchung angeordnet.«

»Ha, wenn ich das schon höre. Hier sind alle so schwarz, dass man schon lange nicht mehr sieht, wer mit wem unter welcher Decke steckt. Es fehlt nicht mehr viel, dann taucht hier die Polizei als Schutzgeldkassierer auf und stellt dafür noch Spendenbescheinigungen aus ... aber ich weiß immer noch nicht, was Sie von mir wollen.«

»Nichts mehr. Danke. Sie haben mir schon sehr geholfen.«

Ich nutzte ihr Erstaunen und verabschiedete mich.

»Nennen Sie bloß nicht meinen Namen ...«, rief sie hinterher.

Es war noch zu früh, um in die Pension zurückzukehren, und ich hatte auch keine Lust, mich noch mit jemandem zu unterhalten. Ein kleines Lokal in der Altstadt schien mir der rechte Platz zu sein, um meine Gedanken zu ordnen.

In der engen Gasse hatten nur wenige Stühle und Tische vor dem Haus Platz, und die Passanten mussten einspurig an den Gästen vorbei. Die Plätze waren spärlich mit jungen Leuten besetzt.

Nachdem ich bestellt und mir die Tageszeitung vom Wirt geholt hatte, genoss ich die letzten Sonnenstrahlen, die es noch schafften, in die Gasse zu fallen.

Ziellos blätterte ich in der Zeitung. Unter »Lokales« erregte eine Überschrift meine Aufmerksamkeit.

Tod von Professor S. doch kein Unfall?

Der Straßenbahnfahrer des Unglückszuges sagte aus, dass er glaubt, gesehen zu haben, dass Prof. S. von einer hinter ihm stehenden Person vom Gehweg direkt vor die fahrende Bahn gestoßen wurde. Die Staatsanwaltschaft verweigerte der Redaktion jede Auskunft. Der behandelnde Arzt verwies darauf, dass der Fahrer immer noch unter Schock stehe und demnach dieser Aussage zum jetzigen Zeitpunkt keine Bedeutung beizumessen sei.

Es gab also doch noch couragierte Lokalreporter.

Im Todesanzeigenteil fand ich eine Ehrung des Münsterchors für den Professor. Auch Gersters Name war darunter. Dieser Mann schien einige Interessen zu haben.

Solvay, Gerda. Ich war mir nicht schlüssig, was ich von ihrem

Angebot – es waren ja eigentlich zwei, die auf dasselbe hinausliefen – halten sollte. Der eingefleischte Junggeselle in mir hatte alle Ampeln auf rot gestellt, der Journalist signalisierte gelb-grün.

Das war eine Entscheidung, der ich bisher immer erfolgreich aus dem Weg gegangen war. Was überwog mehr? Meine Neugier oder die Angst von einer wenn auch kleinen Familie vereinnahmt zu werden?

Gewiss, Gerda war eine gut aussehende Frau und absolut nicht dumm. Aber zu jung für dich, gab ich mir selbst das Argument contra.

Eben, weil sie so jung ist, stellt sie keine Gefahr da, meinte mein anderes Ich.

Das ist doch alles Blödsinn, meinten beide. Die Gefahr ist doch gleich null. Du hast einen Job, der hunderte von Kilometern weit weg ist. In ein paar Tagen erinnerst du dich kaum noch an ihren Namen.

»Wenn ihr meint«, brummte ich vor mich hin und beschloss, noch mal das Lokal aufzusuchen, das die Stammkneipe der Journalisten von gestern zu sein schien.

Es wurden wieder feuchtfröhliche Stunden. Heute wurde der Sieg des Reporters über den Chefredakteur gefeiert.

»Nur Scheiße, dass der Bahnfahrer kurz darauf auf eine geschlossene Station verlegt worden ist. Aber gleichzeitig ein Beweis. Die haben doch alle Dreck am … wie nennt man das Ding noch?«

Bevor der Alkohol wieder ähnliche Wirkungen auch bei mir zeigte, verabschiedete ich mich noch vor Mitternacht.

In der Pension wartete Frau Gerster auf mich.

»Jesses, wo stecken Sie denn? Sie sollen schon seit Stunden eine Frau Solvay zurückrufen.«

Vorher bestellte ich mir ein Bier und einen dieser Rachenputzer von Herrn Gerster und versuchte mir die Antworten auf die Fragen zurechtzulegen, wie ich mich entschieden hatte.

»Gerd? Mein Gott. Ich sitze hier auf Kohlen, Sie müssen möglichst sofort vorbeikommen. Bitte.«

Die Situation spitzte sich schneller zu, als ich gedacht hatte. Die Gegenseite begann Nerven und Flagge zu zeigen.

Kurz nach Mitternacht war ich bei ihr.

»Der Artikel macht jemand nervös«, war alles, was ich zu dem Schreiben des Erzbischöflichen Ordinariats sagen konnte, das für meinen Geschmack etwas jenseits seiner Machtbefugnis handelte.

Demnach wurde sie aufgefordert, die angeblich von ihrem Vater in der Erzbischöflichen Ordinariatsbibliothek widerrechtlich entwendeten Dokumente bis zwölf Uhr dieses Tages auszuhändigen.

»Wann kam das?«

»Kurz nachdem Sie fort waren. Die Post kommt hier erst nachmittags.«

»Kann das unter dem Zeug sein, was da um den Schreibtisch liegt?«

Gerda schaute verzweifelt drein. »Muss wohl.«

»Wird eine lange Nacht, bitte Kaffee ohne Ende.«

Ich machte mich über den Schreibtisch und die Papierstapel her.

Nach dem ersten Hinweis im Stadtarchiv wusste ich immerhin, in welcher Richtung ich zu suchen hatte. Der Rest musste sich ergeben. Es mussten Dokumente sein, die um 1800 datiert waren und das Herzogtum Toscana oder Modena erwähnten.

»Darf ich hier rauchen?« Normalerweise hatte ich es mir abgewöhnt, aber bei hochkonzentrierter Arbeit ertappte ich mich hin und wieder bei dem einen oder anderen Zigarillo.

»Ich bitte darum. Vater konnte auch nicht von seiner Zigarre lassen. Heben Sie schon was gegessen? Ich mache Schnittchen.«

Ich brummte etwas Zustimmendes.

Gegen fünf Uhr hatte ich die Spreu vom Weizen getrennt. Vor mir lagen nur noch Bücher und Dokumente, die ich laienhaft der Kirche zuordnen konnte. Einige identifizierte ich am Stempel des Ordinariats im Einband, andere nur daran, dass ein Erzbischof oder eine Eminenz in dem Absender oder der Anschrift genannt wurde.

»Wie steht es mit Ihren Latein-Kenntnissen?«

Ich erhielt keine Antwort. Gerda war im Sessel eingeschlafen.

Mir war auch nach Schlaf. Aber wenn ich mich jetzt hinlegte, würde ich nicht mehr wach ...

Die Sonne ging gerade auf, als Lisa mir auf die Schulter tippte.

»Was machst du denn hier? Hast du hier geschlafen?«

»Oh verflixt«, regte sich Gerda. »Ist es schon so spät? Los Lisa, mach, dass du ins Bad kommst. Ich mache dir das Frühstück.«

»Guten Morgen«, versuchte ich mit verrauchter Stimme freundlich zu sein.

»Oh, entschuldige. Natürlich ... bin ich nicht mehr gewöhnt ... ähm, ja. Ich mache uns frischen Kaffee.«

Sie wirkte wie aus dem Tiefschlaf gerissen und orientierungslos.

Gegen acht Uhr, Lisa war zur Schule, Gerda dabei, die Zimmer zu machen, hatte ich zwei Kladden aussortiert, die mit Lederriemen durch die Buchdeckel zusammengehalten wurden.

Eine davon trug noch die Reste eines zerbrochenen Siegels.

Es waren Handschriften.

Seite für Seite kämpfte ich mich durch das Latein. Da beide

Bücher von ein und derselben Handschrift, eine steile Schrift mit starken Oberlängen, geschrieben worden waren, konnten es Abschriften sein. Eine Art Sicherungskopie von Originalen.

Ich konnte vor und zurück lesen, wie ich wollte. Bei der Siegelkladde fehlte mindestens eine Seite. Der Sinn der vorderen Seite wurde unterbrochen und auf der nächsten nicht fortgesetzt. Bei einem gebundenen Buch hätte man vielleicht noch das Fehlen bemerken können. Aber bei der Kladde kamen nur Eingeweihte darauf, dass etwas nicht da war.

Einziges Ergebnis der Nacht war, dass der Professor Zugang zur so streng gehüteten Bibliothek des Ordinariats gehabt hatte und sich genau das genommen hatte, was er suchte.

Oder war das schon vorher entfernt worden?

Auf jeden Fall waren die Unterlagen für Gerda und mich wertlos. Die Frage blieb, ob das der Gegenseite bekannt war.

Sehr schnell merkte ich nun die Erschöpfung in mir hochkriechen. Rasch setzte ich den Stapel für die Polizei zusammen und konnte dann dem Sofa nicht mehr widerstehen.

Nur etwas Ruhe ...

10

»Hallo. Wach werden.«

Ganz langsam krochen meine Lebensgeister zurück.

»Gerd . . . aufstehen.«

Langsam richtete ich mich auf. Mein Rücken schmerzte.

Gerda saß in der Hocke vor mir und schaute mich an. Dass sie blaue Augen hatte, war mir bisher entgangen.

»Willst du den ganzen Tag schlafen? Es ist fünf Uhr.«

»Wo sind die Bücher?«, war das Erste, was mir einfiel.

Sie lachte und erhob sich. »Weg. Die Polizei hat sie geholt. Ich hatte keine Lust, sie ihnen hinterherzutragen.«

»Hast du dir das bestätigen lassen?«

»Jedes einzelne. Jetzt komm, nimm ein Bad.«

Noch benommen führte sie mich ins Bad. Das Wasser war bereits eingelassen.

»Wenn du was brauchst, rufe. Danach gibt es Essen. Magst du Bratkartoffel mit Wurstsalat? Ist Lisas Lieblingsspeise.«

Ich war zwar von Berufs wegen ein Morgenmuffel, aber dass ich noch zu dieser Tageszeit muffelte, war schon einige Zeit her.

Als ich aus der Wanne stieg, waren meine Kleider verschwunden.

»Du hast schon wieder ein Nickerchen gemacht.«

Ich versuchte ein Handtuch umzubinden, sie lachte.

»Ich weiß, wie ein nackter Mann aussieht. Hier ist frische Wäsche. Ich habe sie aus der Pension geholt. War gar nicht so einfach, den Hausdrachen zu überzeugen.«

Bratkartoffeln mit Wurstsalat. Diese Mischung war mir neu. Aber es schmeckte. Lisa beobachtete jede meiner Regungen, als ob sie einen Zeitpunkt abpassen würde, um etwas loszuwerden.

»Isst du nichts«, fragte ich Gerda, die dabei saß und mich ebenfalls fixierte.

»Um diese Zeit? Nein, da trinke ich Kaffee. Lisa hat darauf bestanden, mit dir zu essen ... jetzt muss ich euch etwas alleine lassen. Der Kühlschrank ist leer.«

Nachdem die Tür ins Schloss gefallen war, sprudelte Lisa los, als habe man den Korken unsachgemäß von einer Sektflasche entfernt.

»Otto möchte, dass du morgen Nachmittag zu ihm kommst. Es sei dringend, und du hättest die Kiwi vergessen. Aber ich habe ihm gesagt, dass du heute wahrscheinlich zu müde bist, um auf den Markt zu kommen, von wegen Mama und so ... Bleibst du bei uns?«

Diese Frage hatte ich befürchtet, aber von der anderen Seite erwartet, nicht von einem Kind.

Sie sah mir an, dass mein Gehirn verzweifelt nach einer kindgerechten Erklärung suchte.

»Schon gut. Überleg's dir. Du schuldest mir ja noch einen Kuchen. Ach so, das habe ich vergessen. Dem dicken Wirt haben sie die Kneipe geschlossen, sagt Otto.«

Sie räumte das Geschirr in die Spülmaschine und putzte den Tisch ab.

»Kann ich dich allein lassen? Ich möchte noch zu meiner Freundin. Die hat einen Computer mit tollen Spielen.«

»Ist das weit? Soll ich dich mit dem Taxi hinfahren lassen?«

Alter Esel, grummelte es in mir. Kaum bittet man dich mal um was, übernimmst du schon die Rolle, die du nie haben wolltest ... Vaterersatz oder der Onkel aus Übersee.

»Nein«, lächelte sie. »Ist nur ein paar Häuser weiter.«

Unschlüssig stand ich vor dem Haufen Papier, den ich die letzte Nacht aussortiert hatte.

Mein Instinkt trieb mich, ihn nochmals zu sichten. Und ich wurde fündig. »Altes Schlitzohr«, murmelte ich. Es war nicht nur ein fehlendes Blatt in dem Siegelordner gewesen, sondern drei. Sie waren an eine Partitur eines mir unbekannten Komponisten geheftet.

Soweit mein Latein reichte, konnte ich entziffern, dass es sich um ein Dekret handelte, das die Kirche anwies, bestimmte Liegenschaften den Herzögen von Toscana und Modena zu unterstellen, und zwar *ad infinitum*, also bis ans Ende ihrer Tage.

Anhand eines Wörterbuches, das ich im Regal gefunden hatte, versuchte ich die mir nicht klaren Passagen zu entschlüsseln.

»Bist du schon wieder fleißig?«

Als Gerda das fragte, fiel mir auf, dass wir schleichend zum »Du« übergegangen waren.

»Ja, ähm ... nein. Schau dir das mal an.« Ich hielt ihr die Noten mit den angehefteten Seiten hin.

Sie setzte sich neben mich und begann zu lesen.

»Kannst du Latein?«, fragte ich erstaunt.

»Natürlich. Ich habe Romanistik studiert. Da liegt Latein wohl nicht fern.«

»Und da lässt du mich die ganze Nacht mit meinen bescheidenen Kenntnissen alleine suchen?«

Sie schaute belustigt an mir hoch, nachdem ich aufgesprungen war.

»Woher sollte ich wissen, dass du kein Latein kannst?«

»Dann sag mir bitte jetzt, was da genau drinsteht.«

Es dauerte ein Weile, bis sie die drei Seiten gelesen hatte und mir zurückgab.

»Das ist eine sehr schlechte Übersetzung. Die ursprüngliche Sprache dieses Dekrets war nicht Latein. Vielleicht Deutsch, Französisch oder Italienisch.«

»Ob irgendwer noch das Original hat?«

Sie überlegte. »Wenn es noch existiert, dann kann es nur die Kirche haben. Und die rückt nichts raus. Im Gegenteil, wie du weißt. Was machen wir heute Abend?«

»Wonach ist dir?«

»Ausgehen.«

»Du bist doch in Trauer, da kannst du doch nicht ...«

»Papperlapapp. Ich bin keine Witwe, sondern eine erwachsene Frau, die ihren Vater verloren hat. Da werde ich das Recht haben, mich abzulenken.«

Das war auch eine Art von Argument, und wir entschlossen uns, durch die Altstadt zu ziehen.

Da ich ausgeschlafen hatte, morgen Samstag war und Lisa nicht zur Schule musste, bestand für uns kein Grund, die Zeit ernst zu nehmen.

Es wurde eine Nacht, die mich mein Alter vergessen ließ und meine Junggesellen-Einstellung bedrohlich ins Wanken brachte.

Lisa hatte die Veränderung im Familienleben wohl mitbekommen. Als wir gegen Mittag das Bett verließen, war der Frühstückstisch gedeckt.

»Hoppla«, schmunzelte Gerda. »Das sind aber Annäherungsversuche, die kenne ich ja noch gar nicht.«

»Und ich dachte, die Vererbung überspringt immer eine Generation«, frotzelte ich, wurde dann aber ernst. »Wie geht das denn jetzt mit euch weiter?«, schnitt ich ein Thema an, welches ich bislang tunlichst vermieden hatte.

Sie stützte den Kopf in die Hände.

»Gute Frage. Bisher haben wir von und für Vater gelebt. Aber eine Witwenrente ist wohl nicht. Werde versuchen, einen Job als Übersetzerin zu bekommen oder vielleicht als Reiseführerin. Ich habe früher mal in Italien gearbeitet.«

»Kennst du dich mit Computern aus?«

»Ich denke schon. Wenn ich was wissen will, gehe ich in die Uni. Aber Vater wollte keinen im Haus. Alles, was jünger war als eine hundertjährige Orgel, war ihm suspekt. Versaut nur die Jugend, war seine Einstellung.«

»Und Lisa geht zu einer Freundin, um unkontrolliert Peng-Bum-Spiele zu machen«, sinnierte ich laut.

Gerda zuckte mit den Schultern und räumte den Tisch ab.

Den frühen Nachmittag verbrachte ich damit, etwas einzukaufen und die Gersters zu überzeugen, dass es nicht an ihnen lag, dass ich das Domizil wechselte. Ganz wohl war mir nicht bei dem Gedanken, unversehens Familienoberhaupt spielen zu müssen, auch wenn es nur auf Zeit war.

Otto saß auf der Ofenbank und sortierte die Beute vom Markt.

»Tag, Schnüffler«, begrüßte er mich und streckte die Hand nach der Tüte aus, in der ich die Kiwi hielt. »Schon wieder zu viel«, murrte er.

»Zwei für gestern, zwei für heute und drei für Sonntag«, rechtfertigte ich die ungrade Zahl.

»So, an Sonntagen gibt's drei. Und an Feiertagen?«

»Was war mit dem dicken Wirt?«, versuchte ich von diesem Spielchen abzulenken.

»He ...«, krächzte er und versuchte einen Hustenanfall zu unterdrücken, »dem Schmutzfink hat das Gesundheitsamt die Küche zugemacht. Soll vor Kakerlaken nur so gewimmelt haben.«

»Kann ich mir nicht vorstellen. Das Lokal machte einen sehr sauberen Eindruck.«

Otto lutschte eine Freitags-Kiwi, wobei ihm der Saft zwischen die Finger rann. »Was nutzt das, wenn der Nachbar eine schmutzige Gesinnung hat?«

»Da hat also jemand nachgeholfen?«

Er fixierte mich von der Höhe der Tischplatte. »Sie lernen schnell. Auch deshalb habe ich Sie kommen lassen.«

Er kramte in seinem zerfledderten Kittel und holte eine kleine Plastiktüte hervor.

»Können Sie sich vorstellen, für Lisa Verantwortung zu übernehmen?«

Eine seltsame Frage von einem Menschen, der sich selbst freiwillig oder gezwungenermaßen außerhalb der menschlichen Gesellschaft stellte.

»Kann ich nicht sagen.«

»Sie wollen nicht. Lisa ist ein sehr wertvoller Mensch und steckt voller Talente, die gefördert werden müssen.«

Sein Ton war bestimmend, fast herrisch. Er schob mir das Tütchen hin, ließ aber seine verklebte Hand darauf liegen.

»Wenn ich nicht mehr bin, dann müssen Sie etwas für mich tun.« Er zog die Hand zurück. »Nehmen Sie diesen Schlüssel, und verlieren sie ihn ja nicht, und erzählen Sie auch keinem davon!«

»Ich bin nur noch ein paar Tage hier ...«, versuchte ich mich aus der Verantwortung zu winden.

»Ich auch.« Seine Augen strahlten, als stünde sein Ableben auf die Minute fest.

Ich steckte das klebrige Päckchen ein. »Und was mache ich damit, wenn Sie ... na ja, nicht mehr hier sind?«

Ein Lächeln huschte über sein unrasiertes Gesicht, und er begann die zweite Freitags-Kiwi auszusaugen.

»Man wird es Ihnen mitteilen«, schmatzte er, »bleiben Sie so lange in der Stadt.«

»Das kann ich nicht garantieren ...«

»Sollten Sie aber. Es dauert wirklich nicht mehr lange. Wollen Sie eine Geschichte oder nicht?«

»Wie viele Kiwis glauben Sie noch essen zu können?«, versuchte ich eine Zeiteinschätzung.

»So viel, wie hineingehen.«

Damit war für mich die Sprechzeit beendet. Mit einer Handbewegung bedeute er mir, dass ich gehen sollte.

Aus diesem Mann wurde ich nicht schlau. Einerseits konnte ich nicht anders, als Mitleid zu empfinden, andererseits würgte er jeden Versuch meinerseits ab, näher als ein paar Kiwis an ihn heranzukommen. Er schien sich keinerlei Illusionen über seinen Zustand zu machen. War es Stolz oder Trotz, die ihn so ruhig in seinen letzten Kampf führten?

»Hat jemand Geburtstag?«, empfing mich Gerda, als sie mir die Tür öffnete und die Kartons sah, die ich die Treppe hinaufgeschleppt hatte.

»Arbeitsgerät«, wiegelte ich ab.

»Oh, verlegst du deine Redaktion jetzt hierher?«

Kopfschüttelnd lehnte sie im Türrahmen und beobachtete, wie ich das Notebook startete, die Programme aufspielte, den Drucker anschloss und die Telefonabzweigung installierte.

Es klappte auf Anhieb. Der Internetzugang stand.

»Und hier ist eine Disk mit Spielen für Kinder bis fünfzehn. Gewaltfrei.«

»Findest du das gut? Du bist wahrscheinlich nicht ewig hier.«

»Kann sein. Aber dann ist das unsere Kommunikationsmöglichkeit, und Lisa kann kontrolliert spielen. Willst du anfangen?«

»Womit?«

»Wir suchen etwas. Erinnerst du dich?«

Es wurde ein langer Abend vor dem Computer. Nur, was ich mir erhofft hatte, war in keiner uns bekannten Suchmaschine zu finden. Kein Archiv gab mehr her, als was ich schon wusste. Die Zeit schien diesen Teil der Geschichtschronik verschluckt zu haben.

»Wie soll es weitergehen?«

Gerda legte den Kopf zur Seite und überlegte. »Gehen wir ins Bett.«

»Na prima«, brummte ich über diesen Vorschlag. »Versetz dich mal in diese Zeit. Jemand erlässt ein Dekret. So weit klar?« Ohne ihr Zeit zu lassen, sich das vorzustellen, entwickelte ich eine logische Gedankenkette. »Wie wurden diese Erlasse verfasst? Handschriftlich, mit einer Abschrift für den Erlasser. Es gab also nur zwei Dokumente. Was wir wissen ist, dass der Erlass 1803 im Februar ergangen ist, als das Heilige Römische Reich deutscher Nation unter einhunderteinunddreißig Landesfürsten neu geordnet wurde. Stimmt es bisher?«

Das waren die Fakten, die wir im Internet gefunden hatten.

»Kannst du dir vorstellen, dass jedes Einzelne dieser Dekrete in vielfacher Ausfertigung existiert?«

Das war allerdings nicht vorstellbar. Die Dekrete mussten von Hand schönschriftlich gemalt, abgeschrieben und beurkundet werden.

Bis hierher konnte sie folgen. »Worauf willst du hinaus?«

»Es kann nur zwei, höchstens drei handschriftliche Versionen jedes Dokuments geben. Und wer hat die?«

»Absender und Empfänger«, war die Logik, die erklärte, warum diese Dokumente in keine Datenbank einfließen konnten, wenn der oder die Inhaber das nicht wollten. »Aber es kann auch sein, dass die tot sind oder nicht wissen, dass es die Dokumente in ihrem Besitz gibt.«

Ihr Argument, dass es die Dokumente vielleicht überhaupt nicht mehr geben könnte, ließ ich nicht gelten.

»Dann wäre dein Vater nicht auf etwas gestoßen.«

11

Am Montag versuchte ich mein Glück, telefonisch einen Termin mit dem Erzbischof zu bekommen. Als Anlass hatte ich mir die Geschichte des an der Stadtentwicklung interessierten Journalisten zurechtgelegt.

Nein, der Erzbischof sei zurzeit auf Reisen, aber man könne mich gleich mit dem zuständigen Pater verbinden.

Der Geistliche, der sich als »Pater Lutz« vorstellte, hörte sich mein Anliegen an und willigte ohne den von mir erwarteten Widerstand ein.

»Selbstverständlich steht Ihnen unser Archiv zur Verfügung. Wenn Sie viel Zeit mitbringen, ist uns jeder willkommen, der sich dafür interessiert.«

Er entschuldigte sich, dass die Originale nicht das Haus verlassen dürften, aber sie seien sonst frei zugänglich.

Demnach hatte der einzige Fehltritt des Professors darin bestanden, dass er Bücher aus dem Ordinariat geschmuggelt hatte.

Die Problemlosigkeit, einen Zugang zum kirchlichen Archiv zu erhalten, überraschte mich, stand sie doch im Gegensatz zu meiner Annahme, die sich auf Gersters Aussage stützte.

Wir verabredeten uns nach dem Mittagsgebet.

Vorher stattete ich dem Münsterplatz einen Besuch ab. An der verschlossenen Tür des dicken Wirtes prangte ein Schild »Ruhetag«.

Ein nicht erklärbarer Instinkt trieb mich, einen Zugang in das Gebäude zu suchen. Auf der Rückseite war eine Tür angelehnt, die in die Küche führte. Sie war aufgeräumt, Töpfe und Pfannen glänzten an ihrem Platz, die Feuerstellen wiesen kaum Spuren von Benutzung auf. Es roch nach Reinigungs- und Desinfektionsmitteln.

Durch die Anrichte betrat ich den Schankraum.

»Hallo, ist hier jemand?«, machte ich mich bemerkbar.

Von einem Ecktisch am Fenster kam ein Röcheln, ich sah aber niemanden. Schnell durchquerte ich den Raum und fand den Wirt zusammengekrümmt unter dem Tisch.

Da ich so nicht an ihn herankam, zog ich das schwere Möbel ein Stück zur Seite.

Seine sonst rote Gesichtsfarbe war einer Totenblässe gewichen, der Atem ging schwer und stockend.

Es dauerte nur fünfzehn Minuten, bis der Notarzt zur Stelle war. Nachdem wir den schweren Mann auf die Trage gewuchtet hatten und der Arzt nach einer kurzen Untersuchung etwas von »vermutlich Herzinfarkt« gemurmelt hatte, war ich allein.

Allein mit einem Brief, auf dem der Wirt gelegen hatte.

Es war ein Schreiben der Bank. Darin wurde Bezug auf verschiedene Kredite mit Aktenzeichen, diverse persönliche Besprechungen und Schriftwechsel genommen.

»... und teilen wir Ihnen mit, dass wir Ihnen mit sofortiger Wirkung alle ... kündigen. Wir bitten um Rückerstattung von ...«

Gezeichnet Klaus Müller, ppa ...

Ich verschloss die Küchentür und schob den Schlüssel unter der Tür durch.

Der Münsterplatz-Krieg hatte sein erstes wirkliches Opfer unter den Beteiligten gefordert.

Ottos Karren stand an seinem Platz, und ich beeilte mich, die Kiwis zu kaufen, froh, dass er sich noch nicht verabschiedet hatte.

Ich vertrieb die weiteren Gedanken.

Pater Lutz war genau das, was man sich unter einem Pater vorstellte. Mittelgroß, mit einem gepflegten weißen Bart, einem kugelrunden Bauch und lustigen Äuglein, die über rosa Backen und eine Lesebrille blinzelten.

»Für welches Jahrhundert interessieren Sie sich?«

Seine sonore Stimme prädestinierte ihn für eine Bassstimme im Kirchenchor, zum Verlesen der Predigt war sie zu ruhig und zu gleichmäßig.

»Ab achtzehnhundert.«

Er zog die Augenbrauen hoch. »Was ist denn bloß an dieser Zeit so interessant? Die Geschichte hat Besseres geschrieben. Sie sind in wenigen Wochen der Vierte, der danach fragt. Aber kommen Sie.«

Wir durchquerten eine Bibliothek, die das Herz eines jeden Antiquars hätte bis zum Hals pochen lassen. Buchrücken reihte sich an Buchrücken, vom Boden bis zur Decke.

Der Pater bemerkte meinen bewundernden Blick.

»Das sind etwa zwanzigtausend Schriften, die sich alle mit dem Glauben beschäftigen. Doktorarbeiten, Vorlesungen seit dem Mittelalter, Reiseberichte von Missionaren und so weiter.«

Wir durchquerten einen weiteren Raum.

»Hier lagern die Dokumente, die sich mit der Verwaltung des Bistums von neunzehnhundert bis zum Computer-Zeitalter beschäftigen. Und hier ...«, er führte mich in den nächsten Raum, »ist alles von fünfzehnhundert bis Ende achtzehnhundert archiviert.« Er lächelte verschmitzt. »Ein schönes optisches Zeugnis, wie sich die Papierflut ständig vermehrt, und damit auch diese leidigen Verwaltungsvorgänge. Was in den eineinhalb Jahrtausenden davor geschrieben wurde, passt in einen einzigen Raum.«

Er hatte recht. So plastisch war mir die Informationsfülle unserer Zeit noch nicht vor Augen geführt worden. Nur weil alles nicht sichtbar auf Datenträgern verschwand, machten wir uns keine Vorstellung davon, dass wir im Zeitalter der Informationswut lebten.

Ich nahm mir vor, nur den Inhalt unseres Zentralcomputers in der Redaktion einmal unter dem Gesichtspunkt aufzuarbeiten, wie viele Wälder herhalten und wie viele Tiere ihr Leben lassen müssten, um daraus Bücher dieser Qualität zu machen.

»Welche Jahre interessieren Sie?«, riss mich der Pater aus meinen Betrachtungen.

»1800 bis 1810.«

Zielsicher steuerte er auf eine Buchreihe zu und entnahm ihr drei Bände, die in etwa die Größe eines Schulatlas hatten, allerdings ein Vielfaches dicker waren.

»Hier sind alle Verwaltungsakte chronologisch und im Original.« Er wuchtete die Bücher auf einen Tisch. »Bitte bedienen Sie sich. Wenn Sie Hilfe brauchen, rufen Sie. Ich bin in der Bibliothek.«

Er klappte den ersten Band auf und entfernte sich.

Im März des Jahres 1801 wurde ich fündig.

Grob konnte ich entziffern, dass es sich um eine Anweisung des Herzogs von Modena handelte, die genau beschrieb, welche Liegenschaften des Bistums Konstanz an sie abzutreten waren.

Da ich mit den Bezeichnungen nichts anzufangen wusste, bat ich Pater Lutz um Hilfe.

»Das ist selbst für uns schwer zu verstehen«, murmelte er. »Das sind Bezeichnungen von Liegenschaften, die es heute teilweise nicht mehr gibt. Dazu müsste man die verschiedenen Gebietsreformen bis 1955 miteinander vergleichen. Bevor Sie sich aber weiter den Finger wund lesen, nur so viel ...«

Es folgte eine Geschichtsstunde, die nur jemand halten konnte, der sich ausgiebig mit den Dokumenten beschäftigt hatte.

Demnach hatte die Kirche im damaligen Breisgau alle Liegenschaften an den Herzog von Modena abzutreten. Die in direktem

Zusammenhang mit der Aufrechterhaltung des kirchlichen Betriebes stehenden Gebäude konnten gemietet werden.

»Den Rest hat man zu Geld gemacht, indem man ihn weiterverkauft oder verpachtet hat. Das ging bis 1803. Von da an übernahm Erzherzog Ferdinand die Regentschaft, der das Gebiet durch den Pressburger Frieden von 1805 wieder verlor. Danach entstand ein Wirrwarr der Besitzrechte.«

Er schlug den nächsten Band auf. »Hier ist das einzige Dokument, das Aufschluss über die spätere Reaktion der Kirche gibt.«

Das Dekret war in einem solch hochgestochenen Latein verfasst, dass ich nicht viel verstand.

Pater Lutz sah mir meine Verzweiflung an und lachte mit seinem Bass.

»Es ist eine Vorschrift aus Rom, dass ab sofort keine Leistung mehr zu zahlen sei, weder an Modena noch an den Großherzog von Toscana – was Kaiser Franz seit August 1804 geworden war, weil die herzogliche Linie der Este von Modena 1803 ausstarb –, und das Bistum alle rechtlichen Mittel einsetzen solle, um seinen alten Besitzstand wiederherzustellen.«

»Und was wurde daraus?«

Der Pater kratzte sich den Bart.

»Es folgte ein Durcheinander ohnegleichen. Prozesse, die sich über Jahrzehnte hinzogen. Was letztendlich dabei herausgekommen ist, können Sie heute im Grundbuch ersehen, denn die Unterlagen, die nicht bei uns gelagert wurden, sind im letzten Krieg verbrannt.«

Ich stand wieder am Ende einer Sackgasse.

Dass der Pater mir etwas verschwieg oder nicht zeigen wollte, war bei seiner ehrlichen Art nicht wahrscheinlich. Trotzdem schien der Professor etwas gefunden zu haben, wovon nur zwei wissen konnten. Er und sein Mörder.

»Warum kennen Sie sich gerade in diesen Dokumenten so gut aus?«

Der Pater steckte die Hände in seine Kutte. »Das neunzehnte Jahrhundert war für mich eigentlich nicht interessant. Dann habe ich mich schlaugemacht, nachdem erst Professor Solvay, Gott hab ihn selig, alles auf den Kopf gestellt hat und sich danach ein italienischer Anwalt und der Sparkassenchef für genau das gleiche Jahrzehnt interessiert haben. Können Sie mir vielleicht sagen, wonach sie alle suchen?«

Einen Moment schwankte ich, entschloss mich dann aber, ihm meine Vermutung zu erzählen.

»Eine gewagte Theorie«, brummte er. »Nun, wenn ich den Professor nicht als akribischen Forscher gekannt hätte, vor dem kein Blatt Papier sicher war, würde ich sagen, dass Sie Gespenster sehen. Aber so ... besteht die Möglichkeit, dass ...«

Schnellen Schrittes eilte er in die Bibliothek. Ich folgte ihm unschlüssig.

Zielsicher schob er die Fahrleiter an ein Regal und kletterte zum letzten Regalboden hinauf.

»Sie haben mich auf eine Idee gebracht«, rang er nach Luft, als er mit dem schweren Buch wieder unten war. »Ich ahne, wonach alle gesucht haben. Aber das ist nicht an dem Ort der Kirchendokumentation.«

Sorgsam schlug er ein Blatt nach dem anderen um. Bei etwa Seite zweihundert stockte er.

»Das gibt es doch nicht!« Ein tiefes Grollen erfüllte seinen Brustkasten.

»Sehen Sie hier«, er deutete auf einen Einleitungstext, der auf Italienisch geschrieben war, »das ist die Doktorarbeit eines Theologiestudenten um die Zeit der Revolution von 1848 bis 49. Sie befasste sich mit dem Machtwechsel zwischen Kirche und Staat im Hinblick auf eine freiheitliche Reichsordnung.

Nur ... hier fehlen eine ganze Reihe Blätter. Wurden herausgerissen.«

Ungläubig blätterte er hin und her.

»Davon müsste doch die Universität ein Exemplar haben«, versuchte ich Hoffnung zu schöpfen.

Er schüttelte den Kopf. »Glaube ich nicht. Das war zu der Zeit ein ketzerisches Werk gegen Staat und Kirche. Das hier wird wohl die einzige Ausfertigung sein.«

»Wie kommt dieses Exemplar dann hierher?«

Der Pater ließ sich seufzend in einen der Lesesessel fallen.

»Was weiß ich. Wahrscheinlich ist, dass dem Studenten die Promotion verweigert, er vielleicht als Aufständischer getötet wurde und das Werk zusammen mit anderen Schmähdissertationen der Kirche zur Sicherheitsverwahrung anvertraut wurde.«

Um nicht den letzten Rest Hoffnung zu verlieren, versuchte ich ihn zu bewegen, sich zumindest an den groben Inhalt zu erinnern.

Er sah mich von unten an. »Können Sie sich noch an das erinnern, was Sie mal vor zehn Jahren gelesen haben? Ich weiß nur, dass es sich um die Prozesse gehandelt hat, die ich vorhin erwähnt habe. Für mich war der Verfasser ein Wirrkopf, der daraus die Notwendigkeit einer Gesellschaftsreform abzuleiten versuchte.«

Traurig strich er über die Abrissstellen, als könne er damit die Wunden des Buches heilen.

»Das ist ein Frevel«, murmelte er, »Gott hat ihn schon bestraft.«

Pater Lutz empfand es anscheinend als persönliche Beleidigung, dass einem seiner »Schützlinge« Derartiges angetan worden war. Ich hielt es daher für angebracht, ihn mit seinem Schmerz allein zu lassen und mich zu verabschieden.

Um das alles erst einmal sacken zu lassen und meinem Magen eine Kleinigkeit zu gönnen, umrundete ich das Münster und suchte mir einen Platz im Garten der Pizzeria. Dass der nur spärlich besetzt war, kam mir recht.

Es dauerte eine Weile, bis jemand kam. Es war Paolo, dem ich bei der Versammlung begegnet war.

Er schüttelte den Kopf bei meiner Bestellung. »Tut mir leid, wir haben heute nur kalte Speisen. Der Ofen ist ausgebrannt.«

»Wie kann das passieren?«

Er zuckte mit den Schultern. »Sabotage ... vermutet die Kripo.«

»Großer Schaden?«

»Komplette Küche. Was darf ich bringen?«

Eine seltsame Stimmung erfasste mich. Es war, als würden sich zwei Strömungen in meinem Kopf aufeinander zu bewegen. Ich konnte sie förmlich greifen, wusste aber nichts mit ihnen anzufangen. Nur eine Ahnung, das es zu einem Crash kommen würde, wenn sie sich trafen. Eine Katastrophe kündigte sich an. Wo war ihr Anfang? War der Münsterplatz ihr Ziel, und war sie noch zu stoppen?

Der Platz strahlte plötzlich wieder dieses Unheimliche aus, wie ich es letzte Woche schon einmal empfunden hatte, so als wolle er mir zurufen: Hilf oder verschwinde!

»Vater hat *was?*« Gerda schwankte zwischen Erstaunen und Unglauben.

»Er hat auch die drei Seiten entwendet, die an den Noten hingen. Wenn der Pater das sagt, glaube ich ihm. Jemand von den anderen wäre nie auf die Idee gekommen, dort zu suchen.«

Sie setzte sich an den Flügel und schlug ein paar Akkorde an.

»Zum Teufel. Was wollte er damit?«

Ich erzählte ihr von den beiden Strömungen in meinem Kopf.

»Du hast eine Ahnung?«

»Vorahnung. Aber ich kann sie nicht fassen.«

Sie setzte sich vor mich auf den Boden. »Da hast du was angerichtet, mit dem Computer. Lisa war sofort nach der Schule zu Hause. Das kommt selten vor. Seitdem hängt sie nur noch vor dem Ding ...«

»Wie kommt man an die alten Grundbücher?«

Gerda wollte etwas sagen, klappte aber den Mund wieder zu. »Du hörst mir überhaupt nicht zu. Wie kommst du denn da drauf?«

Geld suchte Geld. Dass ein Anwalt und der Banker auch auf der Spur vom Professor waren, ließ zumindest auf eine größere Interessengruppe schließen, als ich bisher gedacht hatte. Mein einziger Trost war, dass ich jetzt einen kleinen Vorsprung besaß. Es konnte nur um die Streitigkeiten wegen der Liegenschaften gehen, und der Professor hatte womöglich in der Doktorarbeit etwas Entscheidendes gefunden. Die Frage war nur, ob er diese Information versteckt hatte oder ob sie ihm vor seinem Tod abgenommen worden war ...

»Oder ob er sie an jemanden weitergegeben hat«, fügte ich hinzu, »und deshalb aus dem Weg musste.«

Aber ich konnte mir nicht vorstellen, wem dann der Tod des Professors noch genützt hätte. Oder war es doch denkbar, und war jetzt noch jemand in Gefahr?

Auf einem Blatt Papier, dem bald noch einige folgten, erstellte ich eine Analyse anhand von Kreisen, denen ich die Namen der bisher in irgendeiner Weise Beteiligten gab, und anhand der Geschehnisse versuchte ich Verbindungen herzustellen.

Das Ergebnis sah nicht viel besser aus, als ich mir das im Geist ausgemalt hatte. Es gab keine Verbindung vom Professor zu irgendjemandem. Weder zu den Wirten noch zu dem inzwischen im Spiel aufgetauchten italienischen Anwalt oder dem Bankdirektor. Aber alle schienen dasselbe Ziel zu verfolgen.

»Das ergibt keinen Sinn«, erklärte Gerda. »Vater hat, seit ich denken kann, niemals Interesse an finanziellen oder politischen Dingen gehabt. Er hatte neben seiner Leidenschaft, der Musik, nur noch sein Hobby, für andere Stammbäume zu erstellen oder die Herkunft ihres Namens und ihres Wappens zu erforschen.«

Das hatte Herr Gerster schon mal erwähnt, aber mir war es entfallen.

»Er hat also nicht gezielt gesucht. Er ist durch Zufall auf etwas gestoßen. Wo sind seine Unterlagen?«

Gerda deutete auf den Bücherschrank, der die ganze Wand hinter dem Flügel bis zum Fenster einnahm.

»Frag mich bloß nicht nach einer Ordnung. Er hatte eine, aber welche, weiß ich nicht.«

Ich hörte die Stimme des Professors mit meinem inneren Ohr, als stünde er neben mir. »... dieser Otto hat ein Geheimnis ...«, und »... beobachten Sie den Münsterplatz. Da mir keiner glauben will, müssen alle fühlen.«

Es dauerte eine Weile, bis ich hinter das Ablagesystem kam.

Die anfängliche Unordnung erwies sich für einen Eingeweihten als ein ausgeklügeltes System. Der Professor war davon ausgegangen, dass jeder, dessen Wurzeln bis zum Mittelalter zurückverfolgt werden konnten, aus dem Stammbaum eines anderen entsprungen sein musste. Die Ablage war fein säuberlich nach gemeinem Volk und dem Adel getrennt, was, wie ich hoffte, meine Suche nach dem Unbekannten erleichtern würde. Aber es blieben immer noch fünfundzwanzig prall gefüllte Ordner.

Da ich nicht die geringste Ahnung hatte, wonach zu suchen war, blätterte ich ziellos herum.

»Schüttel sie mal«, meinte Gerda, über meine Ratlosigkeit grinsend. »Vielleicht fällt ja was raus, woran er zuletzt gearbeitet hat und das noch nicht abgeheftet war.«

Es fiel. Zwei zusammengeklebte Blätter, auf denen sich ein Stammbaum über die gesamte Länge rankte.

Es war der Stammbaum der Habsburger vom zwölften Jahrhundert bis 1918.

Wenn mich zu Schulzeiten ein Lehrer damit gequält hätte, wäre mir bestimmt etwas eingefallen, um den Unterricht zu schwänzen. Nun holte mich die Geschichte ein, quasi als Strafe und Nachsitzen für schlechte Leistungen.

Hier lag ein großer Teil der europäischen Geschichte vor mir, der ein Geheimnis barg, von dem ein Unheil im Heute drohte.

Ein rot gezeichneter Seitenast erregte meine Aufmerksamkeit. Er drang aus dem Nichts vom Rand des Blattes im Jahr 1597 in Richtung der Fürstenfamilie Rinaldo, verlief bis 1737 parallel zu dieser Linie, die jetzt Herzogtum Modena hieß, und vereinigte sich 1771 mit dieser, um sich 1796 erneut mit einem eigenen Ast davon zu trennen und wieder im Nichts zu verlaufen.

Ein dickes Fragezeichen kennzeichnete die Stelle, an der der Professor vermutlich mit seinen Recherchen begonnen hatte.

Wieder eine Frage. Was war zwischen 1796, als das Herzogtum an die Franzosen verloren ging, und 1805 passiert? Was war Weitreichendes geschehen, das seine Wirkung erst heute zeigte?

Gerda hob die Arme. »Was soll das? Lass es dabei bewenden, und lass Vater in Frieden ruhen. Du hast es versprochen.«

Da war sie wieder, diese Situation, in der ich mich in ein schizophrenes Monster verwandelte. Hier der Journalist, der wie ein Bluthund eine Fährte verfolgte, da der Mensch, der abwägend versuchte, möglichst wenig Schaden bei Unbeteiligten anzurichten. Wenn ich aber ehrlich war, so schloss mein Beruf solchen Spagat aus, und ich war mir auch nicht sicher, ob ich ihn jemals wirkungsvoll geschafft hatte.

Es blieb mal wieder das Prinzip Selbstbetrug auf die Hoffnung, es im entscheidenden Augenblick richtig zu machen.

12

Lisa hatte meine Einladung nicht vergessen.

»Du hast mir Kuchen im Café Hofmann versprochen. Heute hab ich Zeit, weil ich nach der Schule Orgel üben muss. Danach kriege ich bestimmt großen Hunger.«

Dem Argument war nichts entgegenzusetzen. Daher beeilte ich mich, aufs Grundbuchamt zu kommen. Was ich suchte, war mir nicht klar. Nur, dass es um Besitzstände ging, war die einzige einleuchtende Schlussfolgerung.

Ich wurde an einen älteren Herrn verwiesen, dem die kurz bevorstehende Pensionierung ins Gesicht geschrieben stand.

»Was suchen Sie?«, fragte er kopfschüttelnd. »Ob davon noch viel übrig ist, wage ich zu bezweifeln. Im Krieg ist einiges verloren gegangen.«

Mit schlurfenden Schritten führte er mich in den Keller. In einfachen, wie aus einem Metallbaukasten zusammengeschraubten Regalen, reihten sich Kladden an Kladden.

Mit den Fingern lief er über die Rücken, die mit Registernummern und Jahresdaten versehen waren.

Nach zehn Metern drehte er sich zu mir und hob die Schultern.

»Tut mir leid. Es fehlen zweihundert Jahre. Waren wohl die, die den Bomben zum Opfer gefallen sind.«

Ich folgte einer plötzlichen Eingebung: »Wenn ich jetzt der

Besitzer eines Grundstücks aus diesen verschwundenen Jahrhunderten wäre, wie könnte ich das beweisen?«

Er lächelte müde zweifelnd und schlurfte an mir vorbei zum Ausgang.

»Wenn Sie irgendetwas vorweisen könnten – eine Grundbuchabschrift, einen Vertrag oder Ähnliches –, das das beweist. Sonst nicht.«

»Und wenn ich das hätte, wie käme ich zu meinem Recht?«

Er machte das Licht aus und verschloss die Tür.

»Dann können Sie sich auf einen sehr langen Prozess mit dem jetzigen Eigentümer gefasst machen ... wenn Sie überhaupt ein Gericht dafür finden.«

»Gab es so etwas schon einmal?«

Er stoppte auf der Treppe und überlegte. »Nicht zu meiner Zeit. Ich bin jetzt schon seit der Gebietsreform von '55 dabei. Aber bei meinem Vorgänger, da hat es mal jemand versucht. War gleich nach dem Krieg. Irgendein italienischer Graf wollte sein Eigentum zurückhaben.«

»Und was wurde daraus?«

»Er ist darüber gestorben.«

Meinen Gedanken, bei dem damals zuständigen Gericht nachzuforschen, wischte er weg. »Die bewahren solche Sachen nicht länger als dreißig Jahre auf.«

Wenn es auch frustrierend war, auf dieser Schiene nicht weiterzukommen, so gewannen die fehlenden Seiten der Doktorarbeit an Gewicht.

Welches Gewicht, sollte ich wenige Stunden später schmerzlich erfahren.

Zuerst versuchte ich noch einmal Pater Lutz zu sprechen. Er war der Einzige, der sich vielleicht noch etwas genauer erinnern konnte.

An der Pforte wurde ich abgewiesen. Der Pater sei überraschend auf unbestimmte Zeit abberufen worden.

Danach suchte ich das Stadtarchiv auf, aber auch Herr Gerster hatte plötzlich Urlaub genommen.

Um mich einen Augenblick zu sammeln, bestellte ich einen Kaffee in der Konditorei Hofmann.

Frau Hofmann machte einen aufgelösten Eindruck, und sah aus, als habe sie heute Morgen nicht die Zeit gehabt, sich zurechtzumachen. Sie brachte das Kännchen und setzte sich zu mir.

»Hier spinnen doch heute alle«, begann sie grußlos. »Stellen Sie sich mal vor, da klingelt es heute Morgen um sechs Uhr. Wer steht vor der Tür? Sie glauben es nicht. Die Steuerfahndung. Bei mir ...«, sie zündete sich ein Zigarillo an, »beim Griechen und auch beim Kroaten.«

Der Tisch war zwar für »Nichtraucher« ausgewiesen, aber das schien ihr egal zu sein. Wütend paffte sie blaue Kringel in den Raum. Die Bedienungen hinter dem Buffet verzogen schmerzlich die Mienen, ahnend, dass man der Chefin heute besser aus dem Weg ging.

»Das sieht verdammt nach einer konzertierten Aktion aus«, versuchte ich meine Anteilnahme mit Beruhigung zu paaren.

»Da will jemand mit einem Schlag die gesamte Gastronomie am Münster ruinieren. Da steckt Methode hinter ...«, sie bestellte zwei doppelte Cognac, »das sieht ein Blinder mit dem Krückstock.«

»Wer sollte das sein, wäre hätte Interesse daran?«

Sie schüttete den Cognac in einem Zug hinunter. »Brrr, ist das ein Dreckzeug ... Die Bank, die Kirche. Wer denn sonst? Diese Stinkstiefel versuchen schon seit Jahren, wie sie es nennen, eine sich schnell umschlagende Gastronomie zu installieren. Fastfood und so 'n Zeug.«

»Kann ich mir von der Kirche nicht vorstellen«, warf ich ein.

»Oho, da sind Sie aber schlecht informiert«, sie steckte ein weiteres Zigarillo an und kippte den Cognac, der für mich gedacht war, hinunter. »Die Kirche«, sie machte eine Rundumbewegung zum Münster, »wird bestimmt über die Verwaltungsgesellschaften am Umsatz beteiligt.«

Frau Hofmann war so aufgebracht, dass ich es vorzog, mich zu verabschieden.

Die Glocke schlug zwölf.

Ich fand Otto unter den Arkaden mit einer weinenden Lisa.

Er stützte sich auf einen Stock.

»Wird auch Zeit, Schnüffler, dass du kommst«, knurrte er.

»Sie haben Fritz umgebracht«, jammerte Lisa mit verweinten Augen.

»Wer hat den Hund umgebracht?«

Otto versuchte mit einem schmutzigen Tuch ihre Tränen zu trocknen.

»Alle. Sie werden dafür büßen.« Er stampfte mit dem Stock auf und nahm Lisa in den Arm. »Ich verspreche es. Und nun geh Orgel spielen ... etwas für Fritz. Er ist jetzt im Hundehimmel. Nicht mehr traurig sein, Comtessa.«

Ich sah ihr nach, bis sie durch die Südpforte im Münster verschwand. Der rot-gelbe Schulranzen blitzte ein letztes Mal in der Sonne. Dann schloss sich die Tür.

»Was ist mit Fritz?«

Otto schaute mich von unten mit verschleierten Augen an. »Vergiftet ... jemand hat ihn hier vergiftet. Ich muss Sie sprechen. Nachher, im Münster.«

Er hinkte zu den Marktständen, um seinen Rundgang zu beginnen. Sein Gang wirkte noch wackeliger als sonst. Sein Rumpf schien noch ein paar Grad mehr gebeugt.

Der Kroate war bis auf den letzten Platz besetzt. Das Publikum interessierte sich nicht für die Probleme im Hintergrund. Die Leute wollten essen und trinken und sich während der Mittagspause entspannen. Der Grieche fing den Ausfall des Pizzabäckers ab.

War alles Zufall, oder steckte wirklich eine Art Marktbereinigung dahinter, dass nahezu gleichzeitig zwei Gaststätten funktionsunfähig geworden waren? An einen Zufall wollte ich nicht glauben. »Die Kirche, die Bank.« So abwegig schien die Meinung von Frau Hofmann nicht mehr zu sein.

Die Lokalpresse schien zu einem ähnlichen Schluss gekommen zu sein. In der Tageszeitung fand ich einen Artikel »Münsterplatz bald Disneyland?«. Der Redakteur glaubte einen unbekannten Investor als Drahtzieher ausgemacht zu haben, der, so die Vermutung, den altehrwürdigen Platz in einen dauerhaften Rummelplatz verwandeln wollte. Einen Freizeitpark mit mittelalterlichem Ambiente.

Obwohl ich die Idee als gelegentliches Fest nicht einmal für schlecht hielt, weigerte sich mein Gehirn, hier eine Verbindung herzustellen.

Das Münster war schwach besucht, aber voller Orgelklang. Ich suchte mir einen Platz, der frei von Tonreflektionen der Säulen war, und genoss es mit geschlossenen Augen, in eine schwingende Welt entführt zu werden.

»Wo ist Lisa?«

Es dauerte ein paar Sekunden, bis ich wieder in der Gegenwart war.

Otto hatte seine Tüten neben mir auf die Bank gepackt.

»Wo ist Lisa?«, wiederholte er.

»Die spielt. Das hören Sie doch.«

»Blödsinn. Das ist nicht Lisa, die spielt anders«, knurrte er und rang mit rasselnden Bronchien nach Luft. »Los, gehen Sie nachsehen. Ich komm da nicht hoch.« Er fuchtelte mit dem Stock in Richtung Empore.

Meine Miene schwankte wohl zwischen Erstaunen und Unglauben.

Ächzend ließ er sich neben mir nieder.

»Machen Sie nicht so ein dummes Gesicht. Jawohl, ich kann Lisas Spiel von anderen unterscheiden. Sie ist unüberhörbar eine Solvay. Jetzt sehen Sie endlich nach, verdammt noch mal.«

Eilig durchquerte ich das Münster und nahm zwei Stufen auf einmal zur Empore.

Es war tatsächlich nicht Lisa, die da spielte.

Da ich sie nirgends entdecken konnte, fragte ich den Küster, der am Spieltisch saß. Er blickte kurz von den Noten auf und zog die Schultern hoch, ohne sein Spiel zu unterbrechen.

Ich klappte seine Noten zu, seine Finger erstarrten im Anschlag, aus den Pfeifen entwich röchelnd die letzte Luft.

»Wo ist Lisa?«, brüllte ich ihn an.

»Was soll die Scheiße? Hier ist sie nicht. Hab sie auch heute noch nicht gesehen.«

Er zog meine Hand weg, die immer noch auf den geschlossenen Noten lag.

»Würden Sie die Güte haben, mich jetzt weiterspielen zu lassen? Sonst erteile ich Ihnen Hausverbot und diesem Stinktier da unten auch. Verschwinden Sie mitsamt Ihrem Müll.«

Eine dumme Situation. Otto verstand es, mich schon Gespenster sehen zu lassen. Wahrscheinlich hatte Lisa das Spiel des Küsters dazu benutzt, um für eine Weile unbeaufsichtigt ihren eigenen Interessen nachzugehen. Wie oft war ich in dem Alter vermeintlich zur Nachhilfe gegangen, hatte aber die Zeit auf dem Bolzplatz verbracht?

Verärgert über meine Überreaktion stieg ich wieder zu Otto hinunter.

Meine Vermutung beruhigte ihn nicht.

»Kann nicht sein«, krächzte er und spuckte auf den Boden, »Lisa sagt immer, wohin sie geht.«

Da Gerda bis heute nicht wissen durfte, dass sich Lisa mit Otto traf, war ich nicht ganz überzeugt, dass Lisa wirklich alles sagte.

»Warten wir's ab. Sie wird schon kommen, wenn sie Hunger auf Kuchen hat.«

»Nix da. Suchen Sie in der Sakristei. Sie muss hier sein. Ich hätte es gesehen, wenn sie aus dem Münster gekommen wäre.«

Obwohl ich auch diese Aussage bezweifelte, tat ich ihm den Gefallen, schon um zu beweisen, dass es so sein würde, wie ich vermutete.

»Sehen Sie auch in den Spinden nach«, rief er hinterher.

»Suchen Sie wen?«

Die Sakristei war nicht verschlossen, wie ich gehofft hatte. Ein stattlicher Mann war dabei, sein Messgewand überzustreifen.

»Lisa Solvay. War sie hier?«

»Kommen Sie herein. Ich bin Pfarrer Braun.« Er zog sich weiter an. »Entschuldigen Sie. Ich habe gleich eine Taufe. Nein, Lisa war nicht hier. Weiß der Küster nicht ...?«

Wie auf Kommando riss der Küster die Tür auf. »Verdammt, was suchen ...«, erst jetzt schien er den Pfarrer wahrzunehmen, »Entschuldigung, Herr Pfarrer. Ich dachte ...«

»Sie sollen nicht so viel denken und noch weniger fluchen. Sagen Sie lieber, ob Sie Lisa gesehen haben. Dieser Herr sucht sie.«

Der Küster wischte sich die Handflächen an den Hosenbeinen ab.

»Nein. Sie wollte ... ich meine ...« Er war sichtlich irritiert, dass sein Dienstherr ihm sein vermeintliches Reich streitig machte.

»Was nun?«, brummte der Pfarrer einen Ton schärfer.

»Ja, ähm, Lisa wollte heute üben. Aber sie ist nicht gekommen.«

»Ach so. Dann haben Sie sich gedacht, stattdessen meine Ohren zu quälen. Sie sollten sich auf die Taufe beschränken. Da hört wenigstens keiner hin.«

»Hatte der Professor einen Spind hier?«, versuchte ich den sich anbahnenden Streit zu unterbinden.

Der Pfarrer gab die Frage an den Küster weiter.

»Ja. Aber der ist leer.«

»Wer hat Schlüssel dazu?«

»Momentan nur ich.«

»Die Tochter vermisst Dokumente«, log ich. »Könnten die noch da drin sein?«

»Nein.«

»Also, mein Lieber«, mischte sich der Pfarrer ein, »Sie werden in letzter Zeit schon ein bisschen vergesslich. Machen Sie dem Herrn den Spind auf, und dann ist's gut. Die Taufe wartet.«

Widerwillig und umständlich suchte der Küster in einem Schlüsselkasten.

»Nun machen Sie schon, und bringen Sie da mal Ordnung rein«, drängte der Pfarrer.

Das Schloss schnappte auf. Der Spind war wirklich leer, bis auf...

»Und wie kommt Lisas Schultasche hier rein?«

Die Gesichtsfarbe des Küsters wechselte zu leichenblass.

»Sind Sie da ganz sicher, dass ...?«, versuchte der Pfarrer die Situation zu dämpfen.

»Oh ja.«

Ich zog die Tasche aus dem Regal und schüttete den Inhalt auf den Boden. Die Hefte und Bücher trugen Lisas Namen.

»Sie haben Lisa also doch gesehen!«, fuhr ich den Küster an, der sich tief atmend auf einen Stuhl setzte.

»Nein. Ich hab sie nicht gesehen ... und wie die Tasche da reinkommt ... keine Ahnung.« Er fuhr sich durch seine grauen Haarsträhnen und verbarg das Gesicht zwischen den Händen. »Ich weiß es nicht ...«

»Mal langsam«, beruhigte der Pfarrer. »Das wird sich sicher aufklären lassen. Dass die Tasche hier ist, bedeutet ja nicht, dass unser Küster etwas mit Lisas Verschwinden zu tun hat. Vielleicht hat sie ja auch noch einen Schlüssel. Also bitte Vorsicht mit falschen Schlüssen!«

Das stimmte zwar, aber dem stand entgegen, dass die Tasche im obersten Regal gestanden hatte. Lisa mit ihrer Größe von etwa einem Meter vierzig hätte sich auf einen Stuhl stellen müssen, um sie dort abzulegen. Wozu, wenn es auch der leere Spindboden getan hätte?

Der Pfarrer sah auf die Uhr. »Ich muss zur Taufe. Schlage vor, dass Sie eine Vermisstenanzeige aufgeben. Dann sehen wir weiter. Sollte mich die Polizei vernehmen, werde ich aussagen, was ich hier gesehen habe. Mehr nicht. Grüß Gott.«

Jetzt doch beunruhigt, suchte ich den Inhalt der Schultasche auf dem Boden zusammen.

Aus einem Notenheft für Orgelmusik waren ein paar lose Blätter gerutscht. Die gestochene Handschrift kam mir bekannt vor. Um den Küster, der immer noch zusammengesunken auf dem Stuhl saß, nicht aufmerksam zu machen, schob ich die Blätter in das Heft zurück.

»Ich mache jetzt Vermissten*anzeige*.«

Um meiner Aussage die gewünschte Drohung zu verleihen, hatte ich die »Anzeige« überbetont.

»Tun Sie, was Sie nicht lassen können«, knurrte der Küster, ohne den Kopf zu heben, »aber ich war es nicht, habe auch keine Lisa gesehen.«

»Wer konnte dann noch den Spind öffnen, außer Ihnen?«

Er hob den Kopf aus den Händen. »Verdammt noch mal. Woher soll ich das wissen? Kommt vor, dass ein Schlüssel nachgemacht wird, weil einer verloren gegangen ist, und dann taucht er plötzlich wieder auf. Ist ja schließlich kein Tresor.«

Dieser Sturkopf ging mir auf die Nerven, und ich hatte gute Lust, ihm etwas ans Zeug zu flicken. Aber bei dieser Sachlage konnte nur Lisa eine Klärung schaffen.

»Wenn Lisa bis Einbruch der Dunkelheit nicht auftaucht ...«, drohte ich, unterließ es aber gerade noch zu sagen, was ich mit ihm zu tun gedachte.

Der Mann war imstande, eine Anzeige gegen *mich* zu erstatten.

13

Otto war schon gegangen oder wieder hinausgeworfen worden.

Wie einen Schatz hatte ich mir die Schultasche unter den Arm geklemmt und strebte zügig dem Münstercafé zu. Nachdem ich den Gedanken der Vermisstenanzeige fallen gelassen hatte – die Polizei würde mich nach der kurzen Zeit des Verschwindens eines Kindes auf morgen vertrösten, außerdem war ich kein Verwandter –, brauchte ich italienische Sprachkenntnisse. Und der nächste Italiener, der mir einfiel, war Giacco vom Café.

»Hallo, Signore«, begrüßte er mich lachend. »War ein guter Rat. Signora Hofmann hebt auch die Preise an. Dann stimmt es wieder bei beiden. Wo ist die Bambina? Soll ich schon einmal einen Eisbecher *speciale* für sie richten?«

Ich erklärte ihm, was ich gerade im Münster erlebt und welche Vermutung ich hatte.

»*Mamma mia*. Das ist ja grauenhaft. Jetzt brauche ich einen großen Grappa, und Sie auch.«

Er stürmte hinter die Bar und plapperte auf die Bedienung ein. Wie ich mitbekam, war Lisa in seiner Version schon tot. Obwohl es makaber war, hatte ich genau auf diese Reaktion gehofft. Nichts traf einen Italiener mehr als das Leid eines Kindes, auch wenn es bisher nur eine vage, durch nichts manifestierte Angst war.

Wir kippten die Schnäpse hinunter.

»Ich brauche Ihre Hilfe.« Dabei fächerte ich die Handschriften aus der Notensammlung vor ihm auf.

»Jede, die ich Ihnen geben kann, Signore.«

Er studierte Blatt für Blatt und rieb sich dabei die Nasenwurzel.

»Das ist ein sehr altes Italienisch. Und diese Schrift ... so hat mein Urgroßvater noch geschrieben. Was wollen Sie damit?«

Ich äußerte den Verdacht, dass Lisas Verschwinden mit diesen Dokumenten zusammenhinge, und ich müsste wissen, was da drinstand.

»Oje. Jedes Wort?«, schaute er mich verzweifelt an.

»Möglichst so, dass es einen Sinn ergibt.«

»Aber das ist es ja«, jammerte er, »ich verstehe die Zusammenhänge nicht. Es ist eine Abhandlung, eine Klageschrift gegen Leute, Fürsten, Kaiser, Bischöfe, von denen ich nie gehört habe. Und dann noch in einem sehr umständlichen Italienisch.«

Es waren die fehlenden Seiten der Dissertation. Ich hatte sie gleich an der Schrift wiedererkannt. Der Professor hatte sie also doch herausgerissen. Nur, was hatten sie in Lisas Schultasche zu suchen?

»Signore, bitte erklären Sie mir die Zusammenhänge, dann kann ich vielleicht meinem Gehirn sagen, was es übersetzen soll.«

Da ich selbst keine Ahnung hatte, wie was mit wem zusammenhing, versuchte ich eine Interpretation, darauf achtend, dass er nicht auf die Idee kam, sich seinen eigenen Reim zu machen.

Nachdem die erste Seite für uns eine Qual gewesen war, las sich Giacco allmählich in die Materie ein, und ich hatte Mühe mitzuschreiben und gleichzeitig seiner direkten Übersetzung einen deutsch-grammatikalischen Sinn zu geben.

Nach fast zwei Stunden hatte ich alle Bestellblöcke der Bedienungen vollgeschrieben und ein Mathematikheft aus der Schultasche zweckentfremden müssen.

»*Madonna mia*«, stöhnte er. »Das soll Geschichte sein? Die waren damals noch schlimmer als die Mafia heute. Aber trotzdem verstehe ich nicht, was das mit der kleinen Lisa zu tun haben soll. Die sind doch alle tot.«

Genau das schien eben nicht der Fall zu sein. Aber ich musste mir das noch einmal in Ruhe durchlesen und mit den bereits vorhandenen Bruchstücken in Verbindung bringen.

Wie es aussah, war ich jetzt genauso weit wie der Professor und an der Stelle, an der er sein Wissen mit dem Leben bezahlen musste. Ein mulmiges Gefühl beschlich mich. Plötzlich wurden die Gäste im Café zu Spionen, die nur darauf lauerten, auch mich mitsamt meinem Wissen ins Jenseits zu befördern.

Vielleicht war es keine gute Idee gewesen, Giacco als Übersetzer zu nutzen. War seine Freundlichkeit nur gespielt, um zu erkunden, wie weit ich mit den Recherchen vorgedrungen war? Überhaupt schien er der einzige Wirt am Platz zu sein, der keinen Ärger hatte. Das machte ihn verdächtig.

Rächte sich jetzt der große Unbekannte an einem Kind?

»Ganz ruhig. Bleib auf dem Boden«, zwang ich mich diesen Gedankenkreisel zu verlassen.

Mit überzogener Höflichkeit bedankte ich mich und verließ mit erzwungen ruhigem Schritt das Café.

Die Schultasche presste ich an mich, als solle sie mit mir zusammenwachsen. Die Dokumente und die Übersetzung hatte ich vorne in den Hosenbund gesteckt und das Hemd darüber gezogen. Ich hatte das Gefühl, als würde sich jeder auf dem Platz plötzlich nur für mich interessieren.

Wie ein gehetztes Tier erreichte ich den Taxistand. Dem Fahrer gab ich als Ziel eine andere Straße, zwei Blocks entfernt von Gerdas Wohnung an.

Auf der Fahrt ertappte ich mich dabei, nach Fahrzeugen Ausschau zu halten, die uns folgten.

Das war also Angst. Dieses Gefühl vor dem Unbekannten, Unsichtbaren. Aus ein paar Fakten zauberte das Gehirn ein Horror-Szenario, das sich wie ein schlechtes Drehbuch verselbstständigte, den ganzen Organismus in Alarm versetzte, ohne noch auf die Logik zu achten, die vor wenigen Augenblicken noch der Auslöser gewesen war.

Ich hatte es mit einem Gegner zu tun, da war ich mir sicher, der unter allen Umständen versuchen würde, jeden zu beseitigen, der weiter in seiner Vergangenheit schnüffelte.

Wie ein flüchtiger Ladendieb schlich ich zur Wohnung. Ich bildete mir ein, dass meine Versuche, betont lässig und unbeteiligt zu wirken, jeden, der mir begegnete, auf mich aufmerksam machten.

»Wo hast du Lisas Schulranzen her?«, empfing mich Gerda im Flur mit einem Schälmesser in der Hand.

Was sollte ich sagen, und vor allem, wie sollte ich ihr meine Vermutung mitteilen, ohne einen Zusammenbruch bei ihr zu riskieren?

»Lisa hat ihn mir gegeben. Sie wollte noch ...«

»Lass den Blödsinn. Du warst am Spind«, fuhr sie mir ins Wort. »Woher wusstest du, dass er da drin war? Schnüffelst du mir jetzt auch noch nach?«

In ihrer Stimme schwang ein vorwurfsvoller, scharfer Unterton, der meine beginnende Paranoia mit einem Schlag beiseitefegte.

»Du hast ihn da reingetan?«

»Wer sonst?«, kam es zurück, als sei das das Natürlichste der Welt.

»Ja, und dies hier?« Ich zog die Papiere aus der Hose.

Ihre Augen wechselten schnell zwischen mir und den Schriftstücken, die ich über dem Kopf schwenkte.

»Du bist ein Idiot«, fauchte sie. »Ich gebe mir alle Mühe, sie verschwinden zu lassen, und du schleppst sie wieder an.«

Mir wurden die Knie weich, und ich setzte mich in der Küche. Gerda schälte weiter Kartoffeln, als sei nichts gewesen.

»Jetzt sag bloß noch, dass du Lisa ...«

»Ja, verdammt. Ich tue alles, um dich bei diesen Recherchen einzubremsen und Lisa zu schützen. Aber du Trampeltier bringst uns in die größte Gefahr.«

»Moment«, stoppte ich sie, »wenn hier jemand in Gefahr ist, dann bin ich das. Ich versuche doch nur ...«

»Bist du so blöd, oder tust du nur so? Wer will denn was von dir? *Wir* werden bedroht. Daher musste ich Lisa zu meiner Schwester schicken.«

»Und die Unterlagen?«, versuchte ich ihren Ausbruch zu kanalisieren.

»Die habe ich gleich nach Vaters Tod aus dem Versteck in der Orgel geholt. In der Schultasche waren sie sicherer als hier, bis mir klar sein würde, was sie letztendlich bedeuteten.«

»Du hast sie gelesen und übersetzt?«

Ein leichtes Lächeln fuhr um ihre Lippen.

»Du kannst, wie alle Männer, nicht zuhören. Ich habe Romanistik studiert. Und ich habe mal in Italien gearbeitet.«

Du bist wirklich ein selten dusseliges Rindvieh, schalt ich mich still.

»Wer bedroht euch, und warum erfahre ich das erst jetzt?«

Das Schälmesser knallte auf den Tisch, und die Kartoffel donnerte ins Spülbecken.

»Was glaubst du eigentlich, wer du bist?« Sie stützte sich mit geballten Fäusten auf den Tisch. Ihre blauen Augen wechselten die Farbe ins Rötliche. »Ich habe dich 'zigmal gebeten, Vater ruhen zu lassen. Aber nein, du musst wie ein Trüffelschwein im Untergrund graben.«

Einen Augenblick hatte ich zu tun, meinen aufsteigenden Zorn im Zaum zu halten.

»Also ist der Professor umgebracht worden?«

Etwas anderes fiel mir nicht ein, um sie von mir abzulenken, quasi zu stoppen in ihrer sich steigernden Erregung.

Für eine Sekunde schien sie zu erstarren, dann sackte sie ansatzlos zusammen und verbarg den Kopf in den Armen, die sich in den Kartoffelschalen auf dem Tisch stützten.

»Ich weiß es nicht. Sie sagen es.«

»Wer sind ›sie‹?«

Ihr Körper hob und senkte sich unter dem Einfluss eines unterdrückten Weinkrampfes.

Hilflos wie wohl alle Männer in solchen Situationen sind, versuchte ich sie zu streicheln.

»Willst du deinem blöden Trüffelschwein nicht sagen, wer die waren?«

»Ich kenne sie nicht«, kam es zwischen den Kartoffelschalen hervor.

»Aber sie haben mit dir gesprochen?«

Der Blondschopf deutete ein Nicken an.

»Wann?«

Sie hob langsam den Kopf und angelte nach einem Küchentuch, um sich zu schnäuzen. Ihre Augen wurden wieder blau.

»Zwei Männer. Bei der Beerdigung. Sie stellten sich als Auftraggeber von Vater vor und wollten wissen, wie weit er mit ihren Stammbäumen gekommen war.«

»Und?«

»Was, und? Kurz bevor du hier das erste Mal auftauchtest, war einer von ihnen da und setzte mich unter Druck. Ich solle bitte gefälligst suchen, was Vater über seine Familie herausgefunden hatte. Sonst könnte es mir so ergehen wie ihm. Dann kamst du mit deiner verdammten Schnüffelei.«

»Kannst du dich an seinen Namen erinnern?«

Sie rieb sich die verweinten Augen. »War ein Italiener, ein Advokat. Mehr weiß ich nicht.«

Das kam mir alles sehr merkwürdig vor. Aber auch Pater Lutz hatte einen italienischen Anwalt erwähnt, wie ich mich erinnerte.

Wenn bisher eine Ungereimtheit die andere gejagt hatte, so schien dieser Anwalt ein wie auch immer gearteter Fingerzeig zu sein, um wenigstens die Richtung eines Angriffs zu erahnen. Vielleicht zeigte der Unbekannte sogar seit geraumer Zeit sein Gesicht, ohne dass es bisher jemand gemerkt hatte.

Ich überlegte, Gerda auch zu ihrer Schwester zu schicken, verwarf es aber wieder. Ihr Verschwinden würde die Gegenseite als Eingeständnis auffassen können, dass wir zu viel wussten.

Es gab nur eine Möglichkeit. Die Spur auf mich zu lenken.

»Kannst du mir – uns – diese Schriften in ein vernünftiges Deutsch übersetzen und in den Computer nehmen?«

Sie sah durch mich hindurch, als liefe vor ihrem inneren Auge ein Film ab. »Das bringt doch nichts. Wir geben die Dokumente der Kirche zurück. Ich will keinen Ärger und nicht dauernd in Angst leben.«

»Ja, ich gebe die Dokumente zurück. Aber erst brauche ich eine lesbare Abschrift. Wer weiß, wozu das noch gut sein kann.«

Sie seufzte. »Na gut. Sonst gibst du ja keine Ruhe. Dann schälst du jetzt die Kartoffeln weiter.«

Diese Übersetzung war verständlicher als die staksige Interpretation von Giacco.

»Es ist nicht nur das alte Italienisch«, erklärte Gerda, »es ist auch die umständliche Ausdrucksweise einer Doktorarbeit. Wer nicht wenigstens die geschichtlichen Hintergründe kennt, kommt zu einer falschen Deutung.«

Versteck, Orgel, schoss mir durch den Kopf.

»Woher wusstest du, dass dein Vater diese Blätter in der Orgel versteckt hatte?«

Sie schüttelte den Kopf. »Wusste ich nicht. Ich wusste nur, dass Vater ein Versteck hatte, in dem er manchmal ... na ja, Sachen zwischenlagerte, die er nicht im Haus haben wollte.«

»War da noch mehr drin?«

»Ja. Etwas Persönliches. Aber das tut nichts zur Sache.«

Die nächsten Stunden vertiefte ich mich in die Gedanken eines seit mehr als hundertfünfzig Jahren verstorbenen Doktoranden.

Mit einem hatte Pater Lutz recht gehabt: Die Dissertation stand im krassen Gegensatz zum Selbstverständnis der damaligen Zeit. Es war ein Aufruf zur Revolution und eine Anklage gegen Adel und Klerus.

Neben den üblichen Aufrufen zur Veränderung, weil ... und durch ..., die sich kaum von denen neuzeitlicher Versuche unterschieden, waren die geschichtlichen Details, die als Beweisführung zum Zwang der Änderung dienten, interessant.

Demnach hatte der Herzog von Modena, der Stadt und Land 1801 für den Verlust seines Stammsitzes an die Franzosen als Lehen erhalten hatte, umgehend große Teile der Liegenschaften an einen Marchese d'Este verkauft.

Diese Adelslinie war aber gemäß Geschichtsschreibung seit 1597 in direkter Linie ausgestorben und tauchte erst 1814 wieder mit Franz IV. als Herzog von Österreich-Este auf.

Da ein Marchese nur ein mittelständischer Adeliger war, der in seinen Befugnissen mehr zum Landadel gehörte, konnten diese Linien nicht identisch sein.

Dieser Marchese wurde im Zusammenhang mit Ausbeuterei, Sklaverei und rücksichtsloser Verteidigung seines Eigentums bis in das Jahr 1847 als typisches Beispiel für das zu bekämpfende Establishment erwähnt. Er musste im wahrsten Sinn des Wortes gegen Gott und die Welt prozessiert haben.

Es folgten, stellvertretend für die gesamte Herrscherschicht, Beispiele von Gräueltaten, gegen die die Mafia ein Wohltätigkeitsverein war.

Dieser Marchese konnte die namenlose Linie sein, die der Professor in den Stammbaum gezeichnet hatte. Eine Bastardlinie, die von der Geschichte verschwiegen wurde.

Um endlich einen Sinn in die Vorgänge zu bringen, musste ich diese Theorie als Faktum ansehen. Dadurch bekam der namenlose italienische Anwalt einen Platz im Spiel.

Gerda schaute fragend mit hochgezogenen Augenbrauen.

»Glaubst du mir endlich, dass das alles keinen Sinn ergibt und wir es dabei belassen sollten?«

Ich brummte zustimmend, war aber mit meinen Gedanken dabei, die Situation auseinanderzunehmen, neu zu ordnen und wieder zusammenzusetzen.

Este. Die Recherchen im Internet hatten keine weiteren Erkenntnisse gebracht.

»Wo willst du noch hin?«, fragte Gerda.

»Die Blätter zurückbringen«, versuchte ich mein Vorhaben zu verschleiern.

Mein Verfolgungswahn hatte sich in Forschheit verwandelt. Wenn ich den Köder spielen wollte, dann musste ich mich in der Öffentlichkeit zeigen, dem großen Unbekannten zeigen, dass ich das Gesuchte besaß.

Mit der Straßenbahn fuhr ich zur Universitätsbibliothek, kopierte die Originale und begann in alten Lexika zu suchen. Im Brockhaus von 1953 wurde ich fündig. Mit einem einzigen Satz wurde erwähnt, dass es tatsächlich diesen Bastardzweig gegeben hatte, bis er Mitte des 19. Jahrhunderts von der Bildfläche verschwand.

Was jetzt wieder nicht ins Bild passte, waren der Sinn, der den Professor das Leben gekostet hatte, und die Drohung an Gerda.

Ich hatte geheimnisvollere Enthüllungen und Dokumente erwartet. Entweder war es tatsächlich ein Unfall, oder ich beging einen gewaltigen Denkfehler.

14

Auf dem Münsterplatz stieß ich, ganz in Gedanken, mit Herrn Gerster zusammen.

»Oh, Sie sind noch hier?«

Ich nickte abwesend und wollte weitergehen.

»Haben Sie schon gehört?«, rief er mir nach. »Der Bankdirektor ist tot. Sie wissen schon, dieser Fiesling.«

Gerster drängte sich auf Tuchfühlung an mich. »Er hat sich umgebracht. Soll eine Menge Geld einer der Verwaltungsgesellschaften unterschlagen haben.«

»Wann?«

»Letzte Nacht. Wurde auch Zeit. Dem trauert keiner nach.«

»Wie?«

»Hat sich im eigenen Auto vergast.«

Kirche, Bank, Verwaltungsgesellschaft, tönte es in mir.

»Woher wissen Sie das?«

Er hielt mir die neue Ausgabe des Stadtblättchens hin. Die Zeilen waren vager als Gersters Aussage. Der Redakteur hatte hinter das »Selbstmord« ein Fragezeichen gesetzt. Der Betrug war in der Woche zuvor durch eine anonyme Anzeige aufgedeckt und von der Revision bestätigt worden. Der Verlust sollte sich im mehrstelligen Millionenbereich bewegen.

Ich setzte meinen Weg fort und ließ ihn grußlos stehen.

Das konnte zwar einiges mit dem Chaos der Münster-Gastronomie erklären, aber das war nicht mein Problem, dachte ich noch. Die Zeit sollte mich eines Besseren belehren.

Meine neue Kalkulation ging auf.

Giacco brachte mir einen Café-Amaretto. »Signore, da hat ein Mann nach Ihnen gefragt.«

»Italiener?«

»*Sì*. Woher wissen Sie das?«

»Was haben Sie ihm über mich gesagt?«

Er wedelte mit dem Handtuch an seinem Bund und griff Luftlöcher mit der freien Hand.

»Nichts. Er hat sich nur dafür interessiert, was ich übersetzt habe. Er ist Geschichtsprofessor in Rom.«

»Und? Meldet er sich wieder?«

»Hat er nicht gesagt. Haben Sie schon etwas von der Kleinen gehört?«

Ich nickte geistesabwesend. »Ist wieder daheim.«

Es war doch keine Spinnerei gewesen, dass ich mich beobachtet gefühlt hatte. Was ich als Fehler erachtet hatte, konnte sich jetzt als Platzvorteil erweisen. Das Spiel konnte beginnen.

Der Mitspieler ließen nicht lange auf sich warten.

»Guten Abend, mein Herr«, stellte sich ein schlanker, großer Mann in einem grauen Seidenanzug vor. Sein dunkles Haar und der braune Teint ließen einen Süd-Italiener vermuten.

»Darf ich ...?«, wies er auf den leeren Stuhl am Tisch.

»Sie suchen mich?«, begann ich das Spiel, ohne zu warten, bis er die richtige Sitzposition gefunden hatte.

Er ließ sich nicht beirren und bestellte. Nachdem er sich eine Zigarette angezündet hatte, taxierte er mich.

»Sie sehen nicht wie jemand aus, der sich für Geschichte interessiert.«

»Sie auch nicht«, konterte ich.

Er bleckte eine Reihe makelloser Zähne zu einem Lächeln.

»Ich sehe, Sie wissen, um was es geht. Sie haben etwas, was ich gerne hätte.«

Seine linke Hand trug einen Siegelring und ließ ein goldenes Feuerzeug zwischen den Fingern hin- und herlaufen.

»Das wäre?«

»Giacco hat mir erzählt, was er für Sie übersetzt hat. Das ist sehr wertvoll für mich.«

»Für Sie oder einen geheimnisvollen Auftraggeber?«

»Tut mir leid. Ich habe mich noch nicht vorgestellt.« Er steckte das Feuerzeug ein und erhob sich andeutungsweise. »Dr. Flavio Simonte. Advokat und Notar.«

»Habe schon von Ihnen gehört.«

»Wie können Sie von mir gehört haben?«

»Sie hinterlassen überall Ihre Spuren. Wollen Sie wissen, wo?«

Der Bluff wirkte. Aber nur kurz. Sehr schnell hatte er sich wieder im Griff.

»Daran sehen Sie, dass ich es ehrlich meine.«

»Wenn Sie es ehrlich meinen, dann sagen Sie mir, wozu und wofür Sie die Dokumente brauchen ... Überzeugen Sie mich, dann können Sie sie haben.«

»Im Original?«, fragte er misstrauisch.

Innerlich jubilierte ich. Er war am Zug. Den Gedanken, dass das für mich gefährlich werden konnte, schob ich beiseite. Jetzt oder nie.

Einen Moment schien er zu überlegen, wie er weiter vorgehen sollte. Freundlich oder drohend.

»Nun gut. Ein Klient hat mich beauftragt, Nachforschungen über seine Vorfahren anzustellen. Als ich nicht weiterkam, traf ich Professor Solvay, der sich sofort anbot.«

»Und, was hat er herausgefunden?«

Der Doktor betrachtete seine Fingernägel, schnippte einen Tabakkrümel vom Tisch.

»Tut mir leid. Das sind vertrauliche Informationen.«

Ich rief Giacco und bezahlte.

»Wo wollen Sie hin?«

»Gehen. Sie haben mich nicht überzeugt.«

Als ich aufstand, huschte ein zynisches Lächeln über sein Gesicht.

»Es ist dunkel. Wollen Sie mit den kostbaren Schriften da hinaus?«

»Sie glauben doch nicht ...«

»... dass Sie sie dabeihaben?«, ergänzte er mit einem süffisanten Lächeln. »Sie haben sie dabei. Ihre Spur heute Nachmittag war leicht zu verfolgen.«

Einen Moment lang war ich verunsichert. Die Übersetzung schoss mir durch den Kopf. Was enthielt sie, was ich nicht sah?

»Wollen Sie mich auch vor die Bahn stoßen?«

Er wurde ernst und steckte sich betont umständlich eine Zigarette an. »Bitte setzen Sie sich wieder. Ich fürchte, hier liegt ein Missverständnis vor. Ich werde Sie überzeugen ... unter der Bedingung, dass Sie sich dann sofort entscheiden, wo die Schriftstücke hingehören.«

Dr. Simonte verstand sein Geschäft. Nach einer Stunde glaubte er mir klargemacht zu haben, dass er mit dem Tod des Professors nichts zu tun hatte, das Dokument für jeden wertlos war außer für seinen Klienten und mit der Übergabe an ihn weder ich noch Gerda etwas zu befürchten hätten. Im Gegenteil. Er würde sogar dafür bezahlen.

Mein »Trüffelschwein«-Instinkt warnte mich. Ich musste jetzt auf Zeit spielen.

»Geben Sie mir Ihre Telefonnummer. Ich sage Ihnen morgen, wo Sie die Dokumente in Empfang nehmen können.«

»Sie haben Mut«, nickte er. »Aber gut, hier können Sie mich erreichen.«

Er kritzelte eine Telefonnummer auf einen Bierdeckel.

»Passen Sie auf sich auf«, flüsterte er. »Es könnte jemand geben, den die Schriften auch interessieren, und der darf sie nicht zurückbekommen.«

»Meinen Sie die Kirche?«, denn wer sollte sonst die Unterlagen zurück haben wollen.

»Wer weiß«, orakelte er.

Er war sehr geschickt, mir noch einen zweiten Gegner einreden zu wollen. Wer war nicht daran interessiert, sein Eigentum wiederzubekommen. Aber unter Gewalt, und dann noch die Kirche? So viel Aussagekraft hatten die Schriften nun wirklich nicht. Es sei denn ... In mir kroch eine Ahnung hoch.

Die Schriften konnten ein Teilstück zu einem Ganzen, vielleicht sogar der Schlüssel sein. Daher waren sie nur für den von Wert, in dessen Informationskette sie passten.

»Dann gebe ich der Kirche ihr Eigentum zurück, und Sie bekommen die Kopien. Dann ist doch jedem gedient«, versuchte ich einen letzten Vorstoß.

Das vordergründige Lächeln verschwand aus seinem Gesicht.

»Mein Klient braucht die Originale, keine Kopien. Verstehen wir uns?« Es klang wie das Fauchen einer Raubkatze.

»Ist das eine Drohung? Oder eine Warnung?«

»Ein Rat aus Sorge und Vorsicht.«

Auf dem Weg zum Taxistand vermied ich es, außerhalb der Straßenbeleuchtung zu gehen. Wohl war mir nicht, und ich wartete abwehrbereit, wenn mir jemand folgte, bis die Person an mir vorbei war.

Mein Blutdruck normalisierte sich erst wieder, als das Taxi von einer Frau geführt wurde, die ich bat, einen Umweg über den Bahnhof zu machen.

Dort kaufte ich im Zeitungsladen ein Couvert und Briefmarken. Ich war mir zwar nicht sicher, ob mein Entschluss richtig war und welche Konsequenzen sich daraus ergeben würden, aber froh, die Dokumente in Sicherheit zu wissen, als sie im Briefkasten verschwanden.

Auf dem Küchentisch fand ich eine Nachricht von Gerda, dass sie mich, wenn ich Lust hätte, in der Kneipe erwarten würde, in der die Journalisten verkehrten.

So richtig war mir nicht danach. Aber ein wenig Ablenkung konnte nicht schaden.

Ich setzte noch eine E-Mail an die Redaktion ab und machte mich auf den Weg. Warum ich den Laptop mitschleppte, war mir nicht klar, aber ich bemerkte es erst, als ich bereits im Auto saß. Ich hatte mir das Ding reflexartig unter den Arm geklemmt, wie man den Wohnungsschlüssel einsteckt, ohne darüber nachzudenken, so wie ich es tat, wenn ich die Redaktion zu einem Außentermin verließ.

»Alte Berufskrankheit«, brummte ich für mich.

»Machst du mir jetzt schon Konkurrenz?«, fragte ich Gerda, die sich im Kreise der Kollegen von der Lokalpresse bestens zu amüsieren schien.

»I wo«, kicherte sie. »Will nur wissen, wie man zum Trüffelschwein wird.«

Die Striche auf ihrem Deckel verkündeten, dass sie bereits einiges intus hatte.

Ich zog sie zur Seite. »Was soll das? Ich denke, du musst sparen? Warum besäufst du dich?«

Sie deutete schwankend mit dem Finger auf mich. »Oh, oh, Herr Schlaumeier. Ich besaufe mich, wann es mir passt und wenn ich Geld habe. Und ich habe gaaanz viel Geld.« Sie zog ein Bündel

Scheine aus der Tasche, die wie kleine Gleitschirme zu Boden segelten.

»Ist es das, was du als ›persönlich‹ von deinem Vater in der Orgel gefunden hast?«

Wir krochen beide auf dem Boden umher, um die Banknoten wieder einzusammeln.

»Sehr richtig. Sehr viel Persönliches«, lallte sie.

Soviel ich hatte erkennen können, handelte es sich um eine erkleckliche Summe. Alles Zweihunderter-Scheine.

»Judaslohn«, tönte es über uns.

Ich zog Gerda hoch und deponierte sie auf einem Stuhl.

»Was machen Sie denn hier, Pater Lutz?«

Es war mir in meiner Praxis selten vorgekommen, dass mir die Worte fehlten. Aber den Pater hier zu finden beraubte mich für Sekunden meines ganzen Sprachvermögens.

Er genoss die Überraschung. »Als gebildeter Mensch sollten Sie wissen, wer die Braukunst nach dem deutschen Reinheitsgebot erfunden hat. Mein Orden. So, und jetzt sammeln Sie Frau Solvay ein und machen, dass Sie nach Hause kommen. Dort tut sich was.«

Wie er gekommen war, verschwand er im Nichts.

»Hast du denen die Sachen gegeben?«, murmelte Gerda an meiner Schulter und schlief ein.

Als wir die Wohnung erreichten, begann mein ganzes Gerüst von Vermutungen und Ahnungen wie eine Sandburg am Strand unter dem Einfluss der brandenden Wellen zu bröckeln.

Die Tür war nur angelehnt, die Wohnung verwüstet.

Pater Lutz hatte es gewusst. Woher? Gerda war schlagartig nüchtern und begann mit der Bestandsaufnahme.

»Woher wusstest du, wo ich war?«, fragte sie und setzte die Möbel wieder an ihren Platz.

»Du hast mir einen Zettel auf den Küchentisch ...«

»Ich habe nichts dergleichen ... und wo ist der?«

Es lag kein Zettel mehr auf dem Tisch.

»Bist du betrunken oder ich?«

Die Frage stellte ich mir auch, war aber froh, den Laptop mitgenommen zu haben.

»Fehlt was?«, fragte ich nach einer Stunde.

»Ja. Dein Zettel – und der Stammbaum.«

»Sonst nichts?«

»Sieht nicht so aus.«

»Warum hast du nicht die Polizei gerufen? Die hätten vielleicht Fingerabdrücke finden können.«

»Spinnst du? Was hätte ich denen sagen sollen? Dass jemand Unterlagen sucht, die mein Vater gestohlen hat? Nein, danke.«

Die ganze Situation wurde immer verworrener. Je näher ich glaubte einer Lösung gekommen zu sein, umso radikaler änderten der oder die Unbekannten die Richtung.

Es gab keinen Grund, an der Aussage des Advokaten zu zweifeln, aber auch keinen, die Kirche als Täter zu verdächtigen. Trotzdem bestand eine Verbindung zwischen beiden. Nur welche?

15

Nach dem Frühstück rief Pater Lutz an und bat um ein Treffen. Er war kurz angebunden, als wolle er vermeiden, dass jemand zuhören konnte. Ich sollte in einer Stunde auf der Orgelempore sein.

Der Münsterplatz lag in einem tristen Grau. Der Regen peitschte wie an jenem Tag, als ich dem Professor begegnet war.

Das Kirchenschiff wirkte wieder wie ein Walfischbauch. Pater Lutz hatte im Dunkel des Glockenturm-Aufgangs gewartet und schob mich die Stiege zur Orgel hinauf. Die eichene Tür verschloss er mit einem schweren Schlüssel hinter uns.

»Jetzt sind wir ungestört«, murmelte er.

Er nahm am Spieltisch Platz und bot mir den Stuhl an, auf dem ich schon zweimal gesessen hatte.

»Spielen Sie Orgel?«, versuchte ich das Gespräch einzuleiten.

»Nicht jeder, der der Kirche dient, spielt Orgel. Nein. Ich bin nicht sehr musikalisch.« Ein Lächeln huschte über sein Gesicht.

»Woher wussten Sie das von gestern Abend?«

»Beichtgeheimnis«, wiegelte er ab. »Ist viel passiert?«

Ich schüttelte den Kopf, hatte aber keine Lust, in Details zu gehen.

»Na schön«, nickte er zufrieden. »Dieses Verschwinden der Doktorarbeit hat mir keine Ruhe gelassen. Da ich noch ungefähr wusste, was sie beinhaltete, habe ich meine eigenen Recherchen angestellt. Dazu müssen Sie wissen, dass mein Orden zu der fraglichen Zeit in Italien und Spanien von 1773 bis 1814 aufgehoben – sprich: verboten – war. Viele meiner Brüder mussten nach

Russland und Preußen flüchten, wo sie ab 1872 ebenfalls verboten und verfolgt wurden. Einige sind seinerzeit, wie man heute sagen würde, im Habsburgischen untergetaucht und haben die Geschichte abseits der offiziellen Kirchengeschichte fortgeschrieben. Sie waren als Lehrer, Ärzte, aber auch als Anwälte tätig. Sie versorgten ihre im Exil lebenden Glaubensbrüder mit Informationen, aber auch mit Geld, soweit das ging.

Nun gibt es im Orden ein Zentralarchiv, das Fremden nicht zugänglich ist. Da habe ich mich schlau gemacht.«

Wenn ich das richtig verstand, gab es, sozusagen parallel zur offiziell verlaufenden Geschichte, eine Art Geheimdossier des verbotenen Ordens.

»Sie können es so sehen«, bestätigte Pater Lutz und zog einen Block aus der Tasche. »Ich habe mir die wahrscheinlich wichtigsten Informationen herausgeschrieben, wobei ich nicht unbedingt für ihre Richtigkeit garantieren möchte. Trotzdem, sie zeigen, wonach hier einige suchen könnten.«

In Ermangelung einer anderen Schreibgelegenheit zweckentfremdete ich eines der neben der Orgel aufgestapelten Notenhefte (ausgerechnet die Feuerwerksmusik von Händel) und schrieb fleißig mit, was der Pater mit Akribie recherchiert hatte.

Was am Ende herauskam, war das Profil und das mögliche Motiv einer immer noch unbekannten Person, die ihre Wurzeln im Stamm der Este hatte.

»Tut mir leid«, meinte er und kraulte seinen Bart, »aber die Auflösung steht leider nicht in der Geschichte ... Es liegt jetzt in Ihrer Hand.«

»Warum tun Sie das?«, fragte ich, als die Tür des Südportals hinter uns zufiel und der Regen um uns herumfegte.

»Die Jesuiten sind nie die geliebten Schoßkinder der Kirche gewesen. Uns hat man gebraucht, wenn es galt, Kriege im Namen der Kirche zu führen oder wilde Völker zu domestizieren. Wenn wir unsere Schuldigkeit getan hatten oder nicht in ihrem Sinne gehandelt haben, wurden wir kurzerhand zur *persona non grata* erklärt. Das ging bis 1917 so. Denken Sie mal darüber nach. Sie haben jetzt Informationen, die nur noch der große Unbekannte haben kann. Nutzen Sie das. Spielen Sie das Spiel der Glaubenskriege nach.«

Er verschwand mit wehendem Mantel wie ein dunkles Fanal im Regen.

Etwas benommen lehnte ich mich im Schutz eines Pfeilers an die nasskalte Mauer. Ich kam erst wieder in die Realität zurück, als mich eine krähende Stimme darauf aufmerksam machte, dass ich langsam nasse Füße bekommen würde.

»Na, wo ist Lisa?«

Otto trug eine gelbe Mülltüte als Regenhaut.

»In Sicherheit. Sie ist in Gefahr.« Mehr hatte ich keine Lust zu sagen.

»Wer bringt sie in Gefahr? Los, sagen Sie schon!«, und nachdem ich auch darauf keine befriedigende Antwort gab: »Sie sind mir für die Kleine verantwortlich.«

Damit hinkte er in Richtung der Arkaden.

Ich folgte ihm. Er verbarg seine bei diesem Wetter bescheidene Beute unter einem Müllsack im Karren.

»Tut mir leid. Ich habe die Kiwis vergessen.«

Er schaute an mir hoch. Der Regen kroch an seinen Bartstoppeln entlang und vereinte sich am Kinn zu einem kleinen Rinnsal.

»Brauche keine mehr. Mehr gehen nicht hinein.«

Damit verschwand er, mit der linken Hand den Stock, mit der anderen den Wagen führend.

Die neuen Informationen mussten sich erst einmal setzen, bevor ich mit ihrer Analyse und Zuordnung begann.

Dazu brauchte ich etwas Abwechslung, die ich in einer Studentenkneipe in der Altstadt zu finden hoffte.

Das Lokal war gut besucht, aber nicht voll, die Musik gewöhnungsbedürftig, aber nicht zu laut. Ich fand einen Platz am Fenster, von dem ich den Gastraum wie auch die Straße überblicken konnte.

Der Lokalteil der Zeitung beschäftigte sich mit dem Tod des Sparkassendirektors und erging sich in allerlei Vermutungen, die, wenn sie zu hypothetisch wurden, journalistisch fragwürdig, aber korrekt, mit einem Fragezeichen versehen waren.

Ein Schatten vor dem Fenster nahm mir das ohnehin spärliche Licht zum Lesen.

Zwei Männer unterhielten sich unter einem Regenschirm, wandten mir aber den Rücken zu.

Verärgert rief ich die Bedienung und bat sie, die Beleuchtung einzuschalten. Als Ergebnis brachte sie mir eine Kerze, die es mir gerade erlaubte, zwei Todesanzeigen nicht zu übersehen. Die des Bankers, ausgestattet mit allen Insignien der Verlogenheit, und die des dicken Wirts.

Die Männer trennten sich und gaben das Restlicht des Tages wieder frei. Eine Sekunde hatte ich Zeit, ihre Gesichter unter dem Schirm zu erkennen. Es waren Dr. Simonte und einer der jungen Journalisten.

Der Doktor entfernte sich, der Zeitungskollege betrat das Lokal.

»Hab ich doch gleich gedacht, dass Sie das sind«, sagte er, als er auf meinen Tisch zusteuerte. »Was war denn gestern los?«

»War das nicht Dr. Simonte?«, konterte ich.

Er zog seinen nassen Mantel aus und setzte sich übers Eck an den Tisch.

»Kennen Sie ihn?«

»Nicht näher. Habe ihn mal in Italien getroffen«, begann ich meinen Köder auszulegen.

Er spülte ein Bier hinunter und entfernte den Schaum aus seinem Schnauzbart.

»Dr. Simonte ist ein bekannter Mann in der Stadt. Er ist der Geschädigte durch den Sparkassenskandal.«

»Das wird ihn wohl kaum umbringen, bei seinem Vermögen«, paarte ich nicht vorhandenes Wissen mit gespieltem Desinteresse.

Er schüttelte den Kopf. »Da habe ich aber andere Informationen. Wenn die Bank nicht schnellstens den Verlust ausgleicht – und das würde ein Schuldanerkenntnis bedeuten –, dann ist seine Gesellschaft kaputt. Was glauben Sie, warum er die Pachten drastisch anheben musste?«

Das war allerdings eine Konstellation, die ich nicht bedacht hatte und die mich Simonte in einem anderen Licht sehen ließ.

Die Frage, die es jetzt zu klären galt, war: Waren die Unterschlagungen, unabhängig von einer Schuldzuweisung, gezielt auf die Konten des Doktors gerichtet gewesen, oder waren sie ohne Ansehen der Person erfolgt?

Ich hatte laut gedacht.

»Wie es aussieht, hatte man es gezielt auf Dr. Simonte abgesehen«, enthob mich der junge Kollege weiterer ausgesprochener Betrachtungen. »Haben Sie eine Vermutung?«

Die hatte ich, behielt sie aber für mich und verneinte.

»Können Sie sich vorstellen, dass so etwas der Bankdirektor allein gemacht haben soll?«

Der Kollege kam mit seiner Frage meinen Gedanken sehr nahe. Nur war es für mich unerheblich zu wissen, wie wer was gemacht hatte. Einzig der Profiteur im Hintergrund interessierte mich. Der Rest war Sache der Staatsanwaltschaft.

Es wurde Zeit, dass ich mich an die Aufarbeitung der Informationen von Pater Lutz machte.

Gerda saß am Computer. »Hi, ich soll dich ganz fest von Lisa drücken. Wir haben gerade miteinander gemailt. Du hast auch eine, von der Redaktion, glaube ich.«

Sie schob mir das Gerät hin.

»Kannst Lisa zurückholen. Besteht keine Gefahr mehr«, murmelte ich, während ich meine Mail las.

Wenn ich mich auch manchmal über den Verwaltungsaufwand meines Großverlages ärgerte, so war es in meiner Angelegenheit von Vorteil, über eine ganze Reihe von Spezialisten zu verfügen, die genau wussten, wo zu suchen war.

Meine Urlaubsvertretung, der ich die Dokumente geschickt hatte, hatte meine begleitende E-Mail richtig interpretiert. Das Ergebnis konnte sich sehen lassen.

Dr. Simonte war der Adoptivsohn eines kinderlosen Advokatenpaares aus Rom. Er hatte italienisches und deutsches Recht studiert und in der Münsterstadt promoviert. Sein juristischer Schwerpunkt lag in der Beratung des italienischen Adels, für den er auch mit drei Kanzleien in Rom, Modena und Mailand die Verwaltung von Liegenschaften im In- und Ausland führte ...

»Was heißt außer Gefahr?«, unterbrach mich Gerda.

Ich erklärte ihr, was mit Simonte los war und dass der momentan froh sein würde, wenn ihm keiner etwas tat.

»Das glaubst du doch selbst nicht? Nix da, Lisa bleibt, wo sie ist.«

»Weiber ...«, stöhnte ich und widmete mich weiter der Mail.

... vormals verheiratet mit einer Comtessa Paola Beatrix Maria von Piemont und Carrara. Geschätztes Vermögen: einige Millionen. Mitinhaber mehrerer Verwaltungsgesellschaften, Vorstandsmitglied der Sparkasse und der Bank Ambrosio, der Vatikanbank.

»Wenn der Angst davor hat, dass ihm jemand was tut, dann bin ich Mutter Teresa«, kommentierte Gerda den Steckbrief.

In der Tat vereinte dieser Mann ein ansehnliches Potenzial an

Macht auf sich. Umso weniger mochte ich glauben, dass ihn ein Sparkassendirektor ohne weiteres betrügen konnte und dass er ohne handfestes eigenes Interesse für einen Klienten persönlich in dessen Vergangenheit stöberte.

Der Mann war zu gläsern, um ehrlich zu sein. Meine Erfahrung hatte mich gelehrt, dass Menschen in höchsten Positionen selten das waren, was sie in der Öffentlichkeit als Bild von sich zeichneten. Manche brachten es darin zu einer Perfektion, die den größten Illusionisten der Zeit zur Ehre gereicht hätte.

Es galt die Auswertung von Pater Lutz in mein Bild vom großen Unbekannten zu integrieren. Beim Mitschreiben war mir bereits klar geworden, dass nur diese Recherchen zu dem Ziel hinführen konnten, der Hintergrundperson zumindest ein schemenhaftes Gesicht zu geben.

Er hatte zumindest geschafft, dem namenlosen Doktoranden eine Identität zu geben.

Demnach war der Mann als Giorgio Michaele Rinaldo Estance 1817 in Modena als zweiter Sohn des Marchese d'Este geboren worden. Da er früh Ansätze zur Unerziehbarkeit zeigte, wurde er 1831 von seinem Vater in eine Jesuitenschule in St. Blasien gegeben, wo er es 1848 zum Abschluss zum Profess brachte. In der Zeit könnte auch die Doktorarbeit geschrieben worden sein.

Der junge Mann musste einen abgrundtiefen Hass gegen seinen Vater gehabt haben, denn er hatte akribisch die Prozesse analysiert, die dieser bis zu seinem Tod 1842 geführt hatte, um seinen Besitzstand zu wahren. Dabei war der Marchese nicht zimperlich vorgegangen und hatte sich auch geradezu mittelalterlicher Foltermethoden bedient. Eine Art Geheimpolizei versorgte ihn mit den nötigen Informationen, um Widerstände schon im Keim ersticken zu können.

Nach seinem Tod übernahm der ältere Bruder den Platz und die rigiden Methoden des Vaters.

Hier endeten die Aufzeichnungen des Doktoranden und wurden von einem namenlosen Geschichtsschreiber fortgesetzt.

Demnach hatte Este jr. keine glückliche Hand und musste 1848 in seine Heimat fliehen, wo sich mit der Gründung des italienischen Staats 1859 seine Spur verlor.

1872 findet der junge Este noch einmal Erwähnung. Nach einem verbotenen Duell, bei dem ein preußischer Offizier getötet wird, entzieht er sich der Verhaftung durch die Flucht nach Italien und wird aus dem Orden ausgestoßen. Im gleichen Jahr heiratet er eine verarmte Adlige. Aus der Verbindung geht eine Tochter hervor.

1880 stirbt er.

Die Witwe erweist sich als kämpferische Person und nutzt geschickt den Privatkrieg des Großherzogs Friedrich I. mit der katholischen Kirche. 1882 erhält die Familie Este einen Teil ihrer 1801 gekauften Liegenschaften in der Münsterstadt zurück, die sich die Kirche nach und nach wieder angeeignet hatte.

1894 heiratet die Tochter und schenkt einem Sohn das Leben. Von da an verliert sich jede Spur der Familie.

»Ein italienischer Graf hat es mal versucht«, hatte der alte Mann im Grundbuchamt gesagt.

Das Ziel des Unbekannten war mir jetzt klar. Er hatte es auf die Kirche abgesehen. Wenn er aus dem Stamm der Este war, würde schon seine Veranlagung dafür sorgen, dass ihm jedes Mittel recht war, um ... ja, *was* zu erreichen?

»Rache ...«, sinnierte Gerda, nachdem sie meine Zusammenfassung gelesen hatte. »Es ist Rache. Und dafür braucht man Macht und Geld. Wie heißt es so schön? Rache ist teuer. Alles deutet also auf ... auf diesen Anwalt hin.«

Es deutete einiges darauf hin. Trotzdem war das nicht logisch.

»Der würde sich doch nur selbst schaden. Die Pfründe der Kirche sind in den Büchern festgeklopft. Wir leben schließlich im 21. Jahrhundert, und warum hätte er als Vorstandsmitglied der Vatikanbank einen Grund dafür?«

»Ganz einfach«, trällerte Gerda fast zynisch, »kennst du die Geschichte seiner adligen Frau? Nein. Du kannst ja mal versuchen, dich kundig zu machen. Ich wette, darüber wirst du bei diesen vertrackten Stammbäumen ein alter Mann. Aber vielleicht findest du ja dabei raus, dass du selbst mit dem preußischen König verwandt bist.«

Ich schluckte einen Zornausbruch hinunter. Diese Art von weiblicher Logik war mir zuwider.

Das Telefon klingelte. Gerda nahm ab.

»Für dich.« Sie hielt mir den Telefonhörer hin und deckte dabei das Mikrofon zu. »Woher weiß der, dass du hier bist? Du bringst uns wirklich in Gefahr.«

Es war Dr. Simonte, der wissen wollte, warum ich ihm heute die Dokumente nicht übergeben hatte.

»Soll ich Ihnen jetzt sagen, dass sie abhanden gekommen sind?«

Ich hörte ihn durchatmen.

»Verarschen Sie mich nicht! Sie haben sie immer noch. Also, wann bekomme ich die Schriftstücke?«

»Wenn Sie mir ein Interview für meine Zeitung geben.«

Ich sah ihn förmlich den Hörer an die Schulter drücken und sich eine Zigarette anstecken.

»Was soll das? Und wenn nicht?«, klang er ungehalten.

»Dann erscheint der Artikel bundesweit ohne Ihre Meinung.«

Es schien eine Ewigkeit zu dauern, bis er sich zu einer Antwort durchgerungen hatte. »Ich melde mich.« Dann knackte es.

»Bist du denn jetzt total übergeschnappt? Ich denke, die Dokumente sind wieder beim Ordinariat. Und jetzt benutzt du sie noch als Druckmittel? Der Kerl ist unberechenbar. Du hast ihn praktisch gezwungen, jetzt etwas zu unternehmen.«

Gerda stand wie eine Furie im Raum und ballte die Fäuste.

»Genau das will ich. Er muss was unternehmen. Aber nicht gegen uns, sonst fällt alles auf ihn zurück, dafür habe ich gesorgt.«

»Warum treffe ich nur Wahnsinnige?«, seufzte sie und goss sich einen großen Cognac ein.

»Als Jurist weiß er, dass alles überprüft wird, was er sagt. Er muss nur was sagen. Dazu ist ein Interview ein gutes Druckmittel. Entweder er spuckt was aus, mit dem man etwas anfangen kann, oder er läuft – theoretisch – Gefahr, dass ich ihn mit Vermutungen ins falsche Licht setze.«

Gerda schüttelte den Kopf. »Das geht schief, da wette ich. Ich sage noch mal, lass die Finger davon.«

16

»Sie haben wirklich Mut«, empfing mich der Doktor in seinem Büro. »Das gefällt mir. Wollen Sie nicht für mich arbeiten?«

»Was könnte ich für Sie tun?«, fing ich den Ball auf.

Er wies mir einen Stuhl an, der genau im Brennpunkt zweier Spiegelvitrinen stand, die das einfallende Sonnenlicht auf diesen Punkt reflektierten.

»Oh, Entschuldigung. Das blendet, glaube ich. So können Sie ja nicht schreiben.«

Mit gespieltem Bedauern ließ er eine Jalousie herab.

»Wir waren uns einig, dass ich die Originale erhalte, wenn ich Ihren Artikel vor der Veröffentlichung abgesegnet habe. Bleibt es dabei?«

Obwohl sich kaum ein Journalist auf solch ein Ansinnen einlassen würde, hatte ich eingewilligt, um überhaupt Informationen von ihm zu bekommen. Ob der Artikel dann jemals in Druck gehen würde, stand in den Sternen und meinem Ermessen.

»Nun, Sie könnten für mich und meinen Klienten weiter ermitteln«, knüpfte er an sein Angebot an. »Sie scheinen da ja schon einige Fortschritte gemacht zuhaben. Mein Klient zahlt gut.«

»Dazu müsste ich wissen, wonach zu suchen ist.«

»Wenn Sie es nicht wissen, wer dann?«, lächelte er süffisant. »Also los, stellen Sie Ihre Fragen. Ich habe wenig Zeit.«

Ich stellte mein kleines Aufnahmegerät zwischen uns.

»Wird das ein Verhör? Schalten Sie das Ding aus.« Angewidert zeigte er auf den leise surrenden Recorder.

»Wie Sie wollen.« Ich steckte das Gerät in die Brusttasche, ließ es aber weiterlaufen.

»Fassen Sie die Fragen zusammen, damit ich weiß, worauf Sie hinauswollen«, drängte er ungehalten.

Umständlich suchte ich nach meinem Notizbuch.

»Warum ist dieser ... na ja, Buchungsfehler gerade bei Ihnen aufgetreten? Die Bank hat doch noch ein paar andere Kunden. Was bedeutet dieser finanzielle Verlust für Sie? Haben Sie Feinde, die etwas dagegen haben, dass Sie die Gastronomie am Münster umgestalten wollen, und warum sucht Ihr Mandant Urkunden, die schon ein Menschenleben gekostet haben? Was haben die Familienverhältnisse Ihrer Frau damit zu tun, und wie sind Sie ausgerechnet auf Professor Solvay gekommen?«

Simonte hatte sich die Fragen stichwortartig notiert. Zischend stieß er Luft durch die Zähne.

»Ein bisschen viel, finden Sie nicht? Und weit ab von dem, was wir vereinbart hatten.«

Ich zuckte mit den Schultern. »Wollen Sie oder nicht?«

Er zog die Augenbrauen wie liegende Fragezeichen hoch, unschlüssig, ob ich zu meiner Drohung stehen würde oder nicht.

»Sie meinen also, wenn ich die Fragen nicht beantworte, dann tun Sie das für mich?«, versuchte er meine Einstellung auszuloten.

»Nein, das *meine* ich nicht. Ich *weiß* es«, lächelte ich.

Er zündete sich ein Zigarillo an und blies den Rauch an die Decke. »Lassen Sie mich Ihre letzte Frage mit einer Gegenfrage beantworten. Sie wohnen doch zurzeit bei Frau Solvay. Hat sie Ihnen nicht erzählt, durch wen ich Professor Solvay kennen gelernt habe?«

Gib ja keinen Laut von dir. Warte ab, flüsterte mein Kobold.

Ich setzte einen desinteressierten Blick auf und wartete.

»Nun gut. Keine Antwort ist auch eine. Ich lernte den Professor durch Lisas Vater kennen.«

Er umrundete den Schreibtisch und betrachtete mich von oben wie ein unbekanntes Insekt.

»Nein. Gerda hat Ihnen nichts erzählt«, stellte er zufrieden fest. »Enrico war einer meiner Pächter auf dem Münsterplatz. Ein schlaues Kerlchen, zu schlau für sein Alter.«

»Was heißt ›war‹? Ist er tot?«

Er lachte gekünstelt. »Nein, er hat bei Nacht und Nebel alles mitgehen lassen, was nach Geld roch. Gerda hat noch versucht, einen Teil seiner Schulden mit Hilfe des Professors zu begleichen. Aber das reichte nicht. So lernte ich Herrn Solvay zwangsweise geschäftlich kennen.«

»Aha, und das nehmen Sie als Anlass, Frau Solvay unter Druck zu setzen.«

»›Unter Druck‹ kann man das wohl nicht nennen«, reagierte er überraschend schnell und sicher. »Sie ist mir noch etwas schuldig. Aber das ist unsere Privatsache. Kommen wir zu dieser leidigen Bankangelegenheit«, versuchte er umzuschwenken.

»Moment, es ist ja wohl eher eine Sache der Justiz, wenn Frau Solvay ihre Tochter verstecken muss, aus Angst, dass ihr das Gleiche passiert wie ihrem Vater.«

Simonte verlor erstmals sichtlich die Fassung. Er sprang auf, machte ein paar Schritte nach rechts, dann nach links und verschanzte sich stehend hinter der Lehne seines Chefsessels.

»Nein. So nicht! So lasse ich mich nicht reinlegen, von dieser ... dieser hysterischen Kuh. Glauben Sie allen Ernstes, dass ich jemand mit seinem Kind drohe? Ich bin Italiener, wenn Sie verstehen, was das bedeutet.«

Sein Gesicht wurde puterrot, seine Halsschlagadern schwollen zu reißenden Bächen an.

»Man kann von mir halten, was man will, aber Kinder sind unser Kapital. Oder glauben Sie, dass ich nicht mit Kapital umgehen kann?«

»Genau diesen Beweis sind Sie mir schuldig.«

Eine unsichtbare Wand hätte ihn nicht besser stoppen können als mein verbaler Tiefschlag. Sichtlich eines Großteiles seiner Arroganz beraubt, ließ er sich in den Sessel fallen.

»Also gut. Dass am Münsterplatz ein Teil in Erlebnisgastronomie umgewandelt werden soll, geistert schon lange durch die Presse. Aber wenn ich das vorhätte, dann würde ich die Pachtverträge ganz einfach nicht verlängern. Dass Unruhe unter den Gastronomen herrscht, passt mir selbst nicht. Ich kann mir keine Pächter leisten, die aufeinander losgehen, bis keiner mehr die Pacht zahlen kann. Ich vermute, dass der Bankdirektor mit einem Investor dahintergesteckt hat. Aber das ist nicht zu beweisen. Er war manchmal das Zünglein an der Waage. Sie verstehen?«

Ich verneinte.

»Nun, er sah das Geschäft einerseits mit den Augen des Buchhalters, und andererseits war auch zu viel Sympathie für den einen und Antipathie gegen den anderen im Spiel. Eine brisante Mischung. Da unterlaufen einem schon Fehler. Ein Banker kann sich keine Gefühle leisten. Entweder ist man Gott, oder man ist es nicht.«

»Bei Ihnen war er wohl beides«, schürte ich in der Glut.

Simonte schüttelte den Kopf. »Er war kein Betrüger. Zumindest nicht wissentlich. Er hat es nur nicht bemerkt. Das war sein Fehler.«

»Und deswegen bringt er sich um? Da habe ich aber Zweifel.«

Aufreizend langsam roch er an einer Zigarre, drehte sie am Ohr, schnitt die Spitze ab und wärmte das Deckblatt über der Flamme seines Feuerzeugs.

»Ich habe auch so meine Zweifel.« Er bekam sich auch äußerlich wieder in den Griff und spannte seinen Körper über die Tischplatte. »Ich bezweifle nämlich, dass Sie überhaupt an mir interessiert sind. Was es zu schreiben gibt, besorgt doch die lokale Presse. Was will ein großes Blatt wie Ihres damit? Sie suchen doch etwas anderes. Was ist das? Führen Sie hier private Ermittlungen? Für wen oder gegen wen? Wer ist Ihr Auftraggeber? Ihre Zeitung weiß nämlich von nichts.«

Es war an der Zeit, Gerda recht zu geben. Ich hatte ihn unterschätzt. »Gehe Anwälten aus dem Weg«, hatte mir Vater immer geraten, und ich hatte mich ausgerechnet mit einem von der cleveren Sorte angelegt.

Angriff oder Kneifen war jetzt die Frage. Eine Verteidigung verbot sich von selbst. Zielsicher hatte er sich das Unwissen meiner Redaktion über meine Recherchen zum Verbündeten gemacht.

Angriff!, tobte mein Kobold.

»Ich bin auf der Suche nach dem Phantom vom Münsterplatz.«

Für Sekunden geisterte sein Blick durch den Raum, dann brach er in schallendes Gelächter aus.

Nachdem er wieder bei Atem war, hustete er hervor: »Noch so ein Idiot, der auf den Professor und diese Ratte von Gerster hereingefallen ist. Hätte ich mir ja denken können. Wissen Sie was? Sagen Sie Ihrem Chef, er soll Sie Gespenstergeschichten schreiben lassen.«

Es war sinnlos, das Gespräch auf dieser Ebene weiterzuführen. Ich stand auf und verließ grußlos den Raum.

»Halt, wo ist das versprochene Dokument?«, stürmte er mir im Treppenhaus nach.

»Vergessen Sie es.« Dann schaltete ich das Aufnahmegerät aus.

17

Ich erwischte Gerster gerade noch, als er vom Archiv zum Eingang des Erzbischöflichen Ordinariats strebte.

Nachdem ich ihm die Hand auf die Schulter gelegt hatte, drehte er sich wie ein ertappter Sünder um. »Ach, Sie sind es.«

»Wann kann ich Sie sprechen? Sie interessieren sich doch dafür, was am Münsterplatz vor sich geht.«

Er schien mit seinen Gedanken woanders zu sein.

»Tue ich das? Ach ja. Aber das hat sich erledigt.«

Die Pforte schloss sich sofort hinter ihm. Ich glaubte Pater Lutz kurz im Hintergrund gesehen zu haben, war mir aber nicht sicher.

So schlecht warst du heute nicht, tröstete ich mich, nachdem ich telefoniert und einen Platz im Café Hofmann gefunden hatte, von dem ich das Ordinariat im Auge behalten konnte.

Dr. Simonte war zwar immer weniger einzuordnen, aber ich war mir inzwischen sicher, dass Gerda ein falsches Spiel trieb.

Es dauerte eine Stunde, bis Gerster wieder das Gebäude verließ. Ich folgte ihm die paar hundert Meter durch die Altstadt bis zum Parkhaus, das in östlicher Richtung das Einfalltor zur Stadt für die mobilisierte Gesellschaft bildete. Als er das Parkdeck betrat, öffnete er den Wagen mit der Fernbedienung, was mir eine Sekunde Vorsprung verschaffte, um vor ihm im Auto zu sitzen, hinter dem ich mich geduckt hatte.

»Wa . . . was machen Sie in meinem Wagen?«, stotterte er.

»Ihrem Wagen? Sie haben zwar den Schlüssel. Aber den Fahrzeugbrief hat doch wohl die Sparkasse.«

Werde nicht arrogant. Du willst was von ihm, pfiff mein Kobold mich zurück.

»Fahren wir?«

»Wohin?«

»Zu Ihrer Frau, damit sie bestätigen kann, dass Sie sehr wohl Latein können und wussten, wonach Professor Solvay suchte. Soll ich Ihnen noch etwas über Ihre Verbindungen zum Sparkassendirektor erzählen?«

»Hören Sie auf«, knurrte er und schlug auf das Lenkrad ein.

»Erzählen Sie mir doch einfach, was ich wissen will. Vielleicht kann ich Ihnen aus Ihrer Scheiße helfen, so als Berater.«

»Berater!«, murrte er abfällig und startete den Motor.

Nachdem wir das Parkhaus verlassen hatten, fuhr er in nördliche Richtung aus der Stadt.

»Wohin wollen wir?«

»Wohin? Zur Wahrheit. Welche wollen Sie wissen? Meine, die der Solvays, die Simontes, der Kirche oder der Bank? Oder sind Sie nur an dem interessiert, was sich drucken lässt? Hören Sie, es gibt in diesem Fall – und es ist ein Fall – mehr Wahrheiten, als dieses Wort ertragen kann.«

Er schob eine CD in den Radioschacht und drehte die Lautstärke hoch. Die »Moldau« von Smetana begleitete uns aus der Stadt, einen Waldweg und dann eine Art Trampelpfad oberhalb der Waldgrenze hinauf.

Als die Moldau musikalisch die Elbe erreichte, hielt Gerster neben einer Hütte, die sich mit einem Natursteinfundament gegen den Berg abstützte.

»Mein Refugium, wenn mir die Stadt auf die Nerven geht«, brummte er und öffnete zwei schwere Ringschlösser, die mit einem Stück Autoreifen gegen die Witterung geschützt waren.

Während er die hölzernen Klappläden vor den Fenstern öffnete, genoss ich die Aussicht, die sich von hier über den südlichen Schwarzwald bot.

»Ich hatte es Ihnen ja angeboten«, rief er. »Aber kommen Sie, ich will Ihnen was zeigen.«

Die Hütte hatte nur einen Raum, der sehr gemütlich im Landesstil eingerichtet war. Ein großer Tisch für zehn Personen mit einer Eckbank, ein gusseiserner Ofen, Regale, in denen sich bunt bemaltes Geschirr stapelte, ein alter Bauernschrank mit Butzenscheiben für Gläser und Krüge, zwei mit rot-weißen Karos bezogene Betten.

Er bückte sich und fuhr mit einem Klappmesser die Fuge eines Bodenpaneels entlang. Ein etwa Quadratmeter großes Stück Fußboden sprang auf.

Fünf steinerne Stufen führten in einen Raum hinab, in dem sich nur Otto hätte aufrecht bewegen können. Gerster schaltete eine Taschenlampe an, die von der Decke baumelte.

»Mein Vorratsraum und Versteck für Sachen, die ich gerne aus meinem Leben streichen würde.«

Gemeinsam stemmten wir eine Stahlkassette in den Wohnraum.

»So, hier ist meine Wahrheit.« Nachdem er den Behälter mit zwei Tresorschlüsseln geöffnet hatte, breitete er drei prall gefüllte Schnellhefter und mehrere Mappen mit einer Loseblattsammlung auf dem Tisch aus.

»Wollen Sie es kompliziert und sich selbst einlesen oder einfach? Dann erzähle ich Ihnen die Geschichte, und Sie können sich anhand der Unterlagen überzeugen, dass ich die Wahrheit sage.«

In Anbetracht der Papiermenge entschied ich mich für die einfachere Variante.

»Nun gut. Aber das wird eine trockene Angelegenheit.«

Er zog aus der Feuerstelle des Ofens zwei Flaschen Bier und sein selbstgebranntes Teufelszeug.

»Es begann alles vor etwa zwei Jahren mit meinem Umbau«, hob er an, während er uns einschenkte. »Wir hatten uns bei der Finanzierung falsche Vorstellungen gemacht und bekamen bald Ärger mit der Sparkasse.« Er zog den ersten Ordner vor. »Hier ist der ganze Schriftwechsel.«

Ich blätterte kurz durch. Die Ablage war so, wie es die meisten Menschen machen. Die letzte Korrespondenz obenauf, und das war einer der üblich-freundlichen Drohbriefe der Sparkasse, wenn nicht ... dann.

»Als ich mir keinen Rat mehr wusste«, Gerster griff nach einer Loseblattmappe, »machte mir eben dieser Direktor ein Angebot, für das es aber nichts Gedrucktes, sondern nur meine persönlichen Aufzeichnungen gibt.«

Es waren handschriftliche Notizen auf kariertem Papier.

»Dieses Angebot lautete, dass eine Tilgungsfreistellung erfolgen könne, wenn ich ihm stillschweigend Informationen über Dr. Simonte und seine adlige Frau beschaffen würde.«

Er legte mir den nächsten Schnellhefter hin.

»Das sind diese Informationen, die ich als Sicherungskopie noch auf Diskette habe.«

Es waren Schreiben, die allesamt an die Privatadresse des Bankdirektors gerichtet waren.

»Und, was haben Sie herausgefunden? Die Informationen hätte ich auch gerne.«

Er grinste das erste Mal, seit ich ihn kannte, mit einem schelmenhaften Lächeln. »Viel, aber nicht alles. Zu spät wurde mir klar, was der Direktor damit vorhatte. Dr. Simonte ist ein angesehener Mann in Rom, und dort vor allem als Berater des Vatikans. Seine Verwaltungsgesellschaften laufen alle in einer Holding zusammen, die zur Hälfte der Bank Ambrosio und zur anderen – und jetzt hören Sie genau zu – der Familie derer von Piemont gehört.«

Piemont? Irgendwo hatte ich den Namen schon mal gehört. War nicht die Frau von diesem Anwalt Dr. Simonte eine Comtessa von Piemont?

»Stimmt«, bestätigte Gerster meine Gedanken. »Darin lag auch das Problem, dass der Bankdirektor mit mir nicht zufrieden war. Aber ich lief bei der Recherche nach dem Stammbaum der Comtessa ständig ins Leere. Ich bin mehrfach auf eigene Rechnung nach Italien gefahren, aber sobald ich nur den Namen erwähnte, fielen alle Türen ins Schloss.«

»Und dann haben Sie den Professor um Hilfe gebeten.«

Er stand auf, lehnte sich auf die Fensterbank und schaute in den Sonnenuntergang.

»Langsam. Da trafen Umstände zusammen, die weder der Professor noch ich steuern konnten.«

Er goss uns nach.

»Der Lebensgefährte von Gerda Solvay hatte finanzielle Probleme. Es gab anscheinend finanzielle Differenzen mit der Bank und dem Verpächter. Darauf musste der Kerl seinen Laden schließen. Das Eiscafé.«

Gerster drehte in einer Ecke ein Ventil auf und zündete die Gasstrümpfe in den Lampen an.

»Ich bat den Professor um Hilfe. Aber der lehnte ab. Wie ich leider zu spät erfuhr, war er im Auftrag Dr. Simontes bereits an deren Stammbaum, um sozusagen die Schulden dieses Taugenichts abzuarbeiten.«

Es folgen zwei weitere Flaschen Bier aus dem Ofen.

»Dann, es war ein paar Wochen vor seinem Tod, bot er mir doch plötzlich Hilfe an, unter der Bedingung, dass ich seine Unterlagen versteckte und nur im Notfall verwenden würde.«

Er schob mir den nächsten Schnellhefter hin.

»Dann beging ich einen Fehler, weil ich die Zusammenhänge nicht begriff. Ich informierte den Bankdirektor über die Ergebnisse der mir anvertrauten Unterlagen.« Sein Gesicht legte sich in Sorgenfalten. »Ich konnte nicht anders, sonst wäre ich mein Haus los gewesen.«

»Und zu welchem Ergebnis war der Professor gekommen?«

Seine Hand zitterte, als er das Schnapsglas zum Mund führte. »Dass die Comtessa gar keine ist. Sie ist eine entfernte Verwandte von irgendeinem Adelsgeschlecht, dem mal um 1800 sehr viel Land gehört hat, aber eben nicht adlig. Hier drin sind die Aufzeichnungen von Solvay.«

Ich schlug die Mappe auf. Zuerst fiel mir der Stammbaum auf, der aus der Wohnung entwendet worden war.

Gerster sah meinen fragenden Blick, als ich das Papier öffnete.

»Ja, ich habe das Ding gestohlen. Es fehlte als Schlüssel der hier bereits verwahrten Unterlagen. Pater Lutz, dem ich das gebeichtet habe, hat mir geraten, alles Ihnen zu überlassen. Ich war schon drauf und dran, es zu vernichten.«

Um das alles auf die Reihe zu bekommen, benötigte ich frische Luft.

An der Hauswand stand eine Bank aus halbierten Baumstämmen, von der aus man die Lichter der Stadt funkeln sah. Am Horizont verschwammen die Konturen der Vogesen in den ersten Schatten der Nacht.

Gerster saß über mir im geöffneten Fenster und blies laut den Rauch einer Zigarette in die Luft.

»Was geschah dann?«, fragte ich, ohne hochzuschauen.

Er schnipste die Kippe in die Landschaft.

»Das übliche Spiel. Der Banker erpresste Simonte. Der trat die Hälfte seiner Pachtverträge an die Bank ab und sann auf Rache.«

»Wozu musste der Banker dann noch den Betrug begehen?«

Das Fenster über mir wurde geschlossen.

Die Gläser waren wieder nachgeschenkt, als ich am Tisch Platz nahm.

»Er hat wahrscheinlich gar keinen Betrug begangen. Hier, das ist aus meinen Recherchen.«

Ich versuchte den italienischen Zeitungsartikel zu entziffern.

»Habe ich ausgerechnet im Archiv des *Osservatore Romano* gefunden. Darin wurde ein Dottore Simonte als Spezialist für ausgleichende Geldgeschäfte zwischen Rom und der süditalienischen Kirche lobend erwähnt. Das heißt, er ist auf Geldwäsche spezialisiert.«

»Verstehe ich nicht«, gab ich zu.

»Er hat den Betrug konstruiert und den Direktor damit ins Messer laufen lassen.«

Er hat nicht betrogen. Er hat den Betrug nur nicht gemerkt. Der Ausspruch von Simonte bekam plötzlich Sinn. Da Kriminalität nicht zu meinem Spezialgebiet gehörte, sah ich zwar ein gewisses Geflecht zwischen den Personen, aber einen handfesten Zusammenhang mit den dubiosen Dokumenten vermochte ich nicht zu erkennen.

Der Banker hatte sich mit dem Wissen von Gerster und Solvay einen Vorteil durch Erpressung verschafft. Der Doktor könnte sich mit der Geldmanipulation gerächt haben. Dann musste der Professor mundtot gemacht werden, und der Bankdirektor zog sich als Zeuge selbst aus dem Verkehr. Bis dahin konnte ich nichts Unlogisches finden, außer dass der Selbstmörder nicht den geringsten Versuch unternommen hatte, sich mit einem Abschiedsbrief zu erklären.

»Haben Sie den Banker umgebracht?«

Gerster riss die Augen auf und starrte mich an, als sei ich eine Erscheinung.

»Sind Sie komplett verrückt?« Seine Stimme steigerte sich in ein hysterisch hohes C. »Warum sollte ich? Ich versuche nur, mein Eigentum zu behalten. Aber nicht mit Mord! Nein, nein mein Lieber, da liegen Sie bei mir falsch. Da laufen andere herum, die wirklich ein handfestes Interesse an seinem Ableben hätten.«

»Wer zum Beispiel?«

Er fuchtelte mit den Armen herum, schnappte nach Luft … »Jeder Wirt vom Münster hätte Interesse daran, denn egal an wen sie ihre Pacht zahlen, das Geld ging alles an diesen Aasgeier.«

»Schon gut«, beschwichtigte ich ihn. Er war zwar ein Schlitzohr, aber für einen Mord hatte er nicht die Nerven.

»Was, zum Teufel, wollten Sie in der Solvay'schen Wohnung? Dieser Stammbaum ist doch eigentlich nichts wert.«

»Doch. Sehen Sie. Hier ist ein Code, der genau bezeichnet, in welchem der vielen Ordner welche Notiz abgeheftet war. Er ist eine Art Lageplan zu den Notizen des Professors, die ich in der Wohnung gefunden habe.«

Er schlug den Stammbaum auf.

Ich hatte die fast mikroskopisch kleinen Zahlen-Buchstaben-Kombinationen an den Stammbaumästen nicht beachtet oder ihnen keine Bedeutung beigemessen.

»Und hier«, er schlug die Mappe von hinten auf, »ist der Schlüssel, den mir der Professor noch erklärt hat, wie das zusammenzusetzen ist.«

»Und das haben Sie alles in weniger als einer Stunde, in der niemand in der Wohnung war, zusammengesucht?«

»Wenn man erst weiß, wonach man suchen muss, ist das kein Problem.« Ein gewisser Stolz schwang in seinen Worten mit.

»Verstehe ich nicht«, knurrte ich. »Das erklärt immer noch nicht, warum Sie so einen Saustall hinterlassen haben. Sie hätten doch die Tochter informieren können, und was sollte der Zettel für mich in der Küche?«

Gerster druckste herum und suchte nach einer Erklärung. »Ich habe keine Unordnung hinterlassen. Es sollte ja niemand merken, dass etwas fehlt. Als ich jemand kommen hörte, habe ich mich in der Garderobe versteckt und gewartet, bis ich verschwinden konnte. Von einem Zettel weiß ich nichts, und die Tochter mit einzubeziehen hatte mir der Professor verboten. Er wollte sie wohl schützen.«

»Und das alles haben Sie Pater Lutz gebeichtet?«

»Na ja, nur dass ich gegen das siebte Gebot verstoßen habe und bei wem und wozu. Details wollte er nicht wissen.«

»Und der hat Ihnen geraten, mich einzuweihen?«

Zwei weitere Flaschen Bier verließen den Ofen.

»Mir wurde unheimlich, und da wollte ich das ganze Zeug dem Pater für seine Bibliothek geben. Aber der meinte, dass es bei Ihnen besser aufgehoben sei ... und wenn Sie mich nicht heute überrascht hätten, dann hätte ich Sie morgen informiert.«

Das konnte ich glauben oder auch nicht. Tatsache war, dass meine Vermutung durch die Aufzeichnungen des Professors bestärkt wurden. Der oder die Unbekannten brauchten Dokumente, die es nur in einer einzigen Ausfertigung zu geben schien. Als Beweis ... für was?

»Oder um alle Beweise verschwinden zu lassen, wie es bei Simonte nötig wäre«, gab Gerster zu bedenken.

Da war ich mir eben nicht sicher. Wenn die Vorfahren der Nicht-Comtessa zu einem Zweig der Este gehörten, dann ergab es schon einen Sinn, dass man die Originaldokumente für den Beweis einer adligen Abstammung benötigte.

Mir musste etwas einfallen, um den Unbekannten aus der Reserve zu locken. Sonst wusste ich keinen Rat mehr, wo ich noch ansetzen sollte.

18

Gerster war nicht begeistert, die Unterlagen noch eine Weile in seinem Keller zu behalten. Aber bei ihm waren sie sicherer als bei mir.

Bei der Rückfahrt stimmte der Lauf der Moldau wieder, abwärts. Auch bei Gersters Fahrweise war der Wellengang spürbar.

Bevor er mich vor dem Altstadtlokal absetzte, beschwor ich ihn, von jetzt ab mit niemandem mehr über die Angelegenheit zu reden. Auch nicht mit Pater Lutz.

»Der ist doch mein Beichtvater und einziger Vertrauter«, versuchte er einen schwachen Protest.

»Eben«, ließ ich ihn zurück.

Die Sache drohte sich zu verselbstständigen, wenn weiter von mir nicht kontrollierte Informationen kursierten. Und Gerster war so weit, seit er die Verantwortung auf mich abgewälzt hatte, sich seine Anspannung bei jedem, der es hören oder nicht hören wollte, von der Seele zu reden.

Wenn man sich auf etwas verlassen konnte, dann war es der Durst von Journalisten. Meine Ortskollegen waren da, wo ich sie erhofft hatte. An der Bar.

Lisas Vater war mir zu oft erwähnt worden, als dass er nicht meine Aufmerksamkeit erregt hätte. Was hatte es mit diesem Mann auf sich, und warum hatte Dr. Simonte »Gerda« und »Enrico« vertraulich mit ihren Vornamen bezeichnet?

Es wurde noch nicht einmal sehr teuer für mich, die gesuchten, allerdings reichlich mit Vermutungen gewürzten Informationen zu erhalten.

Es war fast Mitternacht, als ich die Wohnung erreichte.

»Gott sei Dank«, empfing mich Gerda. »Ich dachte schon ...«

»... dass mich Simonte gefressen hat, so wie Enrico?«

»Was hat dieser Mistkerl über Enrico erzählt?«, fuhr sie mich wie eine Raubkatze an.

Ich winkte müde ab. »Auf jeden Fall erfahre ich von anderen mehr als von dir. Hier belügt mich doch jeder ...«

»Hallo, nicht einschlafen«, wurde ich gerüttelt. »Sag mir erst, was du über Enrico erfahren hast.«

»Morgen ...«, wehrte ich ab, dann stülpten Alkohol und Schlaf den Mantel des Schweigens über mich.

»Wie kann ein Mensch nur so schnarchen? Und im Schlaf geredet hast du auch.«

Gerda weckte mich mit dem Geklapper von Kaffeegeschirr.

»Guten Morgen. Du warst nicht mehr vom Sofa zu bewegen. Dann habe ich dich liegen lassen. Warst sicher noch mit diesem Gerster zusammen, du stinkst nach seinem Fusel«, plapperte sie auf mich ein, bevor ich die Augen aufmachte.

»Wenn ich im Schlaf geredet habe, dann brauche ich wohl keine Fragen mehr zu beantworten«, murrte ich über die Art, wie sie mit mir Morgenmuffel verfuhr.

»Sorry, war nicht so gemeint. Geh dich erst mal wachkriegen.«

Nach einem betont wortlosen Frühstück, bei dem jeder versuchte dem Blick des anderen auszuweichen, aber darauf hoffte, dass dieser die nonverbale Eiszeit durchbrach, begann ich meinen Koffer zu packen.

»Wo willst du hin?«, fragte sie mit betont weicher Stimme.

»Nach Hause. Ich geb es dran. Jeder hier sagt mir jedes Mal was anderes. Erst kennt Gerster deinen Vater nicht, dann bewahrt er seine Unterlagen auf und klaut sich den Rest zusammen. Dann kennst du Dr. Simonte nicht mit Namen, er duzt dich aber, dein Mann ist nicht dein Mann und auch nicht tot, die Comtessa ist gar keine, fehlt bloß noch, dass dieser Advokat ein Enkel von irgendeinem Papst ist. Ach was, ihr könnt mich alle mal!«

Sie klappte den halbfertig gepackten Koffer zu und setzte sich mit dem süßesten Lächeln darauf.

»Komm, setz dich zu mir. Ich erzähl dir was über Enrico. Will gar nicht wissen, was Simonte dir gesagt hat. Der lügt, wenn er das Maul aufmacht.«

Als ich zögerte, rutschte sie vom Koffer auf die Bettkante.

»Sei nicht so misstrauisch. Ich werde es dir beweisen.«

»Die Wahrheit, nichts als die Wahrheit?«

Sie hob die Hand zum Schwur.

»Du musst sehr überzeugend sein, wenn ich noch jemandem glauben soll«, grummelte ich und zog einen Stuhl heran.

»Enrico ist der typische Lebemann. Charmant, witzig, intelligent. Aber auch sehr leichtsinnig.«

Es folgten weitere positive Attribute und ein Foto von ihm, zusammen mit ihr und Lisa.

»Enrico ist der Schwager von Dr. Simonte, also der Bruder der Comtessa.«

»Hoppla«, entfuhr es mir. »Warum verschwindet er dann spurlos? Das passt nicht in den italienischen Familiensinn.«

Gerda lächelte gequält, ging ins Wohnzimmer und kam mit einer dünnen Mappe zurück.

»Simonte hat Enrico als Pächter auf das Münstercafé gesetzt. Aber ... und jetzt kommt der vermeintliche Familienzusammenhalt, nachdem das Geschäft brummte«, sie hielt mir eine Bilanz von vor zwei Jahren hin, »befand Dr. Simonte, dass es Zeit sei, dass sein Schwager mal ein wenig mehr für die Familie tun solle, als nur Pacht zu bezahlen.« Sie hielt mir die Bilanz des vergangenen Jahres hin. »Siehst du den Unterschied?«

Der Gewinn vor Steuern war nahezu auf null gerutscht.

»Und das, obwohl es kein schlechteres Jahr war und sich der Waren- und Personaleinsatz nur unwesentlich verteuert hatte. Gut, Simonte hatte die Pacht angepasst, aber nicht so, dass sich der Gewinn derart schmälerte. Kannst du mir das erklären?«

»Ganz einfach. Da wurden Einnahmen nicht verbucht.«

»Und wo sind die? Bei mir sind sie nicht.«

»Wer machte die Buchhaltung?«

Gerda grinste wie ein Teufelchen. »Einmal darfst du raten.«

Simonte.

»Das erklärt die Zusammenhänge nicht. Komm bitte auf den Punkt. Ich habe keine Lust mehr zu raten.«

Simonte hatte daraufhin seinen Schwager vor die Tür gesetzt und wegen Betrugs angezeigt. Dabei hatte er Wert darauf gelegt, dass die Solvays ebenfalls eine negative Erwähnung in der Presse fanden. Enrico sei darauf über Nacht verschwunden und nicht mehr aufzufinden gewesen. »Und dann«, endete Gerda, »habe ich Vermisstenanzeige erstattet und die vermeintlichen Schulden mit Hilfe meines Vaters ausgeglichen.«

Mein Misstrauen war immer noch nicht besiegt. »Warum besteht dann die Betrugsanzeige noch, wenn diese dubiosen Verluste ausgeglichen wurden?«

Sie stützte den Kopf in die Hände und schaute ins Leere. Nach einer quälend langen Pause schüttelte sie den Kopf, als befreie sie sich von etwas.

»Er musste Enrico loswerden ... Lisa ist seine uneheliche Tochter.«

Mir war plötzlich, als überrollte mich eine Planierraupe.

»Und ... ähm ... Enrico wusste das?«, versuchte ich das Chaos in meinem Kopf wieder in Bahnen zu lenken.

»Ja.«

»Und Lisa?«

»Weiß von nichts.«

Diese Verhältnisse waren mir zu hoch, und ich nahm eine Wanderung durch die Wohnung auf, wie ich es immer tat, wenn ich Zusammenhänge herzustellen versuchte.

Seufzend ließ ich mich im Wohnzimmer neben die Cognacflasche fallen und goss zwei Gläser ein.

Gerda setzte sich auf die Sofalehne und schaute mich wie ein bettelndes Hündchen an.

»Zahlt er denn wenigstens für seine Tochter?« Das war jetzt etwas gemein, aber es war mir egal. *Kinder sind unser Kapital* und so. Ich hatte die Stimme des geschniegelten Anwalts noch im Ohr. Ob er Lisa als Kind anerkannt hatte, danach fragte ich erst gar nicht. Da hätte sicher auch seine Frau, die sogenannte Comtessa, ein Wörtchen mitzureden gehabt ...

Der Schwenker kreiste in Gerdas Hand und ließ das Getränk in auf- und abwogenden Wellen am Glas laufen.

»Ich wollte das damals nicht. Aber das begreifen Männer nicht.«

Das war für mich als Junggeselle allerdings nicht nachvollziehbar. Auch wenn mein nicht sehr positives Verständnis vom weiblichen Geschlecht wieder eine negative Bestätigung gefunden hatte, tat mir diese Enthüllung mehr weh, als ich zugeben mochte. Meine kleine Hoffnung, in ihr vielleicht doch eine passende Partnerin gefunden zu haben, löste sich wie eine angeeckte Seifenblase auf.

»Reist du jetzt ab?«

Es klang mehr wie eine Befürchtung als eine Frage, und ihre Augen färbten sich wieder in Richtung Tränen.

»Ich überlege es mir, wenn du mir noch erklärst, warum du Lisa verstecken musst.«

»Flavio ... ich meine, Dr. Simonte drohte mir, ich solle ja nichts über dieses Verhältnis erzählen, sonst würde man auch für Lisa eine Vermisstenanzeige aufgeben können.«

»Ach, und dann hat er deinen Vater auch noch gebeten, für ihn in der Vergangenheit zu graben. Das soll ich glauben? Was soll das gewesen sein?«

»Keine Ahnung. Da weißt du mehr als ich, und deshalb brauche ich dich.«

»Nur dafür?« Im gleichen Augenblick tat mir die Frage leid, und ich hieß mich das, was ich nun einmal war. Einen dummen alternden Gockel.

»Nein. Nicht nur dafür. Aber bei Männern blicke ich manchmal nicht durch und sehe sie wahrscheinlich mehr als Vater und Beschützer. Das braucht seine Zeit. Gibst du uns die?«

»Die Zeit wird's zeigen«, murmelte ich, in Ermangelung von Übung in solchen Situationen verlegen, und nahm sie in den Arm.

Am Nachmittag traf ich mich mit Pater Lutz wieder auf der Orgelempore.

Bei meiner Terminvereinbarung mit ihm schien es, als habe er nur darauf gewartet. Er hatte ohne Gegenvorschlag sofort eingewilligt.

»Nun?«, begann er und stützte sich mit zum Gebet gefalteten Händen auf den Unterarmen ab.

»Sie kommen nicht weiter. Stimmt's?«

Seine Augen tasteten nach einer Reaktion bei mir.

»Ich habe mir das überlegt. Jeder, der nach diesem Phantom sucht, scheint in Gefahr zu sein. Heute Nacht ist Herr Gerster verunglückt ...«

»Kann nicht sein ...«, entfuhr es mir. »Wann, wie?«

»Haben Sie die Zeitung nicht gelesen? Steht heute drin. Autounfall. Trunkenheit am Steuer, sagt die Presse.«

»Und wie geht es ihm?«

Der Pater hob die Schultern. »Keine Ahnung. Schwer verletzt, stand in der Zeitung. Aber das bewegt mich, Ihnen zu raten, mit Ihrer Suche aufzuhören. Niemand weiß, um was es geht ... bis auf einen. Und der will verhindern, dass man ihm zu nahe kommt. Also hören Sie um Gottes willen auf, sich und Frau Solvay weiter in Gefahr zu begeben. Lassen Sie den Dingen ihren Lauf. Es scheint des Herrn Wille zu sein, dass wir geprüft werden.«

Er erhob sich wie ein Gewichtheber, der sich zu viel zugemutet hatte und unter seiner Last ins Wanken geriet.

»Langsam«, hielt ich ihn zurück, als er an mir vorbei zu den Stiegen stapfte, »erst erklären Sie mir, warum Sie Ihr Beichtgeheimnis missbrauchen.«

Er drehte sich langsam um, bis wir uns wieder gegenüberstanden. Seine sonst listigen Augen blickten mich müde an.

»Sie meinen die Sache mit dem Einbruch?«

»Genau den.«

»Nun gut. Ich bin Ihnen eine Erklärung schuldig.« Er setzte sich wieder auf den Platz am Spieltisch.

»Wissen Sie, wer dieser Dr. Simonte überhaupt ist?«, fuhr er fort. »Nein, das können Sie nicht wissen. Er ist der Großinquisitor Roms hier. Er hat alle, ich sage *alle* Befugnisse, um von der Kirche Schaden abzuwenden. Und was Schaden ist, bestimmt er. Gerster beichtete mir, was er und der Professor herausgefunden hatten. Er brauchte nur noch ein paar Schriftstücke. Als ich versuchte, Sie oder Frau Solvay telefonisch zu warnen, war niemand da. Also fuhr ich zur Wohnung, um Gerster abzufangen. Die Tür war offen, aber es war niemand in der Wohnung. Ich habe dann den Zettel eingesteckt und Sie im Lokal aufgesucht. Den Rest kennen Sie.«

»Wer hat dann diese verdammte Wohnung verwüstet?«

Er kraulte seinen Bart und stand wieder auf. »Ich dachte, Gerster sei es gewesen. Also muss dazwischen noch jemand da gewesen sein, der seine Wut ausgelassen hat. Ein Grund mehr, vorsichtig zu sein. Rufen Sie mich vorläufig nicht im Ordinariat an. Ich muss für eine Weile weg.«

Wie ein alter Mann kletterte er die Stufen hinab.

»Moment, Pater«, ich eilte ihm nach, »warum ermutigen Sie mich erst, der Sache nachzugehen, versorgen mich sogar mit Informationen und raten mir dann, die Finger davon zu lassen? Was stimmt da nicht?«

Er legte den Finger auf die Lippen. »Nicht so laut. Auch in meinem Beruf gibt es Mobbing. Und unsere ... na ja, Zusammenarbeit passt dem Erzbischof nicht. Ich sagte ja, dass unser Orden nur geduldet ist. Ich habe Sie nur gewarnt. Ich möchte verhindern, dass noch mehr Menschen Schaden nehmen. Das lohnt sich nicht. Der Knall kommt, das ist unausweichlich. Passen Sie auf sich auf.«

Er hielt mir das erste Mal die Hand zum Gruß hin. Sein Druck war fest und enthielt ein Stück Papier, das ich beiläufig in der Hosentasche verschwinden ließ.

»Gott zum Gruß.«

19

Es war zu spät, nach Otto zu fragen. Die Marktstände waren schon abgebaut, und die Reinigungsmaschinen fuhren fauchend ihre Runden. So kehrte ich im Café Hofmann ein, um mich der Tagespresse zu widmen und die Warnung des Paters zu überdenken.

Herr Gerster wurde zwar nicht mit Namen genannt, sondern »ein Hotelier aus der Stadt« diente dem Artikel als Chiffre, aber ich erkannte den Wagen, der sich auf der Fahrerseite um einen Baum gewickelt hatte.

Nur konnte ich mich nicht erinnern, dass es auf der Strecke zwischen dem Lokal, an dem er mich abgesetzt hatte, und seinem Hotel einen direkt neben der Straße stehenden Baum gab. Außerdem lag der genannte Unfallzeitpunkt zwei Stunden nach unserer Trennung.

Langsam neigte ich dazu, dem Pater zu glauben. Zwei Unfälle mit einem Toten und einem Schwerverletzten und ein Suizid. Wer blieb da noch übrig, außer mir und …?

»Immer noch auf der Jagd?«

Frau Hofmann stand hinter mir. Sie hatte mich beim Lesen beobachtet.

»Ich weiß nicht, was hier los ist«, ließ sie sich mir gegenüber nieder. »Jetzt haben auch die nicht betroffenen Lokale und Geschäfte die Steuerfahndung am Hals. Ich bleibe dabei, da steckt eine Investorengruppe hinter, die zusammen mit der Kirche den Münsterplatz umkrempeln will.«

Ich schüttelte den Kopf. »Was sollte die Kirche davon haben?«

Sie zog die Augenbrauen hoch und die Mundwinkel herunter. »Na, weit sind Sie mit Ihren Recherchen aber nicht gekommen. Außer meinem Haus, der Bank, dem Feinkostgeschäft und dem Stadtarchiv gehört alles der Kirche. Das ist doch klar. Da können die so viele Gesellschaften vorschieben, wie sie wollen. Das weiß ich noch von meinem Großvater, der kurz nach dem ersten Weltkrieg ein Riesentheater hatte, wie mir mal mein Vater erzählte, damit wir nicht von denen enteignet wurden.«

Ich horchte auf. Tat sich da eine neue Informationsquelle auf, an die noch niemand gedacht hatte?

»Haben Sie über diesen Vorgang – ich meine dieses ›Riesentheater‹ – noch Unterlagen?«

Sie zündete sich, wieder in der Nichtraucherzone, ein Zigarillo an und schien im Geist nach den Akten zu suchen.

»Sicher bin ich mir nicht. Der Platz hat im letzten Krieg eine Menge abbekommen. Dieses Haus hat auch in Flammen gestanden. Vielleicht ist noch etwas im Keller bei mir zu Hause. Der sollte sowieso mal entrümpelt werden. Aber machen Sie sich besser keine Hoffnung. Von jetzt auf gleich werde ich da nichts finden ... wenn überhaupt ... Wozu brauchen Sie das denn?«

»Darf ich Ihnen das bei einem guten Cognac erklären?« Ich setzte mein charmantestes Lächeln auf und suchte ihre Hand.

Sie warf einen schnellen Blick durch das Café. »Man wird mich ein paar Minuten nicht vermissen. Kommen Sie, oben habe ich den guten.«

Wir stiegen am Büro vorbei in den nächsten Stock. Der Raum erstreckte sich fast über die gesamte Grundfläche und war gemütlich mit Sesseln und Sofas eingerichtet.

»Nehmen Sie doch dort Platz«, wies sie mir eine Liege an und goss zwei Doppelte ein.

»Sind Sie verheiratet?« Als ich verneinte, war es zu spät.

Es folgte eine kurze Erklärung, die sich wie eine geschäftliche Abmachung anhörte, dass sie auch nicht verehelicht sei, aber dennoch die Bedürfnisse einer Frau habe. Eine Hand wäscht die andere.

Die Befriedigung ihrer Bedürfnisse schien schon eine Weile her zu sein, und ich lernte, dass auch ein Mann vergewaltigt werden konnte.

»So«, stellte sie zufrieden fest, nachdem sie sich wieder im Spiegel zurechtgerückt hatte, »jetzt haben Sie sich das Recht auf die Unterlagen verdient. Den Rest ersparen Sie mir bitte. Will ich gar nicht wissen. Machen Sie sich frisch, oder ruhen Sie sich noch etwas aus. Ich muss mich wieder ums Geschäft kümmern.«

Einen Augenblick überlegte ich, ob mir so etwas schon in meinem Leben vorgekommen war und wo der Unterschied zwischen einer jungen und älteren Liebhaberin war.

Auf beides fand ich keine Antwort. Nur, dass ab einem bestimmten Alter zwei am Tag eine zu viel waren.

»Halt«, rief mir Frau Hofmann nach, als ich wie ein Zechpreller aus dem Café zu schleichen versuchte. »Sie hatten noch nicht Ihren Kaffee. Tut mir leid. Den hatte ich vor lauter Geschäft völlig vergessen.«

Ehe ich reagieren konnte, hakte sie sich bei mir unter und führte mich zu einem Tischchen, auf dem Kaffee und Kekse angerichtet waren.

»Die müssen Sie probieren. Ist eine neue Kreation. Bin gespannt auf Ihre Meinung.«

Neugierig wie ein Kind nach seinem ersten Backversuch beobachtete sie meine Reaktion.

»Sie sind ein Genießer«, strahlte sie über meine anerkennenden Grimassen. »Wollen Sie mir nicht am Samstag helfen, nach dem alten Zeug zu suchen? Ich bin auch eine gute Köchin, und für mich alleine zu brutzeln macht keinen Spaß.« Sie schob mir einen Zettel hin. »Meine Adresse. Ich erwarte Sie um dreizehn Uhr.«

Für sie schien es selbstverständlich zu sein, dass ich keinen Widerstand leistete, und sie verabschiedete sich, ohne auf eine Bestätigung von mir zu warten.

Das kann ja heiter werden, kicherte mein Kobold. Wie willst du das bitte Gerda erklären?

»Überhaupt nicht«, brummte ich zurück, »bin keinem Rechenschaft schuldig und immer noch Herr über mich.«

Letzteres fing ich allerdings an zu bezweifeln, denn Frau Hofmann war der Typ Frau, der es verstand, meine stille Abwehrhaltung gegenüber dem weiblichen Geschlecht ohne Wenn und Aber zu überrollen. Was ich in meinem Beruf praktizierte, lebte sie mir im zwischenmenschlichen Bereich vor. Berührungsängste und schlechtes Gewissen waren ihr unbekannt.

Wenn das mal gut geht, seufzte der Kobold.

Gerda war nicht da. »Bin einkaufen«, verkündete ein Zettel am Garderobenspiegel.

Mir war es recht. So war ich erst einmal nicht gezwungen, so zu tun, als sei nichts geschehen.

Zuerst rief ich meine Redaktion an und gab einen Lagebericht. Es sollte mir nicht noch einmal passieren, dass mich jemand mit meinem Arbeitgeber ausspielte. Dann suchte ich im Internet nach der Adresse, die zu der Telefonnummer gehörte, welche mir Pater Lutz in die Hand geschmuggelt hatte.

Es war eine Nummer des Katholischen Pfarramtes in Karlsruhe.

Was wollte er in Karlsruhe? Die Stadt war mir nicht als Mittelpunkt irgendeiner religiösen Institution im Gedächtnis, noch konnte ich mich an einen erwähnenswerten Sakralbau erinnern.

Eine Stadt, deren Reiz sich in der Architektur des Stadtkerns erschöpfte. Sonst fiel mir nur Verwaltung ein.

»... fast von der Kirche kurz nach dem ersten Weltkrieg enteignet.«

Enteignet.

Enteignen konnte man nur jemand, wenn sich die Gesetzeslage im Sinne des Stärkeren geändert hatte.

Wann war das? Und warum? Wo wurden Gesetze gemacht?

1919 wurde ich in der Geschichte des Landes fündig.

Im November 1918 musste Großherzog Friedrich II. in Folge des verlorenen Krieges abdanken. Kaum vier Monate später trat die neue Verfassung des Freistaats Baden in Kraft. Dass Karlsruhe zu der Zeit Landeshauptstadt und somit Regierungssitz war, ließ mich ahnen, warum der Pater sich dorthin verzogen hatte. Er suchte etwas. Nur schien er, im Gegensatz zu mir, zu wissen wo und wonach.

Die Unruhe des Jagdhundes vor der Eröffnung der Jagd erfasste mich. Die Zeit schien mit großen Schritten dem »Knall«, wie er es genannt hatte, zuzustreben.

Samstag. Das waren noch vier Tage. So lange konnte ich nicht mehr warten.

Es dauerte nur eine Minute, um Frau Hofmann zu überzeugen, dass wir morgen den Keller zu entrümpeln hatten.

»Macht nichts. Dann bereite ich eben ein Abendessen vor«, war ihre pragmatische Antwort ohne Wenn und Aber.

Feigling, tönte mein Kobold, als ich mich kurzfristig entschloss, Frau Gerster und Otto einen Besuch abzustatten. *Du schaffst es nicht, deinem schlechten Gewissen aus dem Weg zu gehen.*

Ich konnte nicht unterscheiden, ob Frau Gersters Tränen von den Zwiebeln kamen, die sie vehement schnitt, oder dem Unfall ihres Mannes.

»Ach Sie sind es! Haben Sie schon was gegessen? Es gibt Sauerbraten in Burgunder.«

»Wie geht es Ihrem Mann?«

Sie legte das Messer beiseite und seufzte. »Ein paar Knochenbrüche und innere Verletzungen. Die haben ihn ins Koma geschickt. Wissen wohl noch nicht, was sie mit ihm anfangen sollen.«

Sie dünstete die Zwiebeln und schmeckte die Sauce des Bratens ab.

»Wo ist Ihr Mann denn verunglückt?«

»In dem Waldstück unterhalb der Hütte. Möchte bloß wissen, was er da gesucht hat.«

»Haben Sie ein Ahnung, wie er gefunden wurde? Das ist doch sehr ...«

Ich verkniff es mir gerade noch, auf mein Wissen um die Örtlichkeit hinzuweisen.

»Irgendwer hat über Handy die Polizei informiert.«

Den Weg konnte ich kaum als ständig frequentiert bezeichnen. Wer dort einen Unfall hatte, würde schlechten Karten haben, um nachts gefunden zu werden.

»Sie wissen nicht, wer der Anrufer war?«

»Probieren Sie mal«, hielt sie mir einen Löffel mit Sauce hin. »Nein, weiß ich nicht. Aber ich habe die Polizei gebeten, den Wagen zu untersuchen. Mit einem Promille war mein Mann noch nicht fahruntüchtig. Die hatte er schon nach dem Frühstück. Er bildet sich ein, seinen Blutzucker mit dem Kartoffelschnaps in den Griff zu bekommen, den er gleich nach dem Aufstehen trinkt.«

»Gibt es einen Schlüssel zur Hütte?« Irgendwie musste ich an die Unterlagen im Keller kommen, die ein Beweismittel gegen Simonte darstellen konnten.

Frau Gerster hielt beim Salatputzen inne. »Was wollen Sie denn da? Wissen Sie überhaupt, wo die ist?«

»Ihr Mann hat mir auf der Karte gezeigt, wo sie ist. Ich wollte von dort ein paar Tage wandern. Außerdem glaube ich auch nicht, dass es bei dem Unfall mit rechten Dingen zugeht. Vielleicht finde ich dort etwas.«

Für ein paar Sekunden fixierte sie mich prüfend, packte die Salatblätter in ein Küchentuch und schleuderte sie mit kreisender Armbewegung.

»Sie haben recht. Etwas stimmt da nicht. Der Schlüsselbund meines Mannes hängt am Empfang. Passen Sie aber darauf auf. Da ist der Generalschlüssel für alles dran.«

»Kann ich sonst noch etwas für Sie tun?«, versuchte ich einen nicht zu unhöflichen Abgang.

»Momentan nicht. Danke. Das musste ja mal mit dem ollen Suffkopf passieren. Tot oder im Krankenhaus bringt er auf jeden Fall mehr Geld als besoffen und gesund.«

Ich musste mich zusammennehmen, um nicht in helles Gelächter auszubrechen.

Einige Minuten später setzte mich das Taxi auf Ottos Hof ab.

Die Haustür stand offen, der Handwagen lehnte am Schweinekoben.

Die Stube glich langsam mehr einem Müllhaufen als einer menschlichen Behausung. Die Hühner pickten in zertretenen Gemüse- und Obstresten. Der Hahn hatte sich auf einer Stuhllehne einen Aussichtsplatz geschaffen. Wie die Kotreste am Boden zeigten, schon seit einigen Tagen.

Die Kiwischalen auf dem Tisch hatten ihren grünen Pelz gegen einen grau-bläulichen getauscht, in dem Fliegen weideten.

Der ganze Raum roch säuerlich nach gärendem Fruchtfleisch.

Otto war auch im angrenzenden Raum, der ihm wohl als Schlafkammer diente, nicht zu finden. Hier stapelten sich Einmachgläser in einfachen Holzregalen. Eine Holzpritsche mit Säcken sah wie ein Bett aus. Auf dem Boden ersetzten hingeworfene Kleider den Teppich.

Ich eilte über den Hof zum Schuppen und bat den Taxifahrer im Vorbeilaufen zu warten. Der murmelte etwas wie »Ist Ihr Geld« und trat eine Zigarette aus.

Die Tür ließ sich nicht öffnen. Da sie nicht im Schloss war, musste sie von innen blockiert sein.

Eine Sekunde überlegte ich, ob es noch einen anderen Zugang geben konnte, entschloss mich aber zum Einsatz meiner zweihundert Pfund Lebendgewicht.

Die Tür löste sich krachend in einer Staubwolke auf, und meine Masse stürzte fast ungebremst über die Blockade, die einen schrillen Schrei ausstieß, den ich nur von Schweinen kannte, die sich kurz vor ihrer Schlachtung wussten.

Otto lag gekrümmt unter den Türresten und bewegte sich nicht.

Ein Huhn stieg über ihn hinweg ins Freie. Seine Hände waren kalt.

Unter seinen Bartstoppeln versuchte ich die Halsschlagader zu ertasten. Sie arbeitete schwach und unregelmäßig. Sein Atem kam stockend und flach.

Es dauerte fast zwanzig Minuten, bis der Rettungswagen kam. Der Taxifahrer hatte sich trotz aller Drohungen geweigert, »diesen Misthaufen«, wie er Otto genannt hatte, in die Klinik zu fahren.

Immerhin hatte er den Notarzt über Funk informiert und war dann ohne Bezahlung vom Hof gerast.

»Oh, verdammt!«, entfuhr es dem Arzt, als sie Otto auf die Trage packten.

»Der erstickt ja am eigenen Dreck«, knurrte der Sanitäter und wischte sich die Hände an seiner weißen Hose ab, nachdem das Gestell mit dem zusammengeklappten Otto im Wagen verschwunden war.

»Sind Sie ein Angehöriger?«, fragte der Arzt, zwischen Anweisungen an den Assistenten, Aufziehen einer Injektion und dem Überstülpen einer Sauerstoffmaske auf Ottos Gesicht.

Ich verneinte. »Dann können Sie hier nicht mitfahren. Tut mir leid.«

»Ich kenne den Herrn. Er kann vorne mitfahren.«

Ich hatte nicht bemerkt, dass noch jemand im Führerhaus gewesen war. Der junge Mann, der mir schon einmal mit Otto geholfen hatte.

»Kommen Sie«, forderte er mich auf, »der Platz wird bis zur Notaufnahme nicht gebraucht. Die beiden haben alle Hände voll zu tun, damit der durchhält.«

Obwohl es eine rasante Fahrt wurde, die nur sieben Minuten bis zur Uniklinik dauerte, hatte ich den Eindruck, dass für die beiden Männer hinter uns jede Sekunde zu lang wurde, um Otto am Atmen zu halten.

Nachdem Otto und der Arzt durch die Eingangsschleuse verschwunden waren und der Sanitäter sich daranmachte, den Innenraum des Wagens mit Desinfektionsmittel für den nächsten Einsatz zu präparieren, nahm mich der Junge am Arm.

»Wir brauchen ein Aufnahmeprotokoll. Schildern Sie der Schwester alles, was Sie wissen.«

Sein Pieper fiepte am Gürtel. »Tut mir leid. Neuer Einsatz.«

Er beschrieb mir kurz den Weg und eilte im Laufschritt davon.

»Otto. Otto *wer?* Haben Sie denn keinen Familiennamen?«, rollte die Schwester die Augen. »Wie sollen wir den denn ohne Namen in dieser Maschine wiederfinden. Wer übernimmt die Kosten, wenn wir noch nicht einmal eine Anschrift wissen? So geht das nicht.«

Verzweifelt wedelte sie mir mit dem Formular vor dem Gesicht herum, auf dem bisher nur Tag und Uhrzeit der Einlieferung, und unter Vornamen »Otto« stand.

»Was gibt's denn, Kindchen?« Eine Schwester, die mein Gewicht noch um einige Pfunde schlug, mit einer Stimmlage, die an Befehle über lange Distanzen gewöhnt war, nahm das Blatt.

»Otto, na ja, ist nicht viel. Vielleicht können Sie mir den Patienten mal beschreiben. Wenn er schon einmal hier war, dann kenne ich ihn. Schwester Ursula vergisst nichts. Stimmt's?« Sie knuffte die Jüngere in die Seite und tauchte in ihrem ausladenden Dekolleté nach einem Kugelschreiber.

»Ach den!«, tönte sie bereits nach einer Kurzbeschreibung von Otto und verschwand in einem Nebenraum.

»Hier haben wir ihn«, kam sie mit einem Krankenblatt wedelnd zurück. »Otto-Alexander Este. Geboren 1930 in Mailand. Anschrift ... haben wir auch. Letzte Behandlung ... hm, ist schon über ein Jahr her. Beruf ... keiner.«

Sie übergab das Blatt ihrer Kollegin. »Ist gut. Sie können gehen.«

»Este?«, wiederholte ich laut. »Wo ist der denn gemeldet?«

Die Schwester drückte ihren Busen an den Tresen, »Wenn es Ihnen der Patient nicht gesagt hat, dann tue ich es auch nicht. Verstehen Sie? Datenschutz.«

»Schwester Ursula«, ich versuchte wieder meinen Honigton, »ich habe ihn gefunden. Wie soll ich mich nach seinem Befinden erkundigen, wenn ich nicht weiß, wo er wohnt?«

»Warten Sie, bis er wieder auf den Beinen ist. Dann können Sie ihn ja hier fragen. Sie brauchen an der Pforte nur nach seinem Namen zu fragen. Die sagen Ihnen dann schon, wo er liegt.«

Dieses Panzernashorn von Frau war offenbar immun gegen männlichen Charme. Vielleicht merkte sie aber auch, dass es mir schwerfiel, meine Reize für sie auf Cinemascope-Format auszuweiten.

»Sagen Sie, Schwester Ursula«, versuchte ich eine andere Variante, »wen benachrichtigen Sie, wenn der Patient stirbt und die Adresse nicht mehr stimmt?«

»Junger Mann«, schnaubte sie, »Sie gehen mir auf die Nerven. Ich habe noch was anderes zu tun. Diese Adresse stimmt noch, oder glauben Sie, dass die Jesuitenkirche in Wien so mal eben den Wohnsitz wechselt?«

Sie ließ mich stehen. Zum Glück, denn ich spürte, wie meine Gesichtszüge entgleisten.

Otto Este, Jesuitenkirche, Wien, tobte es in mir.

Wenn dies das Geheimnis war, das der Professor gemeint hatte, dann hatte nicht nur ich ein ernstes Problem. Es blieb nun zu klären, ob Otto tatsächlich der Adelsfamilie d'Este entstammte oder es sich nur um eine zufällige Namensgleichheit handelte. Wenn es kein Zufall war, zu welchem Zweig gehörte er? Dem der Habsburg-Este oder dem der Toscana-Este, der ehemaligen Besitzer des Münsterplatzes?

In meinem Kopf jagte eine Möglichkeit die andere. Warum fiel mir der Graf von Monte Christo ein?

Ein Krüppel, der freiwillig Jahrzehnte als Bettler auf seinem ehemaligen Grund und Boden den Müll zum Überleben eingesammelt hatte, holte sich seine Rechte zurück.

Die Idee war als Story verlockend. Nur taugte sie nichts, solange sie nur auf meinen Vermutungen aufgebaut war. Wie wollte ein Mann, der seine Lebenszeit nur noch in Kiwi bemaß, das anstellen?

Der Zettel »Bin Einkaufen« hielt sich noch an einer Ecke und wurde nur von einem neuen vor dem Absturz aufgehalten. »Bin zu Lisa. Nicht warten. Pater Lutz anrufen.«

Auf dem Küchentisch lag ein Päckchen vom Verlag. Es war

mein Handy. Ich hatte diesen Zeitdieb absichtlich nicht mit in den Urlaub genommen. Aber es schien mir jetzt angebracht, über eine ungebundene Kommunikation zu verfügen.

Pater Lutz war kurz angebunden.

»Haben Sie den Schlüssel noch? Hüten Sie ihn wie einen Schatz, und besuchen Sie Otto. Er braucht Schutz, bis ich wieder da bin.«

Meine massive Bitte um Erklärung beantwortete er mit einem knappen »Ich bin sein Bruder. Alles Weitere, wenn ich zurück bin.« Dann brach die Verbindung ab.

»Jesuitenkirche, Jesuitenpater Lutz, Bruder Otto, Este«, murmelte ich gebetsmühlenartig vor mich hin.

Eine bis dahin von mir völlig unbedachte Konstellation betrat die Bühne und griff massiv ins Spiel ein. War Pater Lutz der Choreograf? Der Doktorand von 1848 war auch Jesuit gewesen.

Gerda war die Nacht nicht nach Hause gekommen, und ich hatte trotz einer halben Flasche Cognac, die ich auf die Leistung des Professors getrunken hatte, schlecht geschlafen.

Einige Blatt Papier hatten daran glauben müssen. Trotzdem hatten mich meine Zeichnungen der Zusammenhänge nur so weit gebracht, dass die möglichen Figuren, die an einem immer noch nicht definierten Spiel Interesse haben konnten, trotz Dezimierung immer mehr wurden.

Es gab zwei Könige, die sich bekämpften.

Wer war »Weiß«, wer »Schwarz«? Die Brüder Este oder Dr. Simonte mit seiner Comtessa? Dass die Este jetzt ein Gesicht hatten, war eine Personifizierung der Prophezeiung des Professors. Aber keine Lösung. Wer hatte den nächsten Zug, und wer wendete welche Taktik an?

Der gut inszenierte Bauernkampf war es, der mich abgelenkt hatte. Trotzdem blieb mir nichts anderes übrig, als meine Vorhaben in der Hoffnung weiter zu verfolgen, dass sie mir Aufschlüsse über den voraussichtlichen Spielverlauf brachten.

Das Vorhängeschloss der Hütte war ordnungsgemäß verriegelt, der Boden sprang ohne Widerstand auf.

Dafür war die Kassette nicht verschlossen und leer, was mich noch nicht einmal überraschte. Gerster musste in der Nacht noch einmal mit jemandem hier gewesen sein, der dann über Handy Hilfe gerufen hatte.

Der Unbekannte hatte sich mit den Unterlagen davongemacht, denn im Fahrzeug waren sie nicht gefunden worden, wie ich durch einen Anruf bei Frau Gerster erfuhr.

Die Unfallstelle lag an einem geraden, bergabwärts führenden Wegstück und war deutlich an der beschädigten Rinde des Aufprallbaumes zu erkennen, um den sich Glassplitter gesammelt hatten. Selbst bei einem Promille Alkohol im Blut verlangte die Strecke an dieser Stelle keine besonderen Fahrkünste. Erst gar nicht von jemandem wie Gerster, der sich morgens schon die Zähne damit putzte.

Ich ärgerte mich, die Unterlagen nicht gleich mitgenommen zu haben. Gerster hatte es noch angeboten und mehrfach betont, dass er sie loswerden wollte.

»Deine Reaktionen lassen nach. Die Angelegenheit wächst dir über den Kopf«, schimpfte ich mit mir.

Wenn ich ehrlich war, so stimmte das auch. Kaum glaubte ich, einen Schritt vorwärtsgekommen zu sein, musste ich feststellen, dass andere zwei Schritte gemacht hatten. Ich konnte mich des Gefühls nicht erwehren, dass der oder die mich als eine ihrer Figuren benutzten. Dazu bedienten sie sich meiner berufsbedingten Neugier, die man je nach Bedarf ködern oder eindämmen konnte.

Wie einen agent provocateur.

Sie ließen mich nach etwas suchen, von dem sie genau wussten, dass es existieren musste, aber nicht wo und bei wem.

In der Klinik traf ich auf Frau Gerster. Sie strahlte über das ganze Gesicht. »Ist das nicht herrlich? Mein Mann muss noch mindestens zwei Wochen bleiben. Das bringt Geld von seiner Verdienstausfallversicherung, er wird entgiftet, und sein Blutzucker wird neu eingestellt. Sie vermuten, dass er einen Blackout durch Unterzuckerung gehabt hat. Und stellen Sie sich vor, dieser Otto liegt auch hier.«

Trällernd, als sei das Krankenhaus der Garten Eden, schwebte sie zum Ausgang.

Ihr sonniges Gemüt war für mich in dieser Umgebung nicht nachvollziehbar, und ich war froh, dass mir ein bekanntes Gesicht in Form des jungen Sanitäters über den Weg lief.

»Zu Herrn Este können Sie momentan nicht. Er liegt auf Intensivstation und wird künstlich beatmet. Die Ärzte wissen nicht, wie lange seine Pumpe noch mitmacht. Rufen Sie morgen die Station an, dann weiß man mehr. Oder geben Sie mir Ihre Nummer, dann melde ich mich.«

20

Pünktlich zur vereinbarten Zeit erreichte ich die Anschrift, die mir Frau Hofmann gegeben hatte.

Es war eine alte Villa, die ihr Baudatum von 1888 stolz in einem Abschlussstein über den leicht geschwungenen Fenstern trug, die zur Straße zeigten. Ein brusthoher Zaun aus Schmiedeeisen friedete einen Vorgarten ein, der mit Rhododendren und Magnolien bepflanzt war. Eine Trauerweide bildete eine Art Pergola über dem Weg zur Treppe.

Die moderne Wechselsprechanlage an der Haustür wirkte etwas deplatziert auf dem weiß verfugten Bruchstein.

Es dauerte nicht lange, bis eine alte Dame mit weißem Haar öffnete.

»Kommen Sie«, forderte sie mich mit einer Handbewegung auf einzutreten. »Sie werden schon erwartet. Darf ich vorgehen?«

Sie führte mich in ein Wohnzimmer, das einer Kleinfamilie als Wohnung gereicht hätte. Eine geschmackvoll aus alten und modernen Möbeln kombinierte Sitzgruppe scharte sich um einen deckenhohen offenen Kamin. Der Boden war abwechselnd mit antiken Seiden- und modernen einfarbigen Wollteppichen bedeckt. Wo Bücherregale, die sich selbst über die Türen hinzogen, die Wand freigaben, kündeten Fotos und Mitbringsel von Reisen, von der Geschichte der Familie.

Der Raum wirkte gemütlich, aber nicht altmodisch, anheimelnd, aber nicht überladen. Einzelnen antiken Möbelstücken war genügend Raum gelassen worden, um für sich zu wirken.

»Ich bin die Mutter«, beantwortete die Dame meine Vorstellung. »Suchen Sie sich doch einen Platz. Margot wird gleich kommen. Ich weiß nicht, wo meine Tochter den Kaffee einnehmen will. Wir sehen uns sicher später noch.« Leise schloss sie die Tür, durch die wir gekommen waren, hinter sich.

Frau Hofmann riss mich aus den Betrachtungen der Bücherwand.

»Entschuldigen Sie. Ich hatte noch in der Küche zu kämpfen. Manchmal geht auch einem Profi was schief.«

Diese mehr oder weniger unnahbare Frau verstand es zu überraschen.

Anstatt eines gedeckten Kostüms trug sie über den Knien ausgerissene Jeans, ein unter der Brust geknotetes Karo-Hemd, und die Haare wurden mit einem bunten Kopftuch gebändigt.

»Ich weiß, ich sehe wie meine eigene Putzfrau aus«, lachte sie über meinen erstaunten Blick. »Aber Sie kennen unseren Keller noch nicht. Dem muss man sich anpassen. Ich habe für Sie noch einen Arbeitsmantel von meinem Vater gefunden. Der dürfte passen. Er war auch so ein Bär wie Sie. Aber zuerst trinken wir Kaffee. Kommen Sie in die Küche.«

Sie hakte sich bei mir unter, als seien wir uralte Freunde, und wir durchquerten eine Art Esszimmer, das sich an den Salon anschloss, und betraten eine uralte Küche, in der es herrlich nach Gewürzen roch.

»Machen Sie sich nichts aus diesem Trödel. Mutter will diese modernen Küchen nicht haben. Es muss alles an seinem Platz bleiben, wie sie es seit sechzig Jahren gewöhnt ist. Und mich stört es nicht mehr. Was soll man mit einer teuren Küche, wenn man nicht kochen kann.«

Sie warf einen Blick in den Backofen und nickte zufrieden.

»Das gibt es als Vorspeise. Wildpastete im Brotteig. Und danach«, sie hob den Deckel von einem Topf, der nicht viel jünger als die Küche sein konnte, »eine echte Bouillabaisse. Nicht das Zeug, das man als Tourist vorgesetzt kriegt.«

Sie goss zwei Schnapsgläser mit Mirabellenschnaps ein und zündete sie an. Zwei Stücke Würfelzucker tauchten in unserem Mokka unter, dem sie die blau brennende Flüssigkeit folgen ließ.

»Auf ein lustiges Gespensterjagen«, prostete sie mir zu. »Was ist denn passiert, dass es plötzlich so schnell gehen muss?«

Ich hatte mich auf ihre entwaffnende Direktheit vorbereitet und mir auf alle nur denkbaren Fragen eine passende oder zumindest ausweichende Erklärung zurechtgelegt.

»Mein Chefredakteur will den Artikel vorziehen.«

»Und, hast du, oh entschuldige, haben Sie schon eine ›Headline‹?«

»›Das Mysterium vom Münsterplatz‹.«

»Wow, das ist ein starker Titel«, nickte sie anerkennend. »So könnte ich auch meine neue Pralinen-Kollektion nennen. An wen muss ich da Lizenz zahlen?«

»An mich.«

»Dann fange ich gleich damit an, die abzubezahlen. Kommen Sie, wir gehen in den Keller. Ich sage nur kurz Mutter Bescheid, dass sie auf das Essen aufpasst.«

Sie verschwand für eine Minute und kam mit einer Taschenlampe wieder.

Das gemauerte Kellergewölbe wurde durch zwei verstaubte Glühbirnen schwach erleuchtet. Es war eine Fundgrube für jeden Antiquar. Hier hatte sich seit mehr als einem Jahrhundert alles gestapelt, war umgestürzt und hatte sich ineinander verkeilt, was die Generationen glaubten nicht mehr gebrauchen zu können, es aber nicht übers Herz gebracht hatten, endgültig zu vernichten.

Frau Hofmann leuchtete mit der Stablampe auf einen Schrank.

»Da könnte es sein. Aber wie gesagt ... keine Garantie.«

Ich schob Spinnweben beiseite, stieg über Möbelstücke und versuchte im Schein der Lampe nicht über weitere Hindernisse zu stolpern.

»Halt!«, tönte es von der Tür. »Was sucht ihr hier?«

Ich lenkte den Lichtkegel auf den Eingang und erfasste die alte Dame.

»Wenn das stimmt, was ich glaube, was ihr beiden sucht, dann werdet ihr es nicht finden.«

Ihr Ton war scharf und bestimmend.

»Los, kommt rauf. Das Essen braucht Aufsicht«, befahl sie und verschwand aus dem Lichtschein.

»Ich habe ihr doch nur gesagt, dass wir was im Keller suchen.« Margot machte das erste Mal einen unsicheren Eindruck, löschte das Licht und verschloss die eichene Kellertür wieder. »Entschuldige, ich weiß auch nicht, was mit Mutter los ist. Die hat sich noch nie für den Keller interessiert.«

Plötzlich wirkte die Herrin des Cafés wie eine Tochter, die beim verbotenen Naschen erwischt worden war.

Kinder bleiben eben Kinder, kicherte mein Kobold.

Die alte Dame hatte die Pastete aus dem Ofen genommen und musterte uns, als wir die Küche betraten.

»Das Zeug muss noch abkühlen. Die Bouillabaisse braucht auch noch«, murmelte sie mehr für sich und hantierte lautstark in einem Schrank mit Geschirr. »Was steht ihr da noch rum. Setzt euch gefälligst.«

Margot bedeutete mir, neben ihr an der Längsseite des Küchentisches Platz zu nehmen.

Die alte Dame stütze sich auf die Stuhllehne an der Kopfseite und fixierte uns wie eine Wahrsagerin, die unbedachte Regungen ihrer Kunden zu provozieren versuchte, um daraus die unausweichliche Zukunft abzuleiten.

»Können Sie wilde Tiere zähmen?«, richtete sie die Frage an mich.

Vorsicht, tönte es in mir.

»Wenn es sich lohnt«, versuchte ich die Frage zu umschiffen.

»Lohnt! Wenn es sich lohnt«, tönte sie abfällig und rührte die Fischsuppe um. »Sie sind seit Jahren der erste Mann, den meine Tochter hier einlädt. Ich habe mir nichts sehnlicher gewünscht als Enkel. Aber sie wollte immer so sein wie ihr Vater. Was ist daraus geworden? Eine alte Kuh, die jeden Mann das Fürchten gelehrt hat. Und nun …?«

Sie ließ sich schwer auf den Stuhl fallen.

»Nun bleibt mir nur noch die Hoffnung, wenigstens einen Schwiegersohn zu bekommen, der ihr die Zügel anlegen kann … sonst redet sie sich und unseren Besitz noch um Kopf und Kragen. Sie ist genauso ein undiplomatischer Dickkopf wie ihr Vater.«

Margot wollte etwas sagen. »Halt den Mund«, unterband ihre Mutter den Versuch. »Was ihr sucht, ist im Safe. Jetzt wollt ihr wohl noch wissen, warum ich weiß, was ihr sucht?«

Margot nickte, und ich brummte ein »Ja«.

»Wenn ich auch schon alt bin, bedeutet das nicht, dass ich blöd bin. Auch wenn ich nichts sage, bekomme ich alles mit. Ich sehe sehr genau, was sich da am Münster tut, und du Quasseltante redest zurzeit ja auch über nichts anderes. Hoffe nur, dass die Steuer nicht was bei uns findet. Aber auf den Wert dessen, was ihr sucht, hat mich mein alter Schulfreund Professor Solvay gebracht. Ich wusste bis vor ein paar Monaten noch nicht einmal, dass wir diese Papiere besitzen. Er hat sie dann im Keller ausgegraben.«

Margots Hand suchte unter dem Tisch mein Knie und kniff mich, was ich als »Mund halten« verstand.

»Schau mal bitte nach der Suppe, ob da noch was fehlt«, forderte sie Margot auf.

»Nun ja, es sind Dokumente«, fuhr sie, an mich gewandt, fort,

»die belegen, dass die Vorfahren meines Mannes das Grundstück kurz nach 1800 rechtmäßig erworben haben. Dies ging so lange gut, bis sich der Staat 1919 die erste demokratische Verfassung gab. Seit etwa 1888 waren wir die Letzten, die noch Privatbesitz am Münster hatten. Die anderen Liegenschaften hatte sich die Kirche, auf welchem Weg auch immer, langsam unter den Nagel gerissen. Auf der Grundlage der neuen Verfassung von 1919, mit der auch das Rechtssystem liberalisiert wurde, unternahm die Kirche 1922 einen Vorstoß, auch an unser Eigentum zu kommen. Sie bezog sich dabei auf das badische Konkordat mit der römischen Kurie von 1859, das allerdings ein Jahr später durch ein neues Gesetz einseitig vom Land wieder aufgehoben worden war. Das erste Konkordat hatte der Kirche ihre alten Liegenschaften von vor 1800 teilweise wieder zuerkannt, das aber mit einem Zusatzgesetz widerrufen. Das Verfahren zog sich bis 1932 hin und endete mit einem Vergleich. Mein Schwiegervater zahlte eine Summe von 1000 Goldmark an die Kirche. Seitdem haben wir Ruhe.«

Margot begann den Tisch zu decken. »Reicht dir ... äh, Ihnen das für den Artikel?«, fragte sie zwischen Messer und Gabel.

Ich rief mir den bisher bekannten Verlauf auf und reihte das eben Gehörte ein. Demnach hatten die Este die 1882 wiedererhaltenen Liegenschaften bis 1888 bereits wieder abgegeben oder abgeben müssen.

Ich schüttelte den Kopf. »Nein, das reicht nicht. Ich sollte die Unterlagen einsehen. Was ich recherchiere, muss hieb- und stichfest sein.«

Die Seniorin blickte einen Moment ins Leere, als befrage sie dort jemand, und nickte. »Gut. Das sollen Sie, nach dem Essen.«

Mit einer gemurmelten Entschuldigung zog sie sich zurück.

»Isst sie nicht mit?«

»Nein.« Margot entfaltete ihr betont ernsthaftes Gesicht wieder zu einem Lächeln. »Sie hat ihre festen Zeiten. Sieben Uhr Frühstück, zwölf Uhr Mittag. Aber ich sollte etwas Geziemlicheres anziehen. Komm, mach dich auch frisch.«

Es dauerte eine heiße gemeinsame Dusche lang, bis wir uns auf das »Du« geeinigt hatten.

Die Pastete und eine Fischsuppe, wie ich sie noch nie gegessen hatte, vermittelten mir endlich das Gefühl, ein paar Stunden Urlaub zu haben.

Meine Gedanken kreisten in einer Wolke aus mediterraner Koch- und Liebeskunst.

Unwillkürlich zwang sich mir der Vergleich zwischen Gerda und Margot auf. Abgesehen davon, dass beide dreizehn Jahre Lebenserfahrung trennten, vermittelte Margot nicht das Gefühl, irgendwelche Besitzansprüche an einem Mann geltend zu machen. Was sie tat oder sagte, geschah mit der Leichtigkeit und dem Selbstverständnis einer Zirkusartistin in der Manege. Probleme schienen für sie ein Fremdwort zu sein. Widerstände vermied sie, indem sie selbst keine aufbaute.

Pünktlich zum Mokka erschien die Seniorin mit einer Mappe, die mit zwei roten Bändern zusammengehalten wurde.

»Hier sind die Beweise für das, was ich gesagt habe. Lesen Sie, und machen Sie sich von mir aus Notizen. Aber mitnehmen dürfen Sie nichts.«

Sie räumte das Geschirr ab und stapelte es im Spülbecken. »Haben Sie schon mal einen Koch gesehen, der seinen Arbeitsplatz aufräumt?«, fragte sie mehr in den Raum als mich. »Meine Tochter macht da keine Ausnahme.«

Margot rückte ihren Stuhl zu mir und grinste.

Dem Papier sah und roch man an, dass es eine Weile im Keller gelegen hatte. Ich blätterte vorsichtig, um das teilweise schon brüchige Papier nicht zu beschädigen.

Von der Klage bis zum Urteil wurden die Aussagen der alten Dame bestätigt. Das Urteil selbst beinhaltete aber nur, dass das

Verfahren gegen Zahlung von 1000 Goldmark eingestellt wurde. Die Begründung, warum und wieso und auf welcher Rechtsbasis, fehlte.

Genau die war es aber, die ich zu finden gehofft hatte. Nur sie konnte Aufschluss darüber geben, warum nur die Hofmanns im Besitz der von den Este gekauften Liegenschaft geblieben waren, die anderen Grundstücke aber vor der neuen Landesordnung wieder an die Kirche gefallen waren.

Da der Professor die Mappe schon in den Händen gehabt hatte, war es sinnlos, die alte Dame nach dem Verbleib der fehlenden Begründung zu fragen.

Der alte Fuchs nötigte mir immer mehr Respekt ab. Wie es schien, hatte ihn nur noch der Tod an der Lösung des Mysteriums gehindert.

Die Frage war mal wieder, wer das Papier jetzt hatte?

»Können Sie damit etwas anfangen?«

Sie hatte mich beim Geschirrspülen nicht aus den Augen gelassen.

»Ja, das hilft mir«, bestätigte ich wahrheitsgemäß.

»Wir sollten noch etwas an die Luft«, schlug Margot vor, und als wir vor dem Haus waren, »stimmt was nicht mit der Akte?«

»Nein. Für euch ist das in Ordnung.«

Sie hakte sich wieder unter. »Komm, ich zeige dir meinen Lieblingsplatz.«

Nachdem wir das Wohngebiet verlassen hatten, führte der Weg steil bergauf in den Wald. Nach ein paar hundert Metern erreichten wir eine Bank, die von zwei Eichenbäumen beschirmt wurde. Unter uns lag die Stadt in der untergehenden Sonne.

»Sie kann so schön sein«, sinnierte Margot, »aber auch so hässlich, wenn man hinter ihre Fassaden sieht.«

»Was hast du damit zu tun? Euer Geschäft gehört doch zu den privilegierten.«

Sie setzte sich auf die Bank und brach einen Zweig von einem herumliegenden Ast.

»Glaubst du das? Wenn hier schon jeder jeden anonym anzeigt, Einrichtungen zerstört werden, Menschen sterben, die sich für das Dahinter interessieren, dann ist es doch nur noch eine Frage der Zeit, wann sich der sogenannte Volkszorn gegen die Privilegierten richtet. Das war schon immer so, bevor eine Revolution ausbrach ... ich hätte an die verkaufen sollen.«

»›Die‹?« Dieser belanglos hingesprochene Artikel elektrisierte mich.

»Ja, eine amerikanische Süßwarenkette ist vor ein paar Monaten an mich herangetreten. Sie suchten ein Gebäude in bester Touristenlage, um so etwas wie eine Donut- oder Banana-Flip-Oase draus zu machen. Die Idee war nicht schlecht. Aber auf eine Pacht ließen sie sich nicht ein. Verkaufen oder nichts.«

Sie zog mit dem Stock Ornamente in den Boden.

»Ich habe es mir lange überlegt, aber Mutter hätte dem Verkauf nie zugestimmt.«

»Könnte diese ominöse Investorengruppe dahinterstecken?«

Sie lächelte und schüttelte den Kopf. »Nein. Die gehen anders vor. Die wollten nur unser Haus, weil Enrico es ihnen empfohlen hatte.«

»Woher kennst du Enrico?«

Sie stand auf und wischte die Ornamente mit dem Fuß weg.

»Sag mir lieber, woher du ihn kennst? Er war mal Pächter des Münstercafés. Warum soll ich ihn dann nicht kennen?«

Ich erzählte, was ich von Dr. Simonte über Enrico wusste.

Sie nahm mich an der Hand und zog mich auf die Bank. »Mal langsam, damit ich das auch begreife. Enrico kann nicht verschwunden sein, denn ich habe ihn selbst getroffen, und zwar letzten Monat in der Stadt. Ob da ein Haftbefehl gegen ihn vorliegt, wage ich sehr zu bezweifeln. Er ist von diesem Hühnchen von Fräulein Solvay und seinem feinen Schwager reingelegt worden. Die hat sich an jeden rangeschmissen, der ihr sagte, wo es lang ging. Ihr armer Vater hat sich oft genug bei meiner Mutter ausgeweint, dass seine Enkelin langsam verwahrlost, weil die Mutter mal wieder mit irgendwelchen dubiosen Typen noch dubiosere Geschäfte machen war. Man sagt, dass sie auch mit diesem Simonte ein Verhältnis hatte. Reicht das?«

Das reichte allerdings, und bevor ich daran erstickte, erzählte ich ihr von Lisa und dem wahren Vater.

Sie hörte ruhig zu und nahm meine Hand.

»Das erklärt einiges. Komm, mir wird kalt. Wir reden drinnen weiter.«

Die alte Dame saß im Wohnzimmer schlafend vor dem laufenden Fernseher.

Margot öffnete eine Flasche Wein und goss drei Gläser ein.

»Mutter«, flüsterte sie, »Mutter, dein Schlaftrunk.«

Die Seniorin öffnete erschrocken die Augen und gab ein paar gurgelnde Laute von sich. »Ach, ihr seid es!«

»Mutter, wir brauchen deine Hilfe«, hauchte Margot jetzt etwas lauter, wie zu einem Kind, dass man aus dem Tiefschlaf gerissen hatte und nicht erschrecken wollte.

»Ich höre«, krächzte sie mit verschleimter Stimme, als sie im Diesseits angekommen war, und Margot erzählte ihre Version meiner Geschichte.

Die Mutter nahm einen Schluck Wein und verlangte nach einem Zigarillo.

»Das stimmt, was ihr da erzählt, und doch nicht so ganz«, blies sie den Rauch von sich. »Der Professor war schon ein Freund des Hauses, als dein Vater noch lebte. Seine Frau ist kurz nach der Geburt der Tochter gestorben. Er hat versucht ihr ein guter Vater zu sein, aber er war zu alt, um diesen Wildfang zu bändigen. So ging diese Gerda bald ihre eigenen Wege. Sie bekam mit neunzehn ein Kind. Von wem? Keine Ahnung. Kann von diesem Simonte sein, kann aber auch nicht. Dann lernte sie Enrico kennen. Der nahm sie mit in das Münstercafé und übertrug ihr die Geschäftsführung einer Nachtbar, die sich damals unter dem Café befand. Da hat die Dame wohl Umsatz mit Einnahmen verwechselt. Es kam zum Krach mit der Verwaltung, weil die Pacht nicht mehr bezahlt wurde. Da muss Enrico aus lauter Liebe auch in die Kasse des Cafés gegriffen haben. Das konnte nicht lange gut gehen. Danach standen die beiden auf der Straße.«

Auch wenn das die dritte Version war, die ich hörte, schien mir diese die plausibelste zu sein.

»Der Professor hat dann sogar seine Pension beliehen, um die Schulden seiner Tochter zu bezahlen. Sollte Simonte eine Betrugsanzeige gegen Enrico erstattet haben – was ich mir nicht vorstellen kann –, dann aus anderen Gründen ... Warum sie ihre Tochter versteckt, kann ich mir nicht erklären. Vor Simonte bestimmt nicht. Der ist zwar ein knallharter Geschäftsmann, der für seinen Vorteil auch mal die Gesetze verbiegt, aber Gewalt gegen Kinder traue ich ihm nicht zu. Und Enrico eigentlich auch nicht ...«

Dieser von mir bisher kaum beachtete Enrico bekam langsam Konturen, passte aber in keines meiner Schemata. Dafür war ich mir sicher, dass Gerda mich nach Strich und Faden belog. Aber wozu?

»Wozu brauchte der Professor die Urteilsbegründung, die in der Mappe fehlt?«

Frau Hofmann stellte den Ton am Fernseher aus und blies einen letzten Kringel in die Luft, um dann den Zigarillostummel im Aschenbecher auszudrücken.

»Ich habe sie ihm erlaubt zu nehmen. Für mich ist sie nicht von Bedeutung, das Urteil reicht, und er brauchte sie, um etwas abzugleichen. Mehr weiß ich auch nicht.«

Sie schaltete den Fernseher aus und erhob sich.

»Wird Zeit für mich. Aber warum interessiert Sie das alles? Ich dachte, Sie schreiben über die Geschichte?«

Margot, die die ganze Zeit wortlos mit angezogenen Beinen neben mir gesessen hatte, nahm mir die Antwort vorweg.

»Gerd glaubt, dass uns die Geschichte heute einholen könnte.«

»Die Geschichte holt uns immer ein«, murmelte sie. »Deshalb lernen wir nie daraus. Sie kommt uns zu bekannt vor, als dass wir sie als Gefahr empfinden. Gute Nacht.«

Weit nach Mitternacht hatte ich noch eine schwerwiegende Entscheidung zu treffen.

»Willst du wie immer schlafen oder in unserem Gästezimmer, oder gibst du mir die Chance zu testen, ob ich noch einen schnarchenden Mann an meiner Seite ertragen kann?«

21

Nachdem wir beim Frühstück geklärt hatten, dass wir beide schnarchen, fuhr ich mit ihr in die Stadt und ließ mich an Gerdas Wohnung absetzen.

Mit einem etwas mulmigen Gefühl öffnete ich die Wohnung. Was würde ich sagen, wenn sie da war?

Nichts. Sie hält es auch nicht für nötig, die Wahrheit zu sagen, schnarrte mein Kobold. Oder mein Ego.

Trotzdem stellte ich erleichtert fest, dass ich alleine war, und packte meine Sachen. Ich bestellte ein Taxi und bei Frau Gerster ein Zimmer. Auf dem Küchentisch hinterließ ich meine Handynummer und schleppte meine Habe hinunter.

»Bist du auf der Flucht, oder habe ich eine Chance?«

Margot lächelte und deutete auf ihren Wagen, der mit geöffneter Kofferraumklappe vor dem Eingang stand.

»Spionierst du mir nach?«, brummte ich ungehalten.

»Ja«, grinste sie und begann meine Sachen im Auto zu verstauen.

Vom Regen in die Traufe, seufzte mein Kobold. Du lernst auch nichts aus der Geschichte.

Zehn Minuten später war ich wieder da, wo ich aufgestanden war.

»Betrachte es als dein Asyl, und denke an Mutters Wunsch, dass endlich ein Mann ins Haus kommt. Oder wenn dir das besser gefällt, Mutter ist wahrscheinlich deine einzige Zeitzeugin. Nur sie kann dir alles über den Professor erzählen, wenn du sie dazu bringst. Momentan fremdelt sie noch etwas. Aber das gibt sich, wenn sie Vertrauen zu dir gefasst hat.«

Ich schwankte zwischen Ärger und Freude über diese Art der Vergewaltigung.

»Da fehlt doch noch was?«

»Und was?«, fragte sie schnippisch gegen.

»Du hast Angst, dass die Gegenseite das auch weiß und deine Mutter in Gefahr ist.«

»Kluger Kopf«, strahlte sie. »Lass dir von Mutter zeigen, wo unser Computer steht. Du weißt, wo du mich findest.«

»So war sie schon immer.«

Frau Hofmann hatte alles von der Treppe aus mitgehört und kam langsam die Stufen herab.

»Das lässt sich kein Mann auf Dauer gefallen. Ich hoffe, Sie sind nicht der Trottel, zu dem Sie sich gerade machen lassen. Kommen Sie, ich zeige Ihnen das Büro.«

Ich folgte ihr in einen durch die Küche erreichbaren Raum. Er maß etwa vier mal vier Meter und hatte eine große Glastür zum Garten.

»Das war mal die Vorratskammer, bis Kühlschränke und Gefriertruhen Einzug hielten. Die Tür ist nachträglich reingekommen.«

Das Zimmer war zweckmäßig ausgestattet, mit umlaufenden Tischplatten auf Chromfüßen. An den Wänden klammerten sich Regale um übervolle Akten. Ein Computer mit Flachbildschirm reckte sich aus Papierbergen, die sich nicht entscheiden konnten, nach welcher Seite sie umfallen sollten.

»Ist praktisch«, murmelte Frau Hofmann, die meinen prüfenden Blick sah, »wenn es zu staubig wird, wirft man die oberen Blätter weg. Wissen Sie, wie man mit dem Ding umgeht?«

Ohne mein Nicken zur Kenntnis zu nehmen, setzte sie sich in den ledernen Chefsessel und startete die Anlage. Nach dem Hochfahren rief sie ihren Internet-Provider auf, als sei das für eine Siebzigjährige der normalste Vorgang der Welt.

Sie spürte mein Erstaunen, und der Stolz in ihrer Stimme war nicht zu überhören.

»Ich bin zwar eine komische Alte, sonst hätte ich nicht so was wie Margot zur Welt gebracht, aber es gibt nicht viel, für was ich mich nicht interessiere. Es macht mir Spaß, im Internet zu toben. Vor allem, wenn ich nicht schlafen kann, so wie letzte Nacht. Es ist doch ungewohnt, plötzlich wieder einen ...«

Das Handy gab Laut.

Mein Chefredakteur informierte mich mit der Stimmlage, die er immer dann benutzte, wenn er zwischen allen Fronten stand und die Pilatus-Strategie – »Ich wasche meine Hände in Unschuld« – als die momentan einzig erstrebenswerte für sich sah.

Dr. Simonte drohte dem Verlag mit einer Einstweiligen Verfügung, wenn ein Artikel über ihn erscheinen sollte. Gleichzeitig hatte er im Namen des Ordinariats Anzeige wegen Diebstahls erstattet.

»Bügeln Sie Ihren Fehler mit einer Superstory aus, oder lassen Sie die Finger davon. Bis dahin hat der Verlag nichts damit zu tun, und was Sie in Ihrer unbezahlten Freizeit machen, ist Ihr Problem. Auf jeden Fall müssen wir dieses lateinische Zeug an diesen Dr. Simonte zu unserer Entlastung zurückgeben. Verstanden?«

Das war nicht schwer zu verstehen. Der Verlag schickte mich in unbezahlten Urlaub. Damit war er für meine Tätigkeit nicht mehr verantwortlich, und ich konnte zusehen, wie ich ohne Rückendeckung eine »Superstory« zu meiner Rehabilitierung auf die Beine brachte.

»Sie sehen aus, als wenn Sie einen Café Mirabelle gebrauchen könnten«, meinte die alte Dame mit einem kritisch-besorgten Blick.

Geistesabwesend murmelte ich etwas, was sie als Zustimmung auffasste, und sie begann in der Küche mit Geschirr zu klappern.

Dass Simonte nun die als Druckmittel gegen ihn gedachten Schriften kampflos in die Hand bekam, war schon mehr als ärgerlich. Aber unverzeihlich war mein Fehler, ihm zu sagen, dass ich sie an den Verlag geschickt hatte. Und ihn zu unterschätzen.

Großinquisitor … Schaden von der Kirche fernhalten, hatte mich Pater Lutz gewarnt.

Junge, du schwächelst, kicherte mein Kobold, und: Pater Lutz kennt noch nicht mal deine Handynummer. Wenn er dich informieren will, landet das alles bei Gerda.

Das Pfarramt in Karlsruhe versprach mir, meine Nummer an Pater Lutz weiterzureichen, der heute Morgen abgereist sei. Wohin, konnte oder wollte man mir nicht sagen. Man stehe in Kontakt mit ihm.

»Scheint nicht Ihr Tag zu sein«, schmunzelte Frau Hofmann und löste ein Stück Würfelzucker im flambierten Mirabelle auf, der daraufhin eher wie ein Allerweltsschnaps für Klosterfrauen schmeckte.

Es war wirklich nicht mein Tag.

Die Stationsschwester der Intensivabteilung teilte mir nur kurz angebunden mit, dass Herr Este vor zwei Stunden in eine andere Klinik verlegt worden war. Wohin, könne nur der Oberarzt sagen, und der sei im OP.

»Nein. Das ist nicht mein Tag«, brummte ich wütend. »Heute verselbstständigt sich alles. Selbst ein todkranker Mann verschwindet.«

»Hört sich nicht gut an. Aber so etwas gibt es mal«, versuchte mich Frau Hofmann zu trösten. »Wenn es Sie nicht stört, dass ich zwischendurch einen Zwiebelkuchen backe – es ist nämlich so weit, der neue Wein ist da –, erzählen Sie mir doch einfach, was Sie bedrückt.«

Da mir alle Enden der Story entglitten waren und ich gestehen musste, dass ich nicht mehr weiterwusste, war ich froh, eine Zeitzeugin, wie sich Margot ausgedrückt hatte, als Zuhörerin gefunden zu haben.

Wir probierten bereits das erste Stück warmen Kuchen, bis ich meine Erlebnisse von der ersten Begegnung mit dem Professor bis zu den heutigen Telefonaten nebst meinen Vermutungen erzählt hatte.

»Sie sitzen ganz schön fest mit Ihrer Geschichte.« Sie räumte die Küche auf, war aber nicht bei der Sache. Das Geschirr klapperte lauter, als ich es kannte, und wurde auch nicht so zielsicher an seinen Platz gesetzt. »Seit dieser Dr. Simonte vor etwa sechs Jahren alles an sich gerissen hat, stimmt nichts mehr am Münster. Vorher hat jeder Pächter an irgendwelche Verwaltungen bezahlt. Damit war aber auch Ruhe.«

Sie setzte sich wieder und tippte mit der Fingerkuppe Kuchenkrümel auf, die sie behutsam in einer Serviette abstreifte.

»Ich kenne alle, die Sie genannt haben. Den Professor, den Banker, Gerster, Otto und auch Pater Lutz. Nur aus diesem Simonte bin ich nicht schlau geworden.«

Sie kramte ein Zigarillo aus der Küchenschürze und goss uns einen Mirabelle ein.

»Da mir der Professor fast alles erzählte, wem und wie er gerade mal wieder auf der Spur war, habe ich ihn als Doppelagent gegen Simonte benutzt. Dieses Geld, das diese Gerda in der Orgel gefunden hat, stammte übrigens von mir.«

»Ich hatte gedacht, von Simonte.«

»Simonte hatte Solvay in der Hand. Warum sollte er ihn noch bezahlen?«

Es entstand eine lange Pause, in der sie das Glas zwischen den Handflächen drehte und das Zigarillo wie einen Strohhalm zwischen die Zähne klemmte.

»Gerster ist ein Opportunist«, fuhr sie schließlich fort. »Den kann man abhaken. Simonte spielt ein undurchschaubares Spiel und setzt offensichtlich alles daran, dass es so bleibt. Este hin oder her. Was hat dieser Pater für eine Rolle? Und wozu Otto gebraucht wird, sehe ich überhaupt nicht. Da gibt es nur eines, Sie müssen in die Höhle des Löwen.«

»Und die wäre?«, fragte ich misstrauisch.

»Zum Erzbischof.«

»Verstehe ich nicht«, schüttelte ich den Kopf. »Was soll der Erzbischof in diesem Spiel?«

»Tja, genau das sollten Sie herausfinden. Denn der fehlt bisher in allen Überlegungen.«

Dieser Gedanke gefiel mir nicht, da er die ganze Situation noch undurchschaubarer machte.

»Wie soll ich an den herankommen? Mit Audienzen ist er sehr sparsam.«

Als hätte ich einen gelungenen Witz erzählt, lachte Frau Hofmann das erste Mal herzlich.

»Der kommt zu Ihnen, ganz ohne Audienz. Auch ein Erzbischof ist nur ein Mann mit Schwächen.«

Sie ging telefonieren und kam schmunzelnd zurück. »Sie werden ihn um achtzehn Uhr im Café treffen. Vorher sollten Sie nichts mehr essen.«

Mein Interesse, wie sie es in so kurzer Zeit geschafft hatte, ein Treffen zu arrangieren, wimmelte sie mit einem »Lassen Sie sich überraschen« ab.

»Alles vorbereitet?«, fragte sie Margot, als wir kurz vor sechs Uhr das Café erreichten.

Die strahlte. »Auf die Minute fertig. Gerd soll sich schon mal setzen.«

»Also«, hob Frau Hofmann an, nachdem sie mir einen Platz im hinteren Teil des Cafés angewiesen hatte, »der Erzbischof ist ein

Genießer. In der ganzen Stadt bekommt er kein Omelette surprise. Das gibt es nur hier auf Vorbestellung und mindestens für zwei Personen. Sonst lohnt es sich nämlich nicht. Und Sie haben ihn dazu eingeladen.«

Mein ratloses Gesicht brachte beide zum Lachen, und Margot erklärte mir, was ein Omelette surprise ist.

Ein Biskuitteig gefüllt mit verschiedenen Eissorten, flüssiger Schokolade, Vanille und sonstigen nahrhaften Zutaten, überbacken mit einer Eiermasse.

»Und das ist die Kunst«, erklärte Margot, »dass beim Backen das Eis nicht schmilzt. Das beherrscht hier in der Gegend sonst niemand.«

»Aha. Und damit habt ihr den Erzbischof aus dem Münster gelockt?«

Ich konnte mir das Gebilde zwar nicht vorstellen, das als Köder dienen sollte, aber mir konnte es nur recht sein.

Mit dem Glockenschlag erschien der Kirchenfürst. Formvollendet begrüßte er die Damen und ließ sich von der Seniorchefin an meinen Tisch geleiten.

»Sie sind der Wohltäter meines Gaumens, dem ich diese Einladung verdanke«, strahlte er und verbeugte sich. »Wir haben uns doch schon mal gesehen.«

Ich nickte und bat ihn Platz zu nehmen. »Ja, auf der Orgelempore.«

»Ach ja. Erinnere mich ...«

Margot brachte auf einer Silberplatte etwas, was wie ein überbackener Karpfen von mehreren Pfund aussah und mit brennenden Wunderkerzen gespickt war.

Der Erzbischof faltete die Hände und schnalzte mit der Zunge. Da ich nicht wusste, wie man mit diesem Monstrum von Omelette umging, bat ich ihn, zuerst zuzugreifen.

»Der Herr wird mir verzeihen«, murmelte er und stach sich mit dem Löffel eine große Portion herunter. »Wissen Sie, dass diese Sünde ausgerechnet in der Fastenzeit entstanden ist?«

Ich verneinte und nahm mir eine kleine Menge.

»Ja, zu allen Zeiten sind die besten Nahrungsmittel entstanden, um Gottes Gebote während der Fastenzeit zu befolgen und trotzdem dagegen verstoßen zu können.« Sein Gesicht verklärte sich mit jedem Bissen mehr. »Das Bier ist so ein Produkt. Alkohol war in der Fastenzeit verboten. Da hat man es kurzerhand zum Nahrungsmittel erklärt. Oder die schwäbischen Maultaschen. Fleisch war auch untersagt, da hat man es einfach in Teig verpackt. Und dieses Omelette umgeht geschickt das Gebot, keine Süßigkeiten zu essen. Eierspeisen waren erlaubt. Was da drin war, konnte der Herr nicht sehen – glaubte man.«

Er lachte wie ein Lausbub, der selbst gerade dabei war, dem lieben Gott einen Streich zu spielen.

Gut, dass ich Frau Hofmanns Rat befolgt hatte, vorher nichts zu essen. Nach einer Portion streikte mein Magen. Der Erzbischof musste schon vier Wochen gefastet haben, denn er schaffte es, den Rest genüsslich in sich hineingleiten zu lassen.

Margot servierte Mokka mit Cognac und murmelte: »Vom guten.«

»Nun gut«, murmelte der Kirchenmann und lehnte sich zufrieden zurück, »diese Art der Bestechung lasse ich mir gefallen. Also, was wollen Sie? Sie haben die einzigartige Gelegenheit, einen als pressefeindlich verschrienen Erzbischof zu befragen.«

Ich überlegte einen Moment, wie ich anfangen sollte, denn ich hatte mit einer Ablehnung oder zumindest mit einem größeren Widerstand gerechnet.

Ich schrieb die Namen auf eine Serviette und schob sie ihm hin. »Was haben diese Leute alle gemeinsam?«

Er ging die Namen durch und lächelte. »Es ehrt mich, meinen Namen ganz oben vermerkt zu sehen.«

Es vergingen endlose Sekunden des Schweigens, dann riss er seinen Namen heraus.

»Mich vergessen Sie mal dabei. Meine Stellung ist durch das Kirchengesetz genau definiert. Ich bin nichts anderes als ein Abteilungsleiter des Unternehmens Kirche.

Dieser Otto ist ein ständiges Ärgernis. Letzte Woche musste ich ihn eigenhändig vor die Tür setzen, weil er an einen Opferstock urinierte.

Der Professor war ein sehr guter Organist, aber auf der Suche nach dem Goldenen Vlies. Dabei vergaß er nur zu gerne, dass es das Gebot ›Du sollst nicht stehlen‹ gibt.

Pater Lutz ist ein sehr guter Organisator, nur etwas eigen. Aber das hat dieser Orden so an sich.

Gerster hat zusammen mit dem Professor den Kirchenchor geleitet. Und er verwaltet das Stadtarchiv. Sonst ist er eine etwas blasse Figur.

Dieser Enrico ist der jüngere Bruder der Comtessa. Sonst kenne ich ihn nicht näher.

Dr. Simonte . . .«, er machte wieder eine Pause. »Ja, Simonte ist seit dem Tod seiner Frau und der Tochter etwas eigenartig geworden.«

»Die sind tot?« Ich hatte das Gefühl, dass der Boden unter mir aufging. Ich war immer stillschweigend davon ausgegangen, dass Simontes Frau und Tochter noch lebten. Anscheinend waren alle anderen ebenso stillschweigend davon ausgegangen, dass sie tot waren – und dass ich das wusste. Das änderte jetzt natürlich alles. »Wann war das?«

»Hm, das muss ungefähr vor zwölf Jahren gewesen sein. Ich lernte seine und ihre Familie vor Jahren in Rom kennen. Sie hatte das Geld und er das Talent für eine viel versprechende Zukunft. Es war ein Unfall. Bei einer Segeltour sind Mutter und Kind ertrunken. Simonte, der nicht an Bord war, drehte durch und wurde zu einer Gefahr für sich und seine Umgebung. Mehrere Monate verbrachte er in Behandlung.«

»Verwaltet er kirchliche Güter?«

Der Erzbischof stutzte und schüttelte dann ärgerlich den Kopf. »Fangen Sie mit diesem Blödsinn auch noch an? Wenn etwas unausrottbar ist, dann ist es der Aberglaube. Ein für alle Male: Simonte hat mit der Kirche nicht das Geringste zu tun. Die ehemaligen Liegenschaften hat die Kirche entweder in Stiftungen umgewandelt, oder sie sind im Besitz der jeweiligen Orden, oder sie wurden verkauft. Alles was das Bistum hier noch besitzt, sind der Grund und Boden, auf dem das Münster steht, und ein paar Verwaltungsgebäude.«

»Wenn Simonte nichts mit der Kirche zu tun hat, warum fordert er dann im Namen des Erzbischöflichen Ordinariats Dokumente bei meinem Verlag ein?«

Der Erzbischof zog die Augenbrauen hoch. »Bedaure, davon weiß ich nichts.«

Mein Handy summte. Eine männliche Stimme wollte wissen, mit wem sie verbunden war.

»Wenn Sie nicht wissen, wen Sie anrufen, woher soll ich es dann wissen«, antwortete ich etwas pampig.

»Kommissar Eibel hier. Wir haben diese Nummer auf dem Küchentisch von Frau Gerda Solvay gefunden. Wer sind Sie?«, und da ich nicht gleich antwortete: »Machen Sie kein Theater. Es kostet mich nur einen Anruf, den Inhaber der Nummer zu identifizieren.«

»Was haben Sie in der Wohnung zu suchen?«

»Das möchte ich mit Ihnen persönlich besprechen. Wo kann ich Sie abholen lassen?«

»Gibt es Probleme?«, fragte der Erzbischof, erhob sich und hielt mir seine weiche Hand zum Abschied hin.

Gedankenverloren schüttelte ich den Kopf. »Nein. Das goldene Vlies entwickelt nur sein Eigenleben.«

Ich hatte gerade noch die Möglichkeit, Margot einen kurzen Abriss über das Gespräch und den Anruf zu geben, als zwei Polizisten suchend das Café betraten.

»Ich warte hier«, rief sie mir nach, als mich die Beamten betont unauffällig zum Wagen begleiteten.

Im Kommissariat hatte ich die Prozedur der erkennungsdienstlichen Erfassung über mich ergehen zu lassen, ohne dass ich mehr erfuhr, als dass mir Hauptkommissar Eibel alles erklären würde.

Der empfing mich nach einer Stunde.

»So, so. Journalist sind Sie also. Woher kennen Sie Frau Solvay . . .?«

Es folgte Frage auf Frage, die ich wahrheitsgemäß beantwortete.

»Na schön«, lehnte er sich zurück. »Klingt glaubhaft, wenn die Damen Hofmann Ihre Aussagen noch bestätigen. Bleiben Sie bis auf Weiteres in der Stadt zu unserer Verfügung. Ihr Laptop bleibt vorläufig hier. Ihr Handy können Sie wiederhaben.«

Er schob mir das Telefon über den Tisch, das in Höhe des Brieföffners zu summen anfing.

Schneller als ich reagieren konnte, hatte er es am Ohr.

»Ja«, meldete er sich und hörte dem Anrufer zu. »Ja, ist in Ordnung. Wer sind Sie?«

»Soll Ihnen von einem Lutz sagen, dass er einen Otto in Sicherheit gebracht hat. Können Sie was damit anfangen?«

Ich zuckte mit den Schultern, steckte das Handy ein und blieb sitzen.

»Was ist? Sie können gehen«, murrte er.

»Sie haben vergessen, mir zu sagen, warum ich hier bin.«

»Ach. Hat man Ihnen das nicht gesagt?«, tat er gespielt überrascht. »Frau Solvay ist tot aufgefunden worden.«

Irgendwie schien mein Unterbewusstsein damit gerechnet zu haben, denn ich verspürte nicht das geringste Erstaunen über diese Mitteilung. Nur ein Gefühl wie ein Nebel, der sich über mich gelegt hatte.

»Woran ist sie gestorben, und wo ist ihre Tochter?«

Er schaute von seiner Akte hoch. »Tochter? Verdammt, an die hat niemand gedacht ... Woran gestorben ... ? Das muss die Obduktion ergeben.«

22

Margot wartete mit einem doppelten Cognac. »War's schlimm?«

»Gerda Solvay ist tot.« Mehr sagte ich nicht.

»Willst du gleich nach Hause, äh, ich meine zu uns, dann nimm Mutters Wagen, oder hast du noch etwas Zeit? Die Gäste haben heute ein besonderes Sitzfleisch. Es kann noch zwei Stunden dauern, bis hier eine von uns weg kann.«

Mir war nach Bewegung und einem frischen Bier. Das süße Omelette lag mir wie ein Backstein im Magen, und die Neuigkeiten der letzten Stunden trugen auch nicht zu einer besseren Verdauung bei.

Wie benommen schlenderte ich durch die Stadt. Dass Gerda tot war, nahm ich nur sehr langsam wahr. Dieser Kommissar hatte ihr Ableben behandelt, wie wenn die Stadtreinigung eine überfahrene Katze von der Fahrbahn kratzte. Der Erzbischof hatte mir auch nicht viel Neues erzählt, außer dass Simonte seine Familie verloren hatte und angeblich nichts für die Kurie verwaltete. Pater Lutz hatte seinen Bruder in Sicherheit gebracht. Das war so ziemlich alles, was ich nachvollziehen konnte. Die Jagd nach irgendwelchen Dokumenten verlor zunehmend ihren Sinn. Wenn das so weiterging, wusste übermorgen niemand mehr, was überhaupt der Anlass für dieses Chaos gewesen war. Und wo war Lisa jetzt?

Die Polizei schien das nicht zu interessieren. Oder war Lisa ...? Ich schüttelte den Gedanken ab.

Der Nebel war nicht nur in meinem Kopf. Ich fühlte körperlich, wie er durch die Straßen der Stadt kroch und sich seinem Ziel näherte. Wo war das Ziel? Es hatte etwas mit der Kirche zu tun, da war ich mir absolut sicher.

Ohne bewusst einen Weg verfolgt zu haben, fand ich mich in der Altstadtkneipe wieder. Sie war zu dieser Tageszeit erst spärlich besucht. An der Theke saßen die, die wohl schon vor der Öffnung an die Tür klopften.

Von meinen lokalen Kollegen war niemand anwesend. Bevor ich die Tageszeit genannt oder einen Wunsch geäußert hatte, schob mir der Wirt einen Cognac und ein Bier hin. »Von dem Herrn da.«

Er deutete in den kleinen Nebenraum, der vom Eingang nicht einzusehen war.

Kommissar Eibel prostete mir zu.

»Ist das eine Art offene Beschattung?« Ich setzte mich ihm gegenüber.

»Nein. Bin nicht im Dienst. Aber ich habe etwas auf Ihrem Laptop gefunden, was mich privat interessiert.«

Er bestellte noch eine Runde.

»Woher wissen Sie, dass es mein Gerät ist?«

Er schaute mich wie ein Lehrer an, der plötzlich Zweifel am Verstand seines Lieblingsschülers bekam. »Das Ding ist auf Sie initialisiert, und in der Mailbox-Ablage sind Mitteilungen von Ihnen an Ihren Verlag. Sonst noch eine blöde Frage?«

»Also, was interessiert Sie?«, lenkte ich schnell von dieser Blamage ab.

»Wo ist dieses Originaldokument, das Sie in einer Mail erwähnen und auch in Form einer Übersetzung als Datei gespeichert haben?«

»Was hat das mit Gerda Solvays Tod zu tun?«

Er kratzte sich am Kinn und zog bedächtig einen Tabaksbeutel hervor. Aufreizend langsam stopfte er eine Pfeife. Der erste Zug nebelte uns in eine blassblaue, nach Vanille riechende Wolke ein, die er mit einer wedelnden Handbewegung zu verteilen suchte.

»Die Todesart von Frau Solvay ist identisch mit der des Sparkassendirektors Müller. Wie es aussieht, hat sie sich mit den Abgasen ihres Autos vergiftet.«

Er stopfte die aufsteigende Glut im Pfeifenkopf mit dem Finger zurück.

»Bei Müller hatten wir schon Zweifel, dass er freiwillig aus dem Leben geschieden war. Aber bei Frau Solvay fanden wir das gleiche Medikament im Blut, eine Art Valium in hoher Dosierung. Bei dem Direktor mussten wir davon ausgehen, dass er es genommen hatte, um sich bei dem ganzen Schlamassel zu betäuben. Er hatte eine ganze Apotheke von hochdosierten Präparaten im Schrank. Bei Frau Solvay fanden wir außer Aspirin nichts.«

»Verstehe«, murmelte ich. »Aber was hat das mit dem Dokument in der Datei zu tun?«

Er zündete sich die Pfeife wieder an und nebelte uns ein.

»Das wüsste ich gerne von Ihnen. Uns ist nicht unbekannt, was der Professor alles prophezeit hat. Jeder hat es für eine seiner Spinnereien gehalten. Nun sollten wir die Sache langsam ernst nehmen. Der Münsterplatz ist seit seinem Tod wie verhext. Wenn das so weitergeht, gibt es bald nur noch das Café Hofmann.«

Er wusste etwas, was mir anscheinend entgangen war. Im Geist ging ich die Lokalitäten am Platz ab, aber mir war vorhin nichts aufgefallen.

»Diese anonyme Anzeige beim Finanzamt bricht nahezu allen Lokalen das Genick. Finanziell meine ich natürlich. Bei jedem sind Nachzahlungen und Strafen zu erwarten, die vorhandene Sicherheiten in keinem Fall abdecken werden. Die strafrechtlichen Folgen sind dabei noch nicht einmal berücksichtigt. Da steckt System hinter. Und das hoffe ich mit Ihrer Hilfe zu finden.«

Vorsicht, zischte mein Kobold, das kann dich deine Story kosten. Überlege dir gut, was du sagst!

»Ich verstehe, wenn Sie als Journalist andere Interessen verfolgen. Aber der Messner – oder Küster, wie man bei euch sagt – und eine Frau Gerster sagten aus, dass Sie wie ein Teufel hinter irgendwelchen Unterlagen her sind. Also darf ich, momentan noch ganz privat, um eine Erklärung bitten?«

Sein Ton war um eine Nuance schärfer und fordernder geworden, und die Pfeife war endgültig ausgegangen.

»Was ist mit der Tochter von Frau Solvay?«, versuchte ich mir etwas Zeit zu verschaffen.

Die Pfeife wurde lautstark im Aschenbecher ausgeklopft. Ein fast angewidertes Lächeln huschte über sein zerfurchtes Gesicht.

»Na gut. Wenn es Ihnen hilft, mir mehr zu sagen. Es läuft schon seit Jahren ein ziemlich schmutziger Krieg um das Kind. Frau Solvay hatte Dr. Simonte auf Unterhalt verklagt. Der behauptet aber, nicht der Vater zu sein. Und einem Test will er sich auch nicht unterziehen. Zwingen kann man ihn dazu nicht. Aber ... sein Gegenangebot lautete, das Kind zu adoptieren, wenn die Mutter auf alle Rechte verzichtet. Was die wiederum nicht wollte. Wo das Kind jetzt ist? Wir haben keine Ahnung.«

Es war wirklich nicht mein Tag. Meine ganze schöne Konstellation löste sich wie der Tabakqualm im Feuer einer Kerze auf.

Es war heute das zweite Mal, dass ich meine Erkenntnisse erzählte. Diesmal ohne Vermutungen, was die Sache erheblich verkürzte.

Eibel hatte fleißig mitgeschrieben. »War's das?«, fragte er und klappte sein Notizbuch zu. »Dann lassen Sie uns noch etwas auf die gute Zusammenarbeit trinken, und morgen können Sie Ihren Laptop abholen und nach Hause fahren.«

»Wir könnten ja versuchen, den Keller doch noch aufzuräumen«, versuchte Margot mich aus meiner abgrundtief schlechten Laune zu holen.

Wir taten das, was alle taten, die über zu viel Wohnfläche pro

Person verfügten oder zu wenig Personen hatten, um einen großen Raum gemütlich werden zu lassen. Wir saßen in der Küche.

Ich wusste noch nicht einmal, worüber ich mich ärgerte. War es die neue Konstellation Gerda–Simonte oder dass der große Unbekannte immer unbekannter wurde? War es meine Hilflosigkeit gegenüber der gesamten Situation oder einfach nur Zorn auf mich selbst, dass ich von Anfang an die falsche Spur verfolgt hatte?

Gegen Mitternacht erschien Frau Hofmann senior und strahlte wie nach einem Rendezvous.

»Kinder, ich habe noch mit dem Pizzabäcker gesprochen«, jubelte sie. »Es klappt. Er muss aufhören. Und den anderen wird es auch nicht besser gehen.«

»Was ist daran so lustig?«, fragte Margot. »Mit jedem, der aufgibt, wird der Münsterplatz unattraktiver. Damit verlieren wir auch an Kunden.«

»Papperlapapp. Werd du erst einmal erwachsen«, trällerte die alte Dame. »Die Attraktivität steigt, wenn erst die richtigen Pächter da sind. Nicht dieses ungebildete Volk, das schon ein Lokal führen darf, wenn sie nur die Hackfleischverordnung kennen.«

Meine dumpfe Leere füllte sich langsam wieder mit Interesse. Hier war was im Gange, das nur ausgesprochen werden musste.

»Hast du was getrunken?«, fragte Margot und prüfte misstrauisch die Standfestigkeit ihrer Mutter.

»Ja, und? Darf ich das nicht? Noch bin ich die Chefin im Café und in meinem Haus.«

Margot merkte, dass sie die falsche Richtung eingeschlagen hatte und so nur den Trotz der Mutter herausforderte.

»Schon gut. So habe ich es ja nicht gemeint«, schlug sie den verbindlicheren Ton an. »Komm, setz dich und erzähle.«

Die alte Dame prüfte wie ein Papagei auf der Stange mit geneigtem Kopf, wie sie den Wechsel in Margots Tonlage zu bewerten hatte.

»Wollen Sie das auch hören?«, krähte sie mich an und ließ sich auf den Stuhl fallen. »Gib mir mal einer ein Bier. Ich hab 'nen Brand ... und ein Zigarillo, wenn's recht ist.«

Nachdem Margot sich beeilt hatte, die Wünsche zu erfüllen, und der Glimmstängel brannte, stützte sie den Kopf in die linke Hand und führte die Tabakrolle wie einen Zeigestock.

»Also, nachdem du Hühnchen, ohne mich zu informieren, den Interessenten an meinem Café vor den Kopf gestoßen hattest, kam man über den Sparkassendirektor auf mich zu. So weit klar?«

Sie nahm einen großen Schluck aus der Flasche.

»Nur waren die Forderungen jetzt viel höher, als nur unser bescheidenes Häuschen zu erwerben, denn man wähnte mich auf der Seite des störrischen Simonte, der denen auch schon eine Absage erteilt hatte. Aber auch der Preis, den man bereit war, mir zu zahlen, war höher, wenn ... ja wenn die Preise für die anderen Lokalitäten entsprechend billiger gemacht werden konnten. Wie das geschehen sollte, hat man mir nicht gesagt. Darüber starb der Direktor. Dann kam ich auf die Idee, nicht immer für das Finanzamt zu arbeiten, sondern es mal für mich was tun zu lassen.«

Einen Moment lang schienen sogar die Vögel im Garten die Luft anzuhalten.

»Ich glaube, ich bin im falschen Film«, stöhnte Margot. »*Du* hast alle beim Finanzamt angeschwärzt? Was soll das für einen Sinn haben? Wenn die auch bei uns was gefunden hätten, dann ...«

Frau Hofmann lächelte und stand schwankend auf. »Solange ich die Bücher führe, findet kein Finanzamt was. Das war schon bei deinem Vater so. Gute Nacht.«

Margot fing die alte Dame noch auf, bevor sie über ihre Füße stolperte, und brachte sie polternd die Treppe hinauf.

»Verstehst du das?«, japste sie nach Luft, als sie sich wieder neben mich setzte.

Das war nicht schwer zu verstehen. Ich hatte plötzlich das

Gefühl, einen zentnerschweren Schlüssel in der Hand zu halten. Den Schlüssel zu einem Teil des Mysteriums.

Die Polizei nahm keine anonymen Anzeigen entgegen. Aber alle Finanzämter der Welt waren auf solche Denunziationen angewiesen. Es war für sie der rechtliche Freibrief, im Sinne des Staates tätig zu werden. Der Erfolg gab ihnen auch am Münsterplatz recht. Frau Hofmann hatte nichts zu befürchten, also konnte sie sich selbst mit anzeigen, um nicht aufzufallen.

»So weit kann ich folgen.« Margot brühte uns Mokka auf. »Aber ich verstehe den Hintergrund nicht.«

Ich fasste, nun zum dritten Mal an diesem Tag, meine Erkenntnisse zusammen.

Der Sparkassendirektor hatte sich mit dem Wissen von Gerster und dem Professor einen Teil der Verwaltungsrechte von Simonte erpresst.

Seine Strategie war einfach und fast als typisch für diese Gewerbe zu betrachten. Simontes verbliebenen Pächtern wurden die Kreditlinien derart gekürzt, dass sie und der Doktor in Schwierigkeiten gerieten, die Pacht ohne Gegenmaßnahmen zu zahlen oder einzutreiben. Im Gegenzug wurde den der Bank zugehörigen Pächtern die Pacht durch Senkung der Nebenkosten vermindert.

Dann wurde der Sparkassendirektor, von wem auch immer, »entsorgt«.

Margots Mutter sah darin die Chance, selbst das Zünglein an der Waage zu spielen. Sie konnte nichts verlieren, nur gewinnen und diesen undurchschaubaren Simonte loswerden, der mit seiner Weigerung den Investor blockierte.

»Die spinnt komplett«, fauchte Margot, »wir haben genug. Muss die auf ihre alten Tage noch Manager werden?«

»Langsam«, dämpfte ich sie. »Mit dir stirbt die Familie aus. Deine Mutter macht ja keinen Hehl daraus, dass sie sich nichts sehnlicher gewünscht hat, als einen Enkel zu bekommen. Jetzt sieht sie die Chance, das Café vermutlich weit über Wert loszubekommen.«

Margot blies die Backen auf und ließ die Luft pfeifend entweichen. »Jetzt bin ich auch noch an allem schuld! Das meinst du doch nicht ernst, oder?«

»Ich fürchte, deine Mutter meint es ernst. Wie du selbst sagst, habt ihr genug Vermögen.«

»Ach ja. Das dumme, unreife Töchterchen ist ja gerade erst vierzig und begeht den Fehler, der allmächtigen Mama nichts vom ersten Angebot dieser Kaugummis zu erzählen. Wisst ihr was? Ihr beiden könnt mich mal. Du solltest ihr Vertrauen gewinnen, nicht einen Angriffspakt gegen mich bilden.«

Sie schlug mit der Faust auf den Tisch, dass die Gläser einen kleinen Hüpfer machten.

»Beruhige dich. So wie es aussieht, wird aus dem ganzen Zirkus nichts. Simonte lässt sich nicht in die Ecke stellen. Er hat den Banker kaltgestellt, und ich bin mir sicher, dass er nicht ohne Grund nach den Dokumenten sucht. Er hat was vor, was momentan nicht ersichtlich ist. Denn er muss die gesamte Verwaltung wieder in die Hand bekommen, sonst ist er für die wirklichen Besitzer im Hintergrund untragbar.«

23

Margot war am Morgen früher ins Café gefahren als sonst. Es sah so aus, als wollte sie der Mutter aus dem Weg gehen.

Die saß mir beim Frühstück gegenüber und löste Aspirin in einem Glas warmem Wasser mit Honig auf.

»Habe ich sehr viel dummes Zeug geredet?«, murmelte sie, ohne mich anzusehen.

Ich überlegte, was ich darauf antworten konnte. Als Gast stand mir Kritik nicht zu, und außerdem hatten mir ihre unbedachten Äußerungen wieder einen Ansatz zu meiner Story gegeben.

»Es war Ihre Entscheidung«, murmelte ich genauso ohne Blickkontakt.

»Margot ist jetzt bestimmt sauer. Aber seit dem Tod meines Mannes hasse ich dieses Café. Ich hasse diese dummen Gesichter dieses immer dekadenter werdenden Publikums. Das Personal wird immer renitenter, die Vorschriften immer unerfüllbarer. Ich habe nur durchgehalten, weil ich gehofft hatte, dass mal ...« Sie winkte ab. »Das habe ich ja schon erzählt. Da hat dieses dumme Gör die einmalige Chance, das Ding zu verkaufen, und lehnt ab. Was sollte ich da machen, als das Angebot der Sparkasse anzunehmen und nach dem Tod des Direktors meine eigene Strategie zu verfolgen?«

»Kann es sein«, fragte ich betont ruhig, »dass Sie und Margot ein Kommunikationsproblem haben?«

Sie trank den Aspirin-Honig und schüttelte sich. »Das einzige Problem ist, dass meine Tochter einfach keine Frau werden will.«

»Nun ja«, war alles, was ich dazu sagen wollte, und ich empfahl mich.

»Nehmen Sie meinen Wagen. Ich habe heute keine Lust auf dumme Gesichter«, rief sie mir nach.

Auf der Fahrt zur Kripo dämmerte mir, warum Margot keine »Frau« im Sinne der Mutter werden wollte. Die Seniorin hätte einen Enkel wahrscheinlich in einen Schokoladenguss gesteckt und ihm verboten, erwachsen zu werden.

Kommissar Eibel empfing mich eine Spur freundlicher als gestern.

Er hielt mir die ausgedruckte Übersetzung der Doktorarbeit hin. »Können Sie mir bitte erklären, was an diesem Papier so wichtig ist? Ich verstehe nur Bahnhof. Deswegen sterben doch normalerweise keine Leute. Und diese Lisa ist auch nicht mehr bei der Schwester von Frau Solvay. Sie hat Vermisstenanzeige erstattet. Das Kind ist vorgestern gegen zehn Uhr nicht mehr vom Einkaufen zurückgekommen. Was mich wundert, ist, dass Frau Solvay nur einmal bei ihrer Schwester war, um Lisa abzuliefern. Sie sagten doch, dass da ein Zettel hing, dass sie wieder zur Schwester gefahren sei. Gefunden wurde sie aber fast fünfzig Kilometer entfernt vom Wohnort der Schwester, in entgegengesetzter Richtung.«

Lisa entführt? Diese Vorstellung schoss mir wie ein Stromschlag durch den Körper. Beim Frühstück mit Frau Hofmann war in mir die total verquere Vorstellung entstanden, zusammen mit Margot Lisa zu adoptieren. Langsam war ich dabei, dem Gedanken einer festen Verbindung näher zu treten. Margot und Lisa würden vom Wesen gut zusammenpassen. Die Seniorin hätte eine Enkelin, die schon zu alt für Schokoladenguss war, und mir konnte ein geregeltes Familienleben mit einer Frau, die nicht ständig meine Fluchtdistanz unterschritt, auch nicht schaden.

»Was meinen Sie?«, rüttelte mich Eibel aus meinen Gedanken.

»Sie müssen Lisa finden. Ich schlage vor, damit bei Dr. Simonte anzufangen. Der dürfte heute auch das Originaldokument in der Post haben.«

»Das haben Sie mir gestern aber nicht gesagt«, polterte er und griff zum Telefon. »Den Staatsanwalt, bitte«, er legte die Hand auf das Mikrofon, »und wenn Ihnen noch ein paar Sachen einfallen, die Sie so rein zufällig vergessen haben, weil Sie glauben, dass die besser in Ihre Story passen als in meine Ermittlungen, dann sagen Sie mir das bitte, bevor wir auch noch das Mädchen tot auffinden.«

Ich hörte noch, wie er eine Durchsuchungsgenehmigung für Dr. Simonte beantragte, als mein Handy summte.

»Sind Sie in der Stadt und haben Sie Zeit?«, fragte Pater Lutz.

»Ja.«

»Dann kommen Sie schnell nach St. Blasien. Fragen Sie im Jesuitenkolleg nach mir.«

Das sogenannte Kolleg musste in früheren Zeiten ein Kloster gewesen sein, das sich jetzt als Gymnasium auswies. Das Dorf wurde von einem alles überragenden Kirchenbau beherrscht, dessen Konstruktion äußerlich dem Petersdom nachempfunden war. Die riesige Kuppel passte irgendwie nicht in die Landschaft und wirkte wie eine Gedenkstätte vergangener Macht.

Pater Lutz war schnell gefunden. Er wirkte ernst, fast distanziert.

»Sind Sie mit dem Wagen da? Otto verlangt nach Ihnen. Ich glaube, dass er nur noch durchhält, um etwas loszuwerden.«

Er dirigierte mich durch das Tal.

»Warum haben Sie ihn aus der Klinik geholt?«

»Er fing an, unter dem Einfluss der Medikamente wirres Zeug zu reden.«

»Hätte er etwas verraten können? Und was?«

Lutz wurde ungehalten. »Das erkläre ich alles später. Tun Sie mir nur einen Gefallen, sagen Sie nichts vom Tod von Frau Solvay, sonst macht mein Bruder sich Sorgen um Lisa.«

»Woher wissen Sie das von Frau Solvay?«

»Der Küster ist mein Auge und Ohr in der Stadt.«

»Und dann behandelt er Otto wie ein Stück Dreck?«, knurrte ich.

»Er tut nur seine Pflicht. Außerdem weiß er nicht, dass Otto mein Bruder ist.«

Wir hielten im Hof eines prächtig herausgeputzten Schwarzwaldhauses. Der sich an der Stirnseite hinziehende Balkon wirkte wie ein Katarakt aus herabströmenden Geranien. Die Gegend roch nach gewendetem Heu.

Ein kleines Messingschild an der Tür erwähnte fast verschämt, dass hier ein Arzt zu Hause war.

Otto lag wie ein verkabelter, zusammengerollter Igel in einem hellen Zimmer. Die Balkontür stand offen und ließ den Duft aus Blumen, Heu und Harz ungehindert durch den Raum streichen.

»Ha, Schnüffler. Wird Zeit, sich zu verabschieden«, röchelte er so leise, dass ich mich über ihn beugen musste, um etwas zu verstehen. Er war frisch rasiert und roch das erste Mal nicht nach Misthaufen.

»Hör zu«, ein schleimender Hustenanfall unterbrach ihn, »kümmere dich um die Tiere. Verkauf sie. Hast du den Schlüssel noch? Mein Bruder sagt dir, wann du ihn benutzen darfst. Aber ...«, sein Auswurf wurde dunkelrot, »was mein Bruder nicht wissen darf ... ich habe mein Testament gemacht. Du findest es im Pflaumenmus mit der Aufschrift September 2000 ...«, der Husten ging in einen Erstickungsanfall über, und ich rief den Pater, der vor der Tür mit dem Arzt sprach.

Ottos Hand suchte nach meiner und umspannte sie wie ein Schraubstock. »Pass auf Lisa auf«, drang es noch einmal mit letzter Kraft aus ihm, dann lockerte er den Griff.

Der Arzt schaltete die Geräte aus, und Pater Lutz segnete seinen Bruder.

»Hoffentlich führt dich dein Weg jetzt für immer nach Neuseeland«, murmelte ich und kämpfte mit einem Kloß im Hals.

»Kommen Sie. Er hat seinen Frieden mit Gott und der Welt gemacht.«

Er sagte das so beiläufig, als wünschte er jemand einen guten Tag.

»Wo wird er beigesetzt?«

»Ich weiß es noch nicht. Vorher muss ich noch ein paar Dinge klären.« Er nahm mich am Arm und zog mich aus dem Zimmer.

»Sie hören von mir«, war sein einziger Kommentar zum Abschied.

Auf der Rückfahrt beschäftigte mich das plötzlich unterkühlte Verhalten des Paters. Ich konnte mich des Eindrucks nicht erwehren, dass ihm der Tod seines Bruders nicht ungelegen kam.

Ich nahm mein Umfeld erst wieder bewusst wahr, als ich auf Ottos Hof rollte. Die Tiere waren von jemandem gefüttert worden. Hier war also keine Eile geboten.

Die Marmeladengläser waren schnell in Ottos »Schlafzimmer« gefunden. Es waren Einmachgläser, wie ich sie noch von meiner Großmutter in Erinnerung hatte. Mal mit einem Glasdeckel, der durch ein rotes Lippengummi dicht gehalten wurde, mal auch nur mit Zellophan und einem Band. Alle trugen ein rot kariertes Klebeschild, auf dessen weiß gelassenem Schriftfeld der Inhalt und das Einmachdatum festgehalten waren. Pflaumenmus, September 2000. Ich hob das etwa einen Liter fassende Glas vom Regal und setzte mich damit an den Tisch in der Stube.

Der Deckel lag lose auf dem Gummi. Das Mus begann Schimmel an der Oberfläche zu bilden. Langsam tauchte ich den Zeigefinger in die Masse und begann mit rührenden Bewegungen den Inhalt zu erkunden.

»Sie passen sich ja schnell der Umgebung an.«

Kommissar Eibel stand in der Tür und grinste. »Ja, ja. Auf so einem Hof fühlt man sich gleich in die Kindheit zurückversetzt. Da schmeckte das Eingemachte nur mit dem kleinen Naschfinger.«

Ich leckte das Mus vom Finger. Es schmeckte tatsächlich nach Kindheit.

»Latschen Sie mir schon wieder hinterher? Wollten Sie nicht Lisa finden?«, versuchte ich meine Überraschung zu überspielen.

Er setzte sich neben mich auf die Ofenbank und tauchte seinen kleinen Finger auch in das Mus.

»Wirklich Klasse«, schmatzte er, nachdem er davon probiert hatte.

»Nein, ich latsche Ihnen nicht hinterher. Nur Pater Lutz ist der Meinung, dass Ihnen Otto etwas erzählt hat, was für ihn als Erbe wichtig sein könnte. So als letzter Wille, oder ähnlich?«

»Erbe? Was sollte eine arme Sau wie Otto vererben können?«

Eibel hob die Schultern und tauchte wieder in das Mus.

»Keine Ahnung. Jeder scheint mehr zu wissen als ich. Also, warum sind Sie hier, und was könnten Sie hier finden?«

Ich zog einen Holzspan aus dem Brennholzstapel unter der Bank und rührte damit das Mus um, ohne auf Widerstand zu treffen.

Der Kommissar betrachtete mein Tun mit zweifelndem Gesicht.

»Darf ich mal raten? Da soll wohl etwas drin gewesen sein, was jetzt nicht mehr da ist. Stimmt's?«

Ich nickte und schob ihm das Glas mit dem Span hin. »Versuchen Sie es selbst. Sie sind mein Zeuge, dass nur Pflaumenmus drin ist.«

Er rührte und nickte. »Und was soll drin gewesen sein?«

Es hatte keinen Sinn, ihm etwas vorzuenthalten. Der Unbekannte war mal wieder einen Schritt schneller gewesen.

»Ottos Letzter Wille«, dachte ich laut. »Wir müssen alle Gläser untersuchen. Menschen irren sich meist im Angesicht des Todes in der Zeit«, murmelte er und begann den gesamten Vorrat an Eingemachtem in den Hof zu tragen. »Los, helfen Sie mir«, knurrte er, »jetzt brauche ich Sie als Zeugen.«

Das Einzige, was wir nach einer Stunde herausfanden, war, dass es den Schweinen schmeckte, was wir auf den Komposthaufen kippten.

Eibel ließ sich seufzend auf der Bank nieder und reinigte seine Schuhe mit einem Papiertaschentuch.

»Gar kein schlechter Platz, etwas im Eingemachten zu verstecken«, grinste er und steckte sich eine Pfeife an. »Jetzt brauchen wir nur noch den, der es von Otto erfahren hat. Prima. Ist ja ganz einfach. Haben Sie eine Idee, wo ich anfangen soll?«

»Bei den Schweinen«, murmelte ich mehr zu mir selbst.

Der Kommissar verschluckte sich und rang nach Luft.

»Verdammt noch mal«, keuchte er, nachdem sich sein Atem wieder stabilisiert hatte, »warum stellt das Ministerium nicht mehr solcher Genies wie Sie in den Polizeidienst? Bei den Schweinen! Soll ich jetzt einen Sau-Flüsterer beschaffen, der deren Aussage protokolliert? Sie haben sie doch nicht alle.«

»Nein. Nicht nötig«, beharrte ich auf meiner Idee. »Die Tiere sind gefüttert worden, kurz bevor ich eintraf. Von wem?«

Er zündete sich seine Pfeife wieder an und quittierte den ersten Zug mit einem Husten.

»Die Idee ist nicht blöd. Aber zuerst werde ich etwas anderes feststellen lassen.«

Er rief sein Büro über Handy an und ließ überprüfen, auf wen das Grundstück hier eingetragen war.

»Einverstanden?«

Ich schüttelte den Kopf. »Ich dachte, das wäre längst passiert. Da ist schon der Professor nicht weitergekommen.«

Er stand auf und klopfte die Pfeife am Holz aus.

»Wollen doch mal sehen, ob es wenigstens einen Vorteil hat, bei der Kripo zu sein. Und sollten Sie in den nächsten Stunden, mal wieder rein zufällig, über etwas Eingemachtes stolpern, dann sagen Sie mir Bescheid, bevor Sie wieder die möglichen Fingerabdrücke des großen Unbekannten verschmieren.«

Er ging zum Auto.

»Sind Sie, rein zufällig, schon mit Lisa weitergekommen?«, drehte ich seine Spitze gegen mich um.

»Pflaumenmus, Schweine. Vielleicht versuchen Sie es jetzt mal mit Kaffeesatz«, höhnte er. »Würde uns bei der Suche sehr helfen.«

24

Das Café war voll besetzt.

Margot hatte ihr Kostüm gegen die Dienstkleidung der Bedienungen gewechselt. Schwarzer Faltenrock, weiße Bluse mit Puffärmeln und eine mit Spitzen besetzte Schürze, die Platz für die Wechselgeldtasche bot.

»Möchte bloß wissen, warum die Leute sich immer Tage aussuchen, wenn die Hälfte der Bedienungen fehlt«, stöhnte sie. »Geh mal nach oben. Da liegt was auf dem Schreibtisch.«

Der Tag hatte es in sich. Es war eine handschriftliche Gesprächsnotiz. Um 12.45 Uhr hatte Dr. Simonte angerufen und Margot ein Kaufangebot für das Café mitsamt Grundstück in einer beträchtlichen Höhe gemacht.

Das passte nicht in das Feindbild, das ich mir von ihm gemacht hatte. Wer angeblich in finanziellen Schwierigkeiten steckte oder etwas vertuschen wollte, vermied alles, um ins Gespräch zu kommen. Und der Verkauf des Hofmann'schen Cafés würde eine Schlagzeile wert sein. Oder wollte er damit von etwas ablenken?

Eibel riss mich aus meinen Gedankenspielen.

»Sackgasse«, grummelte er durchs Telefon. »Als Besitzer des Grundstücks ist eine Stiftung in Italien eingetragen. Scheint was Kirchliches hinterzustecken. Alle Gebühren und Abgaben werden pünktlich von einer Bank Ambrosio überwiesen. Und Ihre ›Zeugen‹ habe ich dem Veterinäramt übergeben. Und ...«, er machte eine Pause, um ein Getränk zu schlürfen, »unterstehen Sie sich, das zu schreiben, was ich Ihnen sage. Frau Solvay ist nicht an den

Abgasen gestorben. Davon waren zu wenig in den Lungen, um zum Tod zu führen. Sie war vollgepumpt mit einem Mix verschiedener Medikamente, die ihr injiziert worden sind. Der Fundort ist auch nicht identisch mit dem Tatort. Das haben Untersuchungen von Lehmspuren ergeben. Ach ja, und wir haben Lisa zur Fahndung ausgeschrieben. Das war's.«

»Halt«, schrie ich, bevor er die Verbindung unterbrechen konnte. Die Erwähnung der Bank Ambrosio hatte mich alarmiert. Ich las ihm die Gesprächsnotiz vor.

Ich hörte ihn förmlich überlegen, wie diese Information zu verwerten war. Mit einem »Danke« beendete er das Gespräch.

»Was halten Sie denn von diesem Angebot?«, fragte Frau Hofmann beim Abendessen, nachdem Margot schon ihr Interesse bekundet hatte.

»Wenn er es ehrlich meint, sofort annehmen«, versuchte ich möglichst diplomatisch zu sein.

»Genau da sehe ich das Problem«, schüttelte sie den Kopf und knabberte ein Radieschen. »Der Kerl sagt etwas, meint aber das Gegenteil.«

»Ihr seid alte Uhus, die hinter jedem einen Buhmann sehen«, nörgelte Margot. »Lass es uns doch einfach probieren. Er will das Café, dafür muss er zahlen. Was der damit vorhat, ist doch nicht unser Problem. Hauptsache, das Geld ist echt.«

Mir war ihre Diskussion eigentlich egal. Meine Gedanken suchten die Person, die mir im Marmeladeglas zuvorgekommen war.

Er redet unter den Medikamenten Unsinn, hatte der Pater als Grund für Ottos Verlegung genannt.

Woher hatte er das gewusst, und welchen vermeintlichen Unsinn hatte Otto geredet? Es blieb nur die zwingende Logik, dass

Otto das Versteck unwissentlich vorher ausgeplaudert hatte. Und das konnte nur in der Klinik gewesen sein.

»Wann setzt offenes Pflaumenmus Schimmel an?«, unterbrach ich die beiden bei ihrem Für und Gegen.

»Hast du eines auf dem Küchentisch vergessen?«, lachte Margot, nachdem sich beide vergewissert hatten, dass ich noch bei Trost war.

»Gekauftes oder selbst gemachtes?« Nachdem ich die Vorgänge des Tages geschildert hatte, nahm die Seniorin meine Frage schließlich ernst. »Gekauftes Mus hat Konservierungsstoffe und braucht bis zur sichtbaren Schimmelbildung bei dieser Witterung etwa acht bis zehn Tage. Eingemachtes, je nach Art und Anteil des Zuckers, zwei bis drei. Der Schimmel ist aber nicht gesundheitsschädlich, wenn man ihn einfach abschöpft«, fügte sie beruhigend hinzu.

Demnach war der Unbekannte schon früher, als ich gedacht hatte, an die Information gekommen. Das Testament war am Tag von Ottos Einlieferung in die Klinik entwendet worden.

»Das bestärkt mich in meiner Meinung, diesem Simonte das Café nicht zu verkaufen. Der steckt hinter allem«, beendete Frau Hofmann die Diskussion mit ihrer Tochter. »Wir brauchen das Geld nicht. Im Gegenteil. Mein kleiner Trick mit dem Finanzamt spült uns jetzt richtig Geld in die Kasse. Dann bauen wir eben noch den ersten Stock und die Küche aus.«

Margot verdrehte die Augen und räumte den Tisch ab. Auch mir schwindelte angesichts der sich stündlich ändernden Pläne der Seniorin langsam der Kopf.

»Sind Sie nicht auch meiner Meinung?« Sie stand auf und wischte die Krümel vom Tisch.

Ich machte anscheinend einen abwesenden Eindruck, denn sie kam um den Tisch und nahm meine Hand. »Machen Sie sich nicht so viele Gedanken um Sachen, die Sie eigentlich nichts angehen. Diese Lisa wird sich auch wieder einfinden. Wenn sie entführt worden wäre, dann gäbe es schon längst eine Forderung nach was weiß ich. Aber die Solvays hatten doch nichts. Was will man da erpressen?«

Es dauerte keine zehn Sekunden, bis ich dieser Frage enthoben wurde. Mein Handy summte, und die Stimme eines Mannes teilte mir mit, dass er Lisa in seiner »Obhut« habe. Wenn ich sie wiedersehen wolle, solle ich ihm eine E-Mail-Adresse geben, über die er mit mir Kontakt aufnehmen könne.

Ich deckte das Mikrofon ab und fragte nach der Adresse der Hofmanns.

»Schnell, der Entführer von Lisa ist dran«, drängte ich die Frauen, die in eine Diskussion zu fallen drohten, ob man die so einfach herausgeben könne oder nicht.

»Gut«, bestätigte die Stimme. »Öffnen Sie die Mail ›Triple X‹ und den Anhang. Da erfahren Sie, wie es weitergeht.«

Einen Moment schauten wir uns ratlos an.

»Was ist das denn für ein komischer Erpresser?«, brach Margot das Schweigen. »Der Absender ist doch zu ermitteln.«

»Und woher hat der Ihre Telefonnummer?«, sprach Frau Hofmann meinen Gedanken aus.

»Das ist doch jetzt unwichtig. Er hat sie eben. Lass uns lieber den Computer starten.« Margot eilte in den Büroraum.

»Verdammter Werbemüll«, knurrte sie, nachdem sich die Mailbox aufgebaut hatte. »Da ist sie. Komm, öffne du sie. Das halten meine Nerven nicht aus.« Sie machte mir den Platz frei.

Ich wehrte ab. »Bloß nicht. Ich kenne mich mit eurem System nicht aus. Lade sie irgendwohin, wo wir sie wiederfinden.«

Sie sah mich verzweifelt an. »Das habe ich noch nie gemacht. Wie öffnet man einen Anhang?«

Es war zum Verzweifeln. Zwei erwachsene Menschen mussten

in einer womöglich über Leben und Tod entscheidenden Situation zugeben, dass sie nicht viel mehr Kenntnisse zum Bedienen eines Computers besaßen, als ihn ein- oder auszuschalten.

»Was habt ihr denn für ein Problem?« Frau Hofmann, die bisher weiter in der Küche hantiert hatte, schaute uns kopfschüttelnd an und setzte sich vor den Bildschirm.

»Möchte nur wissen, wie ihr Journalisten an eure Informationen kommt«, murmelte sie und klickte ein paar Mal im Programm. »Fertig. Da hängt eine größere Datei dran. Dauert etwas, bis das gedruckt ist.« Sie verschwand mit dem Blick »wenn ihr mich nicht hättet« wieder in der Küche.

Es dauerte quälend lang, bis der Drucker das Ergebnis ausgespuckt hatte.

Zuerst kam ein Foto, gefolgt von der eigentlichen Mitteilung, die aus nur wenigen Zeilen bestand.

Das Farbbild zeigte Lisa, die eine französische Tageszeitung hielt, auf dem das Datum von heute zu erkennen war.

Beschaffen Sie von Pater Lutz die Dokumente.
Sie haben 48 Stunden. Melde mich.

»Entweder ist der verrückt oder sich seiner Sache verdammt sicher«, kommentierte Margot die Mail.

»Ich fürchte, er weiß, was er will. Und ich auch. Schau dir mal das Foto an.« Ich hielt es ihr in doppeltem Zeitungsabstand hin.

»Ich sehe nichts. Außer einer Zeitung und einem Mädchen.«

»Lisa sieht nicht aus, als ob sie Angst hätte.«

Sie nahm das Bild und hielt es unter die Tischlampe. »Das ist ein schlechtes Papier für Fotos. Ich finde, dass sie verbissen kontrolliert aussieht.«

Frau Hofmann besah sich das Bild ebenfalls. »Da muss ich Margot recht geben. Irgendwie wirkt das Mädchen verkniffen.«

Ich beugte mich der Mehrheit, obwohl mein Kobold anderer Meinung war.

Wenn die französische Zeitung auch ein Bluff sein konnte, um den wahren Aufenthaltsort von Lisa zu verschleiern, so war das Datum ein handfester Beweis, dass der Unbekannte sie hatte.

Aber war er mir wirklich unbekannt? Ich wurde das Gefühl nicht los, dass ich zumindest ahnte, wer er war.

»Ich werde aus dieser Art der Erpressung nicht schlau«, flüsterte Margot für sich und warf die Mail auf den Tisch. »Was sind das für Dokumente, und was hat dieser Pater damit zu tun? Ich kann da keine Verbindung zu Lisa herstellen.«

Frau Hofmann war seit dem Anruf seltsam wortkarg. Nachdem es in der Küche nichts mehr aufzuräumen gab, saß sie weltentrückt über einer Flasche Cognac.

»Mutter. Du trinkst sonst das ganze Jahr nichts. Was ist los?« Margot zog die Flasche auf ihre Seite des Tisches. »Wozu musst du dich seit gestern besaufen?«

Die Seniorin kippte den Schnaps hinunter und schüttelte sich, wie man versucht, ein lästiges Tier vom Rücken zu bekommen.

Sie beugte sich über den Tisch, zog die Flasche wieder an sich und schenkte sich ein. Nachdem sie auch dieses Glas geleert hatte, atmete sie tief durch.

»Seit Gerd erzählt hat, dass dieser Pater auch ein Este ist«, begann sie stockend, »ist mir klar, dass sich die Prophezeiung des Professors erfüllen wird. Es geht alles um diese verdammten Dokumente. Ich hatte gehofft, dass er nicht recht gehabt hätte. Aber es scheint keine Ruhe zu geben. Ich werde morgen an Simonte verkaufen. Ich sehe keine andere Möglichkeit mehr.«

»Hat das mit dem verschwundenen Urteil aus Ihren Unterlagen zu tun?«, fragte ich betont leise, der Neugier meines Kobolds folgend, dem die Verhaltensweise der alten Dame nie geheuer gewesen war.

Sie schaute mich mit müden, fast verzweifelten Augen an.

»Ja. Der Professor hatte anhand der Urteilsbegründung etwas herausgefunden, was so eine Art Umkehrung der Besitzrechte zugunsten der Urbesitzer am Münsterplatz bedeuten könnte, wenn ... ja, wenn was? Darüber ist er gestorben.«

»Was sollte denn ein Jesuit damit anfangen? Der darf doch sowieso keinen Besitz haben. Und wie es aussieht, lauert ohnehin die Kirche im Hintergrund. Das ergibt keinen Sinn«, wandte Margot ein.

Das war genau der Punkt, an dem auch meine Logik nicht weiterwollte. Der Erpresser wusste aus nicht nachvollziehbaren Quellen, dass es Dokumente gab. Pater Lutz hatte sich, für mich sehr auffällig, um die Klärung der Hintergründe bemüht. Was stand in Ottos Testament, wer hatte es, und wie passte das alles zusammen?

»Es gibt nur eine Möglichkeit. Der Erpresser ist der Unbekannte, und du bist sein Werkzeug. Rede mit dem Pater, und warte es ab. So einfach ist das«, folgerte Margot mit der ihr eigenen Art, Probleme zu sezieren.

In der Nacht überlegte ich mir, Kommissar Eibel einzuschalten. Verschob das Vorhaben aber, bis ich mit Lutz gesprochen hatte.

Frau Hofmann kam aufgelöst zum Frühstück. »Stellt euch vor, ich habe das Büro von Simonte angerufen ... und wer meldet sich da? Die Polizei. Was soll das denn?«

Die Hausdurchsuchung hatte ich in der Aufregung der letzten Stunden völlig vergessen. Damit war Dr. Simonte, wenn er denn etwas mit der ganzen Angelegenheit zu tun hatte, erst einmal ruhig gestellt und schied als unkalkulierbarer Faktor aus. Bis die Staatsanwaltschaft die Durchsuchung ausgewertet hatte, konnten Wochen ins Land gehen.

»Er scheidet aber auch als Käufer aus«, bemerkte Margot enttäuscht.

»Wenn er etwas zu verbergen hat, ja. Dann ist es besser jetzt als nachher. Wenn nicht, dann wird er das Café erst recht haben wollen. Ist so eine Art Lügentest«, versuchte ich den Frauen die Situation schmackhaft zu machen. »Vielleicht springt ja auch der Investor wieder auf.«

Frau Hofmann verzog das Gesicht.

»Ja, wenn alles den Bach runter und der Münsterplatz nur noch tote Hose ist«, meckerte Margot und verließ das Haus.

»Sie muss doch immer das letzte Wort haben«, schimpfte die Mutter, »oder sind Sie anderer Meinung?«

Es war in der kurzen Zeit, die ich in ihrem Haus war, selten vorgekommen, dass sie mich nach meiner Meinung gefragt hatte. Obwohl ich mich über ihre Hilfsbereitschaft nicht beklagen konnte, gelang es mir nicht, mich wie mehr als nur ein Gast und Liebhaber ihrer Tochter zu fühlen. Alles eben nur ...

Dabei pochte mein Instinkt mit jeder Stunde mehr darauf, dass mit der alten Dame auch etwas nicht stimmte.

»Was schauen Sie mich so an? Stimmt was nicht?«

Frag sie endlich!, tobte mein Kobold. Jetzt oder nie.

Ich überprüfte meine Mimik und veränderte sie in eine Spur freundlicher.

»Ich komme mit Ihrer Handlungsweise nicht klar«, formulierte ich vorsichtig, um nicht gleich mit einer Frage den Zugang zu ihr zu blockieren.

»Sie meinen das mit dem Finanzamt?«

Ich nickte. »Und der Bank und dem Investor. Ich verstehe den Zusammenhang nicht. Sind Sie in Schwierigkeiten?«

Es entstand eine lange Pause.

Ihre Überlegungen spiegelten sich in ihrem für dieses Alter faltenfreien Gesicht und kräuselten die Stirn.

»Ich habe mich etwas ... verspekuliert«, begann sie langsam. »An der Börse. Da fing die Sparkasse an, mir Probleme zu machen. Der Sparkassendirektor bot mir dann an, dieses Spiel mitzumachen, um einen möglichst hohen Preis für das Café zu erzielen. Sie verstehen?«

Und wie ich verstand. Die noch unter Simontes Verwaltung stehenden Lokalitäten sollten in den Ruin getrieben werden.

»Genau. Als der Banker starb, dachte ich mir, den Rest mit diesem System auch gleich entsorgen zu können. So würde das Café als einzig funktionierendes Lokal immer mehr wert, und ich könnte mich nicht nur sanieren, sondern noch ein schönes Sümmchen auf die Seite bekommen.«

»Wie es aussieht, scheint das System ja zu funktionieren«, lächelte ich nunmehr gequält.

»Vielleicht, vielleicht auch nicht. Dieser Erpresser gibt mir zu denken.« Sie schaute auf die Uhr. »Die Zeit läuft. Sprechen Sie mit dem Pater.«

25

Bis ich Pater Lutz aufgetrieben hatte, waren bereits zwölf Stunden des Ultimatums vergangen. Da er um einen ruhigen Treffpunkt bat, verabredeten wir uns im Büro des Cafés.

»Ich habe mich in diesem Aufzug kaum hier hereingetraut«, entschuldigte er seine Arbeitskleidung, die aus derben Stiefeln und einer blauen Latzhose bestand, die sich über seinem Bauch spannte. »Sie haben es so dringend gemacht, dass ich keine Zeit zum Umziehen hatte. Weil der Veterinär darauf bestand, haben wir die Tiere vom Hof entfernen müssen. Was kann ich für Sie tun?«

Er ließ sich in den Besuchersessel fallen und bediente sich an den Pralinen, die Margot in einer Glasschüssel zu einer Pyramide geschichtet hatte.

Ich schob ihm Lisas Bild und die Forderung des Erpressers hin.

Abwechselnd betrachtete er das Foto, dann die Forderung und spielte dabei mit seinen Bartlocken.

»Schöner Mist«, brummte er nach der fünften Praline. »Ich muss Ihnen dazu was erklären.«

Bedächtig, jedes Wort wählend, erzählte er die Geschichte seiner Familie.

Otto und er waren die direkten Nachfahren des kämpferischen Jesuitenmönches, aus dessen Schmähschrift der Professor die entscheidenden Seiten entwendet hatte. Und diese hatte jetzt vermutlich die Polizei bei Simonte gefunden.

Ihr Vater war der Sohn gewesen, der aus der Ehe der Tochter der kämpferischen Witwe hervorgegangen war.

Dem Grafen waren nach dem Ersten Weltkrieg der Titel und die italienischen Liegenschaften aberkannt worden, weil er auf der Seite der feindlichen Habsburger gekämpft hatte.

Otto hatte bereits in sehr jungen Jahren als Tagelöhner auf den ehemaligen Gütern der Familie zu deren Lebensunterhalt beitragen müssen, bis ihn seine beginnende Krankheit ein paar Jahre nach dem zweiten Weltkrieg für die Gutsherren wertlos machte. Er fand Unterkunft und Pflege in einem Jesuitenstift. Pater Lutz ging achtzehn Jahre später aus der zweiten Ehe des Grafen hervor. Da auch seine Zukunft nicht rosig war, wurde er, genau wie sein Vorfahr, zu den Jesuiten in die Ausbildung gesteckt, wo er sich als junger Mann bald einen guten Ruf erwarb und als Gastdozent Vorträge an allen Universitäten Europas halten durfte.

»Und hier begann mein Ehrgeiz, alles zu versuchen, unser ehemaliges Eigentum zurückzubekommen. Meine Reisen erlaubten es mir, in jedem Archiv Dokumente zu sammeln. In Italien ist es mir nach langen Streitigkeiten gelungen, wieder einen guten Teil herauszukriegen. Ich gründete eine Stiftung, der unter anderem das Gelände gehört, auf dem Otto sein Leben genießen konnte, wie er es wollte.«

»Und das wollen Sie mit dem Münster hier genauso machen?«

»Nein«, kam es scharf. »Ich will nur verhindern, dass sich hier gewisse Interessensgruppen breitmachen.«

»Kennen Sie die denn, und wie wollen Sie das anstellen?«

Er legte die Hände wie zum Gebet zusammen und stützte sein Kinn auf die Fingerspitzen. »Das ist noch zu früh. Erst einmal müssen wir das Kind freibekommen. Geben Sie diesem Kerl die Unterlagen, unter einer Bedingung ...«

Ich zog die Augenbrauen hoch. In dieser Situation war eine Bedingung das Letzte, was ich gebrauchen konnte.

»... Lisa und das Testament meines Bruders im Original.«

»Wie bitte?«

»Sie haben richtig gehört«, schmunzelte er. »Mein Bruder war mit einer Art Babyfon ausgestattet, damit nicht jemand rund um die Uhr bei ihm sein musste. Da konnte ich mithören, was er Ihnen gesagt hat, und da Sie und der Kommissar nichts gefunden haben, kann es nur dieser Mensch haben.«

»Und wer ist dieser Mensch?«, fragte ich zweifelnd.

Er schob sich eine Praline in den Mund und schmatzte. »Auf jeden Fall einer zu viel. Holen Sie sich die Unterlagen. Den Schlüssel zum Safe haben Sie. Ich sage der Sparkasse und dem Kommissar Bescheid.« Er stemmte sich aus dem Sessel und massierte sich die Halsmuskeln. »Schweine zu fangen ist hier wie da nicht leicht ...«

»Moment, Pater Este«, stoppte ich sein Vorhaben, sich zu verabschieden ...

»Lutz. Ich bin Pater Lutz. Was glauben Sie, warum der Orden einem die Möglichkeit gibt, den bürgerlichen Namen zu ändern? Das hat schon seinen Sinn.«

»Also wissen auch der Erzbischof und Simonte nicht, wer Sie wirklich sind?«

Er steckte sich wieder eine Praline in den Mund. »Außer Ihnen kennt hier niemand meine wirkliche Herkunft. Was soll die Frage? Sehen Sie lieber zu, dass Sie Lisa freibekommen.«

»Warum stopfen Sie mich dann mit Informationen voll, die mir letztendlich nichts nützen?«, wurde ich jetzt ungehalten.

Lutz setzte ein schelmisches Gesicht auf und steckte die Hände hinter den Latz der Hose.

»Sie sind Journalist und wollen eine Story. Das ist Ihr gutes Recht. Die sollen Sie auch haben. Aber geben Sie sich im Augenblick mit dem zufrieden, was man Ihnen sagen will. Niemand hat Sie gebeten, dass Sie Ihre Nase in alles hineinstecken. Verhalten Sie sich also wie ein stiller Beobachter und nicht wie ein Bluthund. Sie sind und bleiben hier ein Fremder. Beschränken Sie sich darauf, zum Erpresser Kontakt zu halten. Er hat Sie unglücklicherweise dazu ausersehen. Mehr tun Sie nicht. Halten Sie mich zu jeder Tageszeit auf dem Laufenden. Ich gebe Ihnen meine Handynummer.«

Er zog die Stirn zu einer scharfen Falte über der Nasenwurzel zusammen und wartete auf eine Regung von mir.

»Drei Tote, ein entführtes Kind, ein verunfallter Gerster, und Sie verlangen, dass ich den Beobachter spiele? Ich bin nicht der Handlanger von irgendjemand. Nein. Tut mir leid.«

Er zog die Hände aus dem Latz und stützte sich auf die Tischplatte.

»Habe ich Sie nicht frühzeitig gebeten, sich und Frau Solvay nicht in Gefahr zu bringen? Der Tod des Professors war ein Unfall, der Bankdirektor hat sich selbst umgebracht, und Gerster ist ein Schwachkopf. Also haben wir es hier nur mit dem einem vielleicht herbeigeführten Tod der Frau und der Entführung ihres Kindes zu tun. Und wer hat beide mit seinen journalistischen Vermutungen in die Schusslinie gebracht?« Er deutete mit dem Zeigefinger auf mich und richtete sich auf. »Ich hoffe, dass Sie mal darüber nachdenken.«

Er kritzelte seine Telefonnummer auf die Schreibtischunterlage und verabschiedete sich mit einem »Grüß Gott«.

»Habt ihr euch geprügelt?«, weckte mich Margot aus meinen Betrachtungen, die sich mehr damit beschäftigten, meinen verletzten Stolz zu pflegen, als sich um die Sachlage zu kümmern.

»Nein. Sehe ich so aus?«

»Na ja. Es gibt auch moralische Prügel. Und Jesuiten sind berühmt dafür, dass sie verbal sehr geschult sind.«

»Danke. Hättest mich vor dieser Spezies auch früher warnen können? Die ist ja waffenscheinpflichtig«, knurrte ich verärgert und suchte nach dem Schlüssel des Bankfachs und der Telefonnummer von Eibel.

Wenn ich mein Gesicht wahren wollte, musste ich den Kommissar vor dem Pater über Lisas Entführung informieren.

26

»Zeigen Sie mal her«, empfing mich Eibel.

Er studierte die beiden Blätter und rief einen Kollegen.

»Finden Sie heraus, von wo diese Mail geschickt wurde«, und zu mir gewandt: »Jetzt gehen wir beide die Unterlagen holen.«

Meine Laune verschlechterte sich mit jeder Minute und zeigte erste Anzeichen von Resignation, die bald in eine Depression übergehen würde.

Eigentlich war ich ein in der nationalen Presse anerkannter und geachteter Journalist. Aber diese Stadt verstand es, mich zu demontieren. Seit dem Tag, an dem ich den Professor flüchtig kennen gelernt hatte, wurde mein berufliches Interesse an seinem Umfeld mit einer ans Mystische grenzenden Perfidität missbraucht.

Die Leute, die ich aus eigenem Antrieb recherchiert zu haben glaubte, entpuppten sich bald als Spieler, die nur darauf gewartet hatten, mich als Marionette weiter zu führen. Oder ich war zu einem Stab in einem Stafettenlauf geworden. Jeder reichte mich dem anderen weiter. Mit jeder Übergabe wurde mir schwindliger, und der Läufer, der mich gerade in der Hand hatte, wurde sicherer, sein Ziel zu erreichen.

»Was ist?«, fragte Eibel, »unser Staatstaxi wartet. Haben Sie den Schlüssel?«

»Verdient ein Kommissar so schlecht, dass er einen Nebenjob bei der Schweizergarde haben muss?«, konnte ich mir den zynischen Unterton nicht verkneifen.

»Wie soll ich das verstehen?« Er machte ein Gesicht wie ein

Basset, dem man das Futter weggenommen hatte. »Soll das auf eine Beamtenbeleidigung hinauslaufen?«

»Weil Sie sich wie ein Söldner der Kirche verhalten. Ich brauche keinen Aufpasser.«

»Söldner der Kirche …«, knurrte er. »Jetzt *ist* es Beamtenbeleidigung. Betrachten Sie meine Begleitung als Objektschutz. Wobei ich mir noch nicht sicher bin, ob es das Objekt oder das Subjekt ist, welches Schutz verdient hat.«

Er prüfte seine Waffe und ließ sie unter der Jacke verschwinden.

»Brauche ich eine schusssichere Weste?«, frotzelte ich angesichts der Überbewaffnung für einen Gang zum Banksafe.

»Gehört zur Dienstkleidung, Sie studierter Intelligenzbolzen. Wenn Sie mir noch erzählen, was die Schweizergarde ist, sind wir quitt«, grinste er.

»Hat noch jemand einen Schlüssel?«, fragte Eibel die Frau, die uns in den Tresorraum geführt und mit dem Zweitschlüssel sozusagen »gegengeöffnet« hatte.

Sie überprüfte die Schlüsselkartei und schüttelte den Kopf.

»Nein. Es gibt nur den einen. Aber das Fach ist auf einen Otto Este und einen Pater Michael Lutz eingetragen. Beide Unterschriften sind hinterlegt.«

»Wann wurde der Safe das letzte Mal geöffnet?«

Sie schüttelte wieder den Kopf und versteckte die Karteikarte hinter dem Rücken. »Tut mir leid. Das darf ich Ihnen nicht sagen. Das sind vertrauliche Informationen.«

Eibel durchsuchte seine Taschen und fand seinen Dienstausweis in der Brieftasche.

Die Bankdame überlegte einen Moment und deutete dann auf eine Spalte auf der Karte.

»Herzlichen Dank. Wir wissen von nichts«, erklärte der Kommissar mit übertriebener Freundlichkeit und steckte den Ausweis jetzt in die Brusttasche.

»Ich lasse Sie allein. Wenn Sie mich brauchen, drücken Sie bitte auf den Knopf neben der Tür«, zog sich die Fau zurück.

»Nun machen Sie schon auf«, brummte er mich wieder mit der gewohnten Unzufriedenheit in der Stimme an.

Ich zog die Kassette aus dem Fach und platzierte sie auf einem Tisch.

Es war ein spannender Moment, jetzt vielleicht die ominösen Dokumente in die Hand zu bekommen, für die es Mord, Sabotage und Totschlag gegeben hatte. Die jetzt im Licht der Öffentlichkeit zeigen konnten, ob sie auch für etwas Positives zu gebrauchen waren. Vielleicht.

Der Inhalt bestand aus einem schwarzen Lederkoffer mit zwei goldenen Schnappschlössern, die mit einer Zahlenkombination gesichert werden konnten. Die Codierungsrädchen zeigten alle »null« an.

»Nun machen Sie schon. Da ist bestimmt keine Bombe drin«, drängte Eibel.

Die Schlösser schnappten auf und gaben eine dicke Dokumentenmappe frei.

Vorsichtig lüftete ich den Einband. Ein Deckblatt aus altem Büttenpapier mit einem Wappen, das ich bisher noch nie gesehen hatte, und einer Malschrift »In Memoriam« führte einen Stapel alter Dokumente an. Es waren einige hundert Blätter. Teils in gutem, aber überwiegend in stark beschädigtem Zustand, dass ich mich nicht traute, sie wie Buchblätter mit dem Daumen aufzufächern.

»Und?«, schaute Eibel mehr oder weniger interessiert zu. »Ist das Zeug so wichtig, dass davon ein Leben abhängen kann?«

Ich zuckte mit den Schultern und blätterte mit spitzen Fingern.

»Kann ich nicht sagen. Entweder ist es auf Latein oder Italienisch. Deutsch scheint nicht dabei zu sein.«

»Prächtig«, knurrte er. »Wieder nur was für Gebildete. Packen Sie das Zeug ein, und dann nichts wie raus hier. Ich lasse es im Büro kopieren. Hier stinkt es aus jedem Safe nach einer verbuddelten Leiche.«

»Ist bei Simonte schon was rausgekommen?«, fragte ich auf der Rückfahrt zum Kommissariat.

Eibel steckte sich an einer Ampel die Pfeife an, und für kurze Zeit verschwand die Außenwelt in einem um die Windschutzscheibe wabernden blauen Nebel.

»Nein. Noch nicht. Wir haben wohl das von Ihnen erwähnte Dokument gefunden. Einen Hinweis auf Lisa nicht, und er bestreitet auch, etwas mit der Entführung zu tun zu haben. Er hat aber sofort Widerspruch gegen die Durchsuchung eingelegt. Das zieht alles in die Länge.«

Damit ich mir die Dokumente näher ansehen konnte, räumte Eibel mir an seinem Schreibtisch eine Ecke frei.

»Sagen Sie bloß, dass Sie die Sprachen auch noch können«, beobachtete er mich über die Brille hinweg.

»Mehr schlecht als recht. Aber langsam komm ich in Übung.«

»Das beruhigt mich«, knurrte er mit der erkalteten Pfeife zwischen den Zähnen.

»Wir haben inzwischen den Versandort der Mail herausgefunden. Ein Internet-Café in Colmar, auf der französischen Seite des Rheins. Clever, der Typ. Bin mal gespannt, was ihm einfällt, um an die Dokumente zu kommen.«

Mit denen beschäftigte ich mich Seite für Seite und versuchte den Inhalt zu verstehen.

Nach mehr als einer Stunde war ich mir sicher: »Das sind nicht die Dokumente, die der Kerl haben will.«

Es waren zwar Beweise für den Stamm der Este, daran gab es keinen Zweifel, aber für die andere Linie des älteren Bruders des Doktoranden, dessen Spur sich 1859 in Italien verloren hatte. Demnach war diese Linie nach dem Tod des Bruders nur noch in weiblicher Erbfolge geführt worden und ihr Adel im Laufe der Zeit herabgesunken. Simontes verstorbene Frau war die Letzte, die noch in direkter Linie aus diesem Geschlecht stammte.

Der Professor hatte recht gehabt. Sie war keine Adlige mehr gewesen. Höchstens eine Bürgerliche mit dem Zusatz »von«. Und Enrico war ihr Halbbruder, der von irgendwoher mit eingebracht worden war.

»Verstehe kein Wort«, murmelte Eibel. »Was soll das?«

»Diese Unterlagen sind eigentlich für niemanden von Wert. Sie beweisen nur, dass etwas nicht mehr zu beweisen ist. Aber Otto wollte mir damit was sagen.«

»Oder der Pater«, grunzte Eibel und trommelte mit den Fingern auf dem Tisch. »Der war eine Stunde vor uns am Safe.«

Was war das denn jetzt? Es sollte nur einen Schlüssel zum Bankfach geben. Und den hatte ich.

»Das sollte Ihnen zu denken geben«, konstatierte Eibel.

»Was mir mehr Gedanken macht, ist warum war er, nachdem er mich gebeten hat Sie zu beauf …, ich meine, zu begleiten, vor uns am Schließfach?«

»Sagen Sie 's mir.«

»Er hat die Unterlagen ausgetauscht«, war meine Erklärung.

»Und wozu?«

Er knirschte mit den Zähnen und trommelte mit einem Bleistift einen stakkatohaften Rhythmus auf der Schreibtischkante.

»Sie nerven«, versuchte ich das Geräusch zu unterbinden, um mich auf ein Gespräch mit meinem Kobold zu konzentrieren.

Ich ließ Lisas Foto mit der Zeitung auf mich einwirken. Hier lag die Lösung und wartete darauf, erkannt zu werden.

»Was macht Lisa für ein Gesicht?«, hielt ich das Bild Eibel hin.

Er studierte eine Minute den Farbausdruck und lächelte. »Sie sieht nicht so verängstigt aus, wie man es bei einer Entführung gewöhnt ist.«

»Genau. Sie kennt den Entführer und misstraut ihm nicht. Wer ist die einzige noch lebende männliche Bezugsperson, die sie näher kennt?«

Eibel lehnte sich zurück und suchte meinen Blick. »Das Geld für Ihr Studium wahr wohl doch nicht ganz zum Fenster hinausgeworfen. Hätten Sie was Anständiges gelernt, könnten Sie heute Polizeipräsident sein. Hartmann!«, brüllte er ansatzlos nach seinem Kollegen. »Suchen Sie mir alles über den Schwager von Simonte raus. Diesen Enrico. Was weiß ich, wie der mit Familiennamen heißt. Der Kerl, der mal auf dem Münstercafé war. Sie wissen schon.«

»Warum wurde der Unfall des Professors nicht weiter untersucht?«, nutzte ich die Pause.

Er kratzte die Pfeife aus und versuchte sie mit einem längst verbrauchten Putzer zu säubern.

»Weiß auch nicht. Die Staatsanwaltschaft ist mir keine Rechenschaft schuldig. Es hing wahrscheinlich mit dem Straßenbahnführer zusammen. Der Kerl war nicht das erste Mal betrunken. Da haben die Verkehrsbetriebe, bei denen der Oberbürgermeister im Vorstand ist, wohl Angst um ihr Image gehabt. Lieber hat man den Unglücksfahrer aus dem Verkehr gezogen und in eine Entziehung gesteckt, als eine Untersuchung zu riskieren. Die da oben spielen ihr eigenes Spielchen. Ich rege mich darüber nicht mehr auf. In zwei Monaten gehe ich in Pension, und dann können die mich alle mal. Noch irgendeine nicht zu beantwortende Frage?«

Er stopfte sich die Pfeife, zündete sie an und blies eine dicke Wolke an die Decke.

»Laut Betriebsvereinbarung ist das Rauchen in den Büros zwar untersagt, aber ich bin zu alt, um noch jeden Mist mitzumachen. Also, Sie wollen doch noch was wissen ...«

»Ja. Wie ist der Erkenntnisstand über den angeblichen Betrug durch den Sparkassendirektor an Simonte?«

Eibel kratzte sich hinter dem Ohr und zog ein missmutiges Gesicht.

»Das wüsste ich auch ganz gerne. Aber die Bank hat keine offiziellen Stellen eingeschaltet. Die anonyme Anzeige ist nur bei der Bankenaufsicht eingegangen. Dass es da überhaupt was gegeben haben soll, haben wir und meine Kollegen vom Wirtschaftsdezernat auch nur aus der Presse erfahren. Und die beruft sich auf einen Informanten, den es zu schützen gilt. Aber das kennen Sie ja. Die Bank selbst verweigert jede Auskunft. War's das?«

»Nein. Ich verstehe Ihr Verhalten nicht. Sie tun so, als ob es sich bei dem Tod des Bankers, von Frau Solvay und der Entführung von Lisa um eine Bagatellsache handelt.«

Diese als Aussage in den Raum gestellte Frage ließ mich nicht los, seitdem ich dem Kommissar das erste Mal begegnet war. Es mochte an meiner Ungeduld liegen oder an der Abgeklärtheit eines vor der Pensionierung stehenden Beamten, aber um die Fälle zu klären, stellte ich mir bei drei Kapitalverbrechen etwas mehr Action vor.

Eibel verzog den Mund zu einem Grinsen und lehnte sich im Sessel zurück.

»Sie sehen zu viel Krimis ...«, brummte er. »In unserem Job schreibt das Leben das Drehbuch. Wir sind kein Verlag mit Druckterminen, Satz- und Umbruchzeiten oder wie man das bei euch sagt. Tot ist tot. Die Leiche läuft uns nicht mehr davon. Der Mörder taucht in aller Regel erst einmal weg und kann in den allerseltensten Fällen innerhalb von neunzig Minuten Sendezeit gefunden werden. Also keine preußische Hast.«

Er kramte in der Schreibtischschublade nach einer neuen Pfeife und blies die verbliebenen Tabakreste in den Raum.

»Bei einer Entführung ist das ein bisschen anders. Da zählt die Zeit. Aber wir wissen das ja erst seit ein paar Stunden von Ihnen, und ...« Rauchwolken nebelten ihn ein, »... und wenn dieser Enrico vielleicht doch Lisas Vater ist, dann ... ja dann haben wir ein juristisches Problem. Sie verstehen?«

Ich verstand. Er benutzte nur eine andere Plattform als der Pater, um mir klarzumachen, dass ich mich nicht einmischen sollte.

Hartmann brachte die Unterlagen und schüttelte den Kopf. »Wir haben noch nicht einmal ein Foto von diesem Enrico.«

Eibel blätterte kurz in der Mappe und warf sie auf den Tisch.

»Verdammt wenig. Enrico hat mal Simonte wegen Betrug angezeigt. Simonte hat auf die gleiche Weise geantwortet. Beide haben die Anzeige zurückgezogen. Seither ist er unbekannt verzogen. Frau Solvay hat eine Vermisstenanzeige erstattet, aber auch die wurde widerrufen. Das war's.«

»Ich habe die französischen Kollegen informiert, dass wir ihn suchen«, nahm Hartmann die Mappe wieder an sich. »Wenigstens haben wir jetzt einen Namen: Di Piemont. Ist ja nicht sehr häufig.«

Eibel nuckelte lautstark an seiner Pfeife.

»Scheiße. Erinnern Sie sich, wem Sie Ihre Handynummer gegeben haben? Los, strengen Sie Ihre Gehirnzellen an«, forderte er mich missmutig auf.

Mir fiel nur der Sanitäter ein, der mich in der Klinik darum gebeten hatte.

»Hartmann. Sofort in die Uni. Der muss es sein. Die haben auch Fotos von ihrem Personal. Lassen Sie sich die Personalakte geben. Dalli. Das Ultimatum läuft.«

Margot klang verzweifelt. »Kannst du mal im Café vorbeikommen? Es eilt.«

Mehr sagte sie nicht.

Ich legte die Unterlagen in den Koffer und verabschiedete mich.

»Moment mal . . .«, rief Eibel hinter mir her, »Sie lassen das Zeug gefälligst hier.«

»Sie waren nur Beobachter und Leibgardist. Offiziell gibt es diese Unterlagen nicht. Und mich hat der Entführer als Kontaktperson auserkoren, nicht Sie. Finden Sie lieber heraus, warum Ihr Pater die Papiere ausgetauscht hat.«

»Mistkerl, verdammter«, hörte ich ihn noch fluchen, als ich die Bürotür hinter mir schloss.

27

Die Sitzplätze vor dem Café waren zu dieser Tageszeit ungewöhnlich dünn besetzt, und die Bedienung war dabei abzukassieren.

Margot saß mit einem hageren älteren Mann an einem Tisch. Sonst war der Raum menschenleer.

»Was ist denn hier los?«, ließ ich mich neben ihr nieder. »Ist eine Seuche ausgebrochen?«

Margot verzog die Mundwinkel zu einem flüchtigen Lächeln.

»So ähnlich. Das ist Dr. Halbach«, stellte sie mir den Herrn ihr gegenüber vor, der flüchtig nickte und weiter in einer Akte blätterte.

»Das Gesundheitsamt hat mir das Café geschlossen ...«

»Bis auf Weiteres«, bestätigte der Doktor und notierte sich etwas.

»Einige meiner Stammkunden sind an Salmonellen erkrankt. Jetzt läuft die Untersuchung.«

»Wahrscheinlich das Eis«, brummte der Doktor, ohne von den Unterlagen aufzusehen.

»Machst du denn dein Eis selbst? Das wusste ich nicht.«

»Ja«, antwortete Dr. Halbach für Margot. »Genau das ist das Problem. Die Kühlung muss ausgefallen sein, ohne dass es jemand gemerkt hat. Aber laut Aufzeichnung *ist* die Kühlung nicht ausgefallen.«

»Verstehe kein Wort«, musste ich zugeben.

»Das gesamte Kühlsystem im Keller wird elektronisch überwacht«, klärte mich Margot auf. »Wenn es nur die geringste Temperaturschwankung gibt, wird das aufgezeichnet. Wenn etwas total ausfällt, werde ich sogar über Handy informiert. Aber die Aufzeichnung sagt, dass die Anlage anstandslos funktioniert hat. Trotzdem muss sie für mehrere Stunden ausgefallen sein.«

»Nach spätestens drei Stunden ist das Eis hinüber«, murmelte Halbach.

»Das merkt man doch, wenn das Zeug geschmolzen ist«, warf ich ein.

»Laut Aufzeichnung und der Aussage von Frau Hofmann war es aber nicht geschmolzen«, brummte Dr. Halbach. »Wenn ich nicht mit der Seniorchefin befreundet wäre, ginge mich das auch alles nichts an. Café zu, dicke Strafe, noch mehr Auflagen, basta! Aber als Freund des Hauses habe ich selbst Interesse daran, dass dieses Rätsel geklärt wird. Wer hat Zugang zu den Räumen?«

»Ich und die Konditoren – und die Firma, die die Wartung macht.«

Halbach nickte. »Die Wartungsintervalle sind eingehalten worden. Verstehe ich nicht. Tut mir leid. Wir müssen die Untersuchung der Proben abwarten. Das kann ein paar Tage dauern. Ich gebe Ihnen sofort Bescheid.«

Damit erhob er sich und verabschiedete sich mit einer angedeuteten Verbeugung.

Margot rieb sich die Augen und schüttelte sich. »Brrr. Ich glaube zu träumen. Ein paar mikroskopisch kleine Viecher machen uns die Existenz kaputt. Das darf doch nicht wahr sein. Jetzt braucht Simonte nur noch zu warten. Dann muss ich um jeden Preis verkaufen. Toll.«

»Können die Salmonellen von außen eingeschleust worden sein?«

»Nein. Es kann nur an der Kühlung gelegen haben. Der Hersteller schickt mir morgen einen Fachmann, der das klären soll, warum die ausfallen kann, ohne dass es registriert wird. Und warum fällt die ausgerechnet nachts aus und springt dann wieder an, als sei nichts geschehen? Tagsüber wäre es ja aufgefallen.«

»Sabotage?«

Margot seufzte. »Habe ich auch schon dran gedacht. Aber darum sollen sich andere kümmern. Jetzt ist es zu spät. Schlimm ist noch, dass nicht auf den Tag genau zu sagen ist, wann der Ausfall war. Verstehst du? Wenn es der Teufel will, habt ihr, du und der Erzbischof, im Omelette genau die verdorbene Charge erwischt. Die Inkubationszeit beträgt mindestens drei Tage. Wenn es dir also bald schlecht wird, kann ich die Zeit einkreisen.«

»Sehr beruhigend«, schmollte ich und befragte meine Gedärme nach ihrem Befinden. »Mir ist jetzt schon kotzübel.«

Margot lachte. »Zu früh, mein Lieber. Noch ist es Einbildung. Bist du wenigstens weitergekommen?«

Ich verneinte. »Der Pater spielt ein Spiel, und der Kommissar scheint die Angelegenheit bis zu seiner Pensionierung hinausziehen zu wollen.«

Margot steckte sich ein Zigarillo an und schaltete die Beleuchtung in den Vitrinen aus.

»Die stecken hier alle unter einer Decke. Wird dir nichts anderes übrig bleiben, als morgen Nacht auf weitere Anweisungen des Entführers zu warten. Wenn es dieser Enrico ist, dann hat Lisa ja nichts zu befürchten.«

»Wenn nicht ...?«, fragte ich mich und ging den mir bekannten Personenkreis durch.

Dann war noch jemand im Spiel, der bisher noch nicht aufgetreten war.

»Was hältst du von der Theorie, dass dieses Chaos unter uns Gastronomen, die Toten und die Entführung zusammenhängen?«, fragte Margot und ließ das Wasser aus der Kaffeemaschine.

Mit dieser Möglichkeit hatte ich mich auch schon beschäftigt, sie aber als unwahrscheinlich verworfen. Es waren zu viele Fäden, die ein Einzelner nicht führen konnte. Simontes Interesse war klar. Auch Pater Lutz machte, zumindest mir gegenüber, keinen

Hehl aus seinem Vorhaben, das Eigentum der Familie zurückzugewinnen.

Nein. Ohne Ottos Testament war jeder Ansatz zur Lösung zum Scheitern verurteilt. Was hatte dieser Eigenbrötler an seinem Bruder und somit eigentlichem Erben eines ohnehin hoch strittigen Besitzes vorbei verfügt?

Nachdem Margot das Personal in Zwangsurlaub geschickt und ein Schild »Betriebsferien« an die Tür gehängt hatte, saßen wir beim Abendbrot.

Eine bleierne Stimmung hing im Raum, die es uns schwer machte, ein Gespräch aufkommen zu lassen. Jeder von uns hing seinen Gedanken nach und vermied es, den anderen anzuschauen.

»Ich verstehe das nicht«, durchbrach die Seniorin das Schweigen. »Selbst zu der Zeit, als Kühlmaschinen noch die Ausnahme waren, ist uns so etwas nie passiert. Das geht doch nicht mit rechten Dingen zu. Das bedeutet einen Einkommensverlust von mindestens zwei Wochen. Vom Imageverlust ganz zu schweigen.«

»Mutter, damals haben wir noch kein Eis gemacht«, warf Margot ein. »Und wenn du dich an der Börse verspekuliert hast, sind wir noch lange nicht pleite. Denn ich habe nicht gezockt. Also gib bitte Ruhe.«

»Woher weißt du das?« Die alte Dame schaute dabei mich an.

»Nicht von Gerd. Halt mich bitte nicht für blöd. Ich kenne doch unsere Finanzen«, ärgerte sich Margot. »Kapier endlich mal, dass ich das Geschäft führe. Und geh mir nicht dauernd mit deinen alten Kamellen aus dem letzten Jahrhundert auf die Nerven. Ich bin es leid, wie ein kleines Kind behandelt zu werden. Leg endlich dieses Gutsherrinnengehabe und deine Raffsucht ab. Ich führe den Laden, wie ich es für richtig halte, und ich werde schwanger, wenn es mir passt. Haben wir uns verstanden?«

Sie schlug mit der Faust auf den Tisch, dass die Tassen schwappend einen Teil ihres Inhaltes freigaben.

Einen Moment herrschte betretenes Schweigen.

Die Blicke der Frauen kreuzten sich wie Degenklingen.

Mein Handy gab Laut und lenkte die Spannung um.

»Eibel. Ihr Sanitäter ist tatsächlich mit Enrico identisch. Er wohnt im Elsass unter einem anderen Namen. Ist aber verschwunden. Pater Lutz ist übrigens auch nicht zu erreichen. Und noch etwas ... mir liegt das abschließende Ergebnis der Obduktion von Frau Solvay vor ... es wurde ihr ein Medikament verabreicht, gegen das sie allergisch war. Sie ist letztendlich an einem Schock gestorben. Ach ja ... wir haben noch einen Toten. Gerster ist nicht mehr aus dem künstlichen Koma erwacht. Wir untersuchen das gerade. Scheint nicht mit rechten Dingen zuzugehen. Bis morgen.«

Der Unbekannte schien sich aller Zeugen zu entledigen, die mit den Dokumenten zu tun gehabt hatten.

Langsam wurde mir bei dem Gedanken mulmig, dass doch jemand nach einem fein ausgeklügelten Plan arbeitete. Aber wer konnte solch ein Durcheinander anrichten, ohne den Überblick zu verlieren?

Noch vierundzwanzig Stunden, dann lief das Ultimatum ab.

Der nächste Tag wollte sein Ziel, die Geisterstunde, nicht erreichen. Zäh zog sich die Zeit dahin.

Die Seniorin hatte noch vor dem Frühstück wortlos das Haus verlassen, und Margot hatte sich kurz danach mit einem »Bis später!« empfohlen.

Ich begann das Geschehene zu ordnen und zu einer Story zu formen. Weit kam ich nicht. Mir fehlte immer noch der rote Faden, der der Geschichte den durchgängigen Sinn gab. Mir blieb nichts anderes übrig, als der Dinge zu harren und mir die Zeit mit Nichtstun zu vertreiben.

»Stell dir vor, die Kühlung ist manipuliert worden«, stürmte Margot gegen fünfzehn Uhr herein und riss mich aus meinen Gedanken, die sich wie ein Brummkreisel immer und immer wieder um ein und dasselbe Thema drehten. »Der Temperaturschreiber ist überbrückt worden, und die Zeitschaltuhr wurde vor vier Tagen zwischen Mitternacht und sechs Uhr auf Abtauen gestellt. In der Nacht sank die Außentemperatur nicht unter zwanzig Grad«, sprudelte sie weiter, »sodass das Eis in der Zeit seine kritische Temperatur erreichen konnte. Dann wurde es, sozusagen als Softeis, wieder gekühlt. Keiner konnte es merken. Ich war schon bei der Polizei.«

»Und wer sollte das getan haben?«, fragte ich, wobei ich mit den Gedanken eher bei Lisa war, die mir nicht aus den Kopf ging.

Margot verstand meine beiläufige Frage. »Verzeihung. Das sind wirklich Lappalien gegen die Entführung eines Kindes. Aber ich musste es loswerden, sonst würde ich Mutter den Kragen umdrehen.«

»Was hat die schon wieder angerichtet?«, wollte ich mit einer Spur mehr Interesse wissen.

Sie stellte die Kaffeemaschine an und deckte den Tisch.

Nach der Café-Mirabelle-Prozedur schob sie mir eine Art Kalender zu. Es war das Service-Buch der Kältemaschinen.

»Ja, und?«, blätterte ich ziellos darin herum.

»Wir haben einen Wartungsvertrag mit der Herstellerfirma. Gehabt. Mutter hat diesen in ihrem Sparwahn vor einem Jahr gekündigt und einen billigeren örtlichen Service genommen.«

»Sparen ist immer gut«, grinste ich.

»Ja, aber nicht am falschen Ende.« Margot lief rot an und verdoppelte die Mirabelle-Menge in ihrem Kaffee. »Ich war bei diesem Betrieb und habe mir die Unterschriften der Wartungstechniker in diesem Buch entziffern lassen, und was glaubst du, wer die Anlage zu diesem Zeitpunkt gewartet hat?«

»Bin ich Jesus?«, zuckte ich mit den Schultern.

»Ein Heinrich Wolter, seines Zeichens Messner – oder Küster, wie ihr sagt – im Münster. Der Kerl verdient sich so nebenbei bei dieser Firma ein paar Euros. Und weißt du, wem das Unternehmen gehört?« Sie zündete ein Zigarillo an und verstärkte die Kaffeemischung in Richtung Schnaps. »Der Verwaltungsgesellschaft eines Dr. Simonte.«

»Hoppla!«, entfuhr es mir. Jetzt war ich wieder ganz bei der Sache.

»Denkst du jetzt, was ich vermute?«, beugte sie sich zu mir. »Ich habe mal erst Anzeige gegen Unbekannt erstattet. Bis diese Trottel dahinterkommen, ergibt sich vielleicht heute Nacht etwas für dich daraus. Wenn nicht, kann ich die Polizei ja immer noch schlau machen. An dem Faktum der Salmonellen ist nun mal nicht zu rütteln. Das Verfahren gegen mich ist eingeleitet. Es eilt also nicht.«

Wieder ein Bauer mehr auf dem Spielfeld, an den ich noch nicht gedacht hatte. Dass dieser Mensch in meiner untersten Sympathie-Schublade lag und Pater Lutz ihn als seine Augen und Ohren bezeichnet hatte, hatte mich blind für ihn gemacht.

Noch sechs Stunden bis zum Ultimatum, als die alte Dame nach Hause kam.

Wortlos verschwand sie in ihren Räumen. Margot schüttelte den Kopf.

»Dickschädel, verdammter. Wenn der was nicht passt, schmollt sie tagelang. Ich frage mal, ob ich ihr was zu essen machen soll«, sagte sie, kam aber nach wenigen Minuten wieder zurück.

»Sie hat schon gegessen. Ihr ist eine Laus namens Simonte über die Leber gelaufen. War ja zu erwarten. Er ist nur zu einem stark verminderten Preis am Kauf interessiert. Er müsste den Imageverlust auffangen und so 'n Zeug. Verstehst du das? Warum hat er uns dann ein paar Tage vorher noch einen weit höheren Preis geboten?«

»Salmonellen sind nicht dressierbar. Also konnte er sich nicht sicher sein, dass sein Anschlag – wenn es denn einer war – funktionieren würde. Jetzt demütigt er euch, zeigt euch, wer der Herr am Münsterplatz ist. Es war keine gute Idee deiner Mutter, gegen ihre eigene Erkenntnis zu handeln, dass Simonte gefährlich ist. Mit der Anzeige beim Finanzamt stehen nicht nur die Wirte auf wackeligen Beinen, sondern auch Simontes Ruf.«

Sie zog die Stirn in Falten. »Du meinst, er weiß ...?«

»Er ist kein Dummkopf. Zumindest dürfte er vermuten, woher die Anzeige kam. Ehrlich, ich wäre an seiner Stelle auch zu keiner anderen Erkenntnis gekommen. Wer außer euch hätte sonst Interesse an dieser ... na ja, Intrige haben können?«

Margot quittierte meine leise Vorhaltung mit einem tiefen Grollen und einem kräftigen »Scheiße«.

Es verblieben noch fünf Stunden, als mein Handy einen Anruf von auswärts registrierte.

»Gehen Sie online«, war alles, was der Unbekannte sagte.

»Es geht los«, schreckte ich Margot hoch, die den Kopf in die Hände gestützt hatte und ein Zigarillo von einem Mundwinkel in den andern schob.

»Oje. Hoffentlich hängt da nicht wieder eine Datei dran«, quiekte sie und startete die Mailbox.

... seien Sie in genau einer Stunde an der Raststätte Bad Bellingen. Halten Sie in Höhe der Tankanlage. Lassen Sie das Handy eingeschaltet und warten auf weitere Anweisungen. Unterlagen nicht vergessen...

In einer Stunde wurde es dunkel. Der Vorteil lag auf der Seite des Unbekannten.

»Willst du nicht Eibel informieren? Das kann gefährlich werden.«

Ich ließ die Information ein paar Sekunden in mir sacken. Jetzt war es so weit. Meine Story hatte ein Packende.

»Nein«, sprach mein Kobold aus mir. »Eibel ist ein Trampeltier, und ich traue ihm nicht. Ich mache das ohne ihn. Wenn etwas schiefgeht, rufe ich dich an.«

Ob mein Gegenspieler das zulassen würde, bezweifelte ich, behielt es aber für mich.

»Hast du deinen Pass oder Ausweis dabei. Das riecht nach Schweizer Grenze. Willst du nicht lieber die alte Pistole von Vater mitnehmen. Herrgott, wo kann die sein ...« Sie raufte sich die Haare und suchte hektisch in den Schränken. »Und gegessen hast du auch noch nichts.«

»Pssst, ganz ruhig«, fing ich sie am Geschirrschrank ein und nahm sie in die Arme.

28

Der Tag schlüpfte bereits in sein Nachtgewand, als ich die Tankstelle erreichte.

Angestrengt hatte ich im Rückspiegel versucht einen Wagen auszumachen, der mir folgte. Ich war mir sicher, dass mich jemand beschattete. Aber zu dieser Tageszeit strebten einige hundert Schweizer zurück in ihre Heimat, und dementsprechend wuselig war der Verkehr. Wer immer auch folgte, hatte beste Chancen, nicht entdeckt zu werden.

»Gut geplant«, brummte ich und parkte so, dass der Wagen noch im Restlicht der Tankstelle zu erkennen war.

Mit zwei belegten Brötchen und einer Cola vertrieb ich mein Magenknurren und beobachtete dabei den nicht abreißen wollenden Strom von Fahrzeugen. Ich horchte in mich hinein, stellte aber nur eine gewisse Anspannung fest. Warum dauerte das Warten so lange? Der Unbekannte ließ sich Zeit. Margot anzurufen, traute ich mich nicht. Nachdem sie heute das erste Mal Nerven gezeigt und so etwas wie Sorge um einen ihr eigentlich unbekannten Menschen ausgedrückt hatte, mahnte mich mein Gefühl, ihr nicht noch mehr Verunsicherung und, ja, Angst zuzumuten.

Die Beifahrertür wurde aufgerissen.

»Hab mir's doch gedacht. Sie wollen die Story für sich. Denken wohl, ich sei ein alter Trottel.«

Eibel ließ sich auf den Sitz fallen.

»So nicht, mein Freund. Hier können Sie warten, bis Sie anwachsen. Ich geben Ihnen den guten Rat: verschwinden Sie lieber im Bett Ihrer Freundin. Die französischen Kollegen haben Enrico verhaftet. Der gibt keine Anweisungen mehr.«

Er grinste im Licht der Innenbeleuchtung wie eine diabolische Maske.

»Hätten Sie mir die Fahrt dann nicht ersparen und mich über Handy informieren können?«

Er wälzte sich aus dem Sitz und zog sich an der Dachkante aus dem Wagen.

»Nein. Ich wollte Ihr dummes Gesicht sehen. Gute Nacht.«

Zornig startete ich den Wagen und beschleunigte, dass die Tür von selbst zufiel.

»Dreckspatz, verdammter«, schrie ich die Musik aus dem Radio nieder.

Irritiert reihte ich mich in den Verkehr ein und fand mich nach ein paar Minuten an der Deutsch-Schweizer Grenze wieder.

»Haben Sie etwas anzumelden?«, holte mich der Schweizer Zöllner ins Jetzt zurück. Ich schüttelte den Kopf.

»Sie benötigen eine Vignette.«

Bevor ich reagieren konnte, hatte er mir das Ding innen an die Windschutzscheibe geklebt.

»Ich will das Ding nicht. Ich will überhaupt nicht in die Schweiz«, fuhr ich ihn an, als er vierzig Franken verlangte. »Das sind doch Raubritter-Methoden ...«

Mein Handy summte, der Zöllner hielt mir immer noch seine offene Hand vors Gesicht.

»Geben Sie ihm dreißig Euro«, drang eine Stimme aus dem Handy. »Wir können keinen Ärger gebrauchen. Und fahren Sie zurück. Sie erhalten weitere Anweisungen.«

Es war die gleiche Stimme, die mich vorher angerufen hatte. Wenn Enrico verhaftet war, wer war er? Wie es aussah, ließ er mich keinen Moment aus den Augen.

Der Verkehr in nördliche Richtung war schwach. Nur die Geschwindigkeitsbegrenzung auf der Autobahn hinderte mich, meinen Zorn in Vollgas umzusetzen.

Nach zirka hundert Kilometern meldete sich mein »Begleiter« wieder.

»Nehmen Sie die Ausfahrt Kehl-Strasbourg. Fahren Sie über die Europabrücke nach Strasbourg und warten dort gleich nach der Grenze vor der Touristeninformation.«

Ich wollte etwas sagen. Irgendetwas, um meine Anspannung loszuwerden. Dann war die Verbindung bereits wieder abgebrochen.

Bevor ich den Übergang erreichte, steuerte ich die »letzte Tankstelle vor der Grenze« an. Trotzig aß ich im Bistro eine Pizza und gönnte mir eine Flasche Bier. Mit einem Zigarillo und einer Tasse Kaffee ließ ich mir besonders viel Zeit, denn mir schien, dass der Unbekannte es sehr genau mit der Zeit nahm. Es war noch eine Stunde bis zum Ablauf des Ultimatums. Und wenn nicht, dann sollte er jetzt warten.

Straßburg. Oder Strasbourg, wie die Franzosen sagen. Auch eine Münsterstadt, mit einer nahezu identischen Geschichte und, wie ich mich erinnerte, einer ähnlichen Konstellation der Gastronomie um die Kathedrale.

Mich fröstelte, obwohl es ein warmer Spätsommerabend war. Die Luft roch modrig und doch scharf.

Sie roch nach dem Fluss, der 1801 im Lunéviller Frieden zur endgültigen Grenze zwischen Frankreich und Habsburg geworden war und somit die Ereignisse heraufbeschworen hatte, die zweihundert Jahre später zu Mord, Entführung, Sabotage, Missgunst und Habgier führten. Der Rhein hatte die Zeit nicht hinweggespült. Er hatte sie als Sediment an seinen Ufern abgelagert, aus dem jederzeit neues Unheil erwachsen konnte.

Warum fiel mir das Lied »Sechzig Jahre und kein bisschen weise, aus gehabtem Schaden nichts gelernt« ein?

Frau Hofmann hatte es bestens formuliert und gleich selbst den

Beweis erbracht. *Wir können aus der Geschichte nichts lernen. Sie ist uns zu bekannt ...*

Im Schritttempo überquerte ich die Grenze. Die Zöllner auf beiden Seiten hatten sich in ihre Glaskästen zurückgezogen und machten keine Anstalten, Fahrzeuge oder Fußgänger zu kontrollieren.

Nach zweihundert Metern stand das schwach beleuchtete Info-Center zwischen den Fahrbahnen.

Kaum hatte ich unter einer Laterne geparkt, meldete sich der Unbekannte, und ein Taxi fuhr vor.

»Nehmen Sie das Taxi. Der Fahrer weiß, wohin.«

Noch zehn Minuten bis Mitternacht. Langsam kroch doch etwas wie Unwohlsein in mir hoch.

Der Unbekannte kannte jede meiner Bewegungen. Ich wusste nur, dass Enrico es nicht war, der mich wie einen dressierten Hund an der Leine durch das halbe Land führte.

Von irgendwoher schlug eine Glocke Mitternacht, als mich der Fahrer am Münster absetzte.

»Gehen Sie auf die Orgel, und warten Sie«, gab er mir in elsässischem Dialekt die Anweisung.

Ich strebte einem offenen Portal zu, aus dem Menschen quollen, und arbeitete mich durch die Menge hindurch ins Innere vor.

An einer Anschlagtafel nahm ich flüchtig wahr, dass es sich um ein Mitternachts-Konzert gehandelt hatte.

Der Aufgang zur Orgel war schnell gefunden. Die Baumeister jener Zeit mussten schon standardisierte Baupläne für alle Sakralbauten auf ihrer Wanderschaft gehabt haben.

Der Organist hatte mich erwartet. Er taxierte mich kurz und warf einen prüfenden Blick über die Brüstung. Zufrieden nickte er und bedeutete mir, ihm zu folgen.

Er schob ein Paneel in der Orgelverkleidung beiseite und wartete, bis ich hindurchgeschlüpft war. Er schloss die Tür hinter uns und quetschte sich mit einer Taschenlampe an mir vorbei.

Eine knarrende Wendeltreppe führte hinab. Je tiefer wir stiegen, umso dumpfer wurde die Luft. Ich folgte seinem Schatten, der sich im Lichtkegel wie ein Scherenschnitt vor mir her bewegte.

Der Gang war eng und glitschig. Ich wurde das Gefühl nicht los, dass wir uns durch Heerscharen von Ratten bewegten. Ich verlor jedes Zeit- und Orientierungsgefühl. Eine Abzweigung folgte der anderen. Ohne Führung war hier jeder hoffnungslos verloren.

Nach Stunden – oder waren es nur ein paar Minuten – erreichten wir eine Treppe, die wieder nach oben führte. Der Organist klopfte an eine Tür in einem Rhythmus, der sich wie ein Zeichen anhörte.

Die Pforte schwang auf. Ein Wesen in einer Kutte, dessen Gesicht von einer Kapuze verdeckt wurde, murmelte etwas, was sich wie »Folgen Sie bitte!« anhörte.

Die Gänge wurden breiter und beleuchteter. Ein Treppenhaus folgte, mit einer breiten Steintreppe, die mit einem kunstvoll geschnitzten Geländer versehen war. Ein schmiedeeiserner Kronleuchter, der vom Abschlussstein eines romanischen Gewölbes herabhing, beleuchtete einen kleinen Innenhof.

Der Mönch klopfte an eine Holztür, die mit ihren Schnitzereien und Intarsien an sich schon ein Kunstwerk war. Mir fiel auf, dass der Organist nicht mehr hinter mir ging.

Die Tür wurde geöffnet, und mein Begleiter bedeutete mir einzutreten.

Außer dem Kaminfeuer war eine kleine Schreibtischlampe alles, was versuchte einen fürstlich bemessenen Raum zu erleuchten. Die Flammen des Feuers schafften es nicht, mit der Lampe eine Leuchtbrücke herzustellen, um dem Raum einen plastischen Eindruck abzugewinnen. Er blieb groß und dunkel.

»Kommen Sie. Setzen Sie sich zu mir. In diesen Gemäuern wird es auch im Sommer nie richtig warm«, kam eine Stimme vom Kamin, und eine Hand aus einem Sessel deutete auf einen Stuhl direkt am Feuer.

Ich zögerte.

»Kommen Sie schon. Ich spendiere auch einen sehr alten Mirabelle und eine hervorragende Zigarre. Gegessen haben Sie ja schon.«

Ich hatte die alten Edgar-Wallace-Filme immer für übertriebenen Blödsinn gehalten, aber genau die fielen mir in dieser Situation ein. In meinem Bauch bildete sich ein Klumpen. Bisher war ich ein stiller Beobachter gewesen, den man manipuliert hatte, wie es gerade gebraucht wurde. Aber ich war nie direkt betroffen gewesen. Das waren immer nur die anderen. Ich versuchte meinen Kobold zu erreichen, aber der schwieg sich aus. Mein Instinkt schwieg.

»Seit wann sind Sie schüchtern?«, kam es aus dem Sessel.

Vorsichtig tastete ich mich um Einrichtungsgegenstände herum an den angewiesenen Platz und rutschte hinein.

Das plötzliche Erscheinen des Papstes oder eines weltweit gesuchten Terroristen hätte mich nicht so überrascht, wie ... Pater Lutz.

»Wa ..., wa ..., was soll das denn?«, war alles, wozu ich fähig war.

Lutz lächelte, was bei der einseitigen Beleuchtung des Kaminfeuers wie eine halbseitige Fratze wirkte.

»Entspannen Sie sich. Trinken wir erst einmal auf die französische Gastfreundschaft.«

Er hielt mir mit einer ausladenden Bewegung das Glas hin. Der Cognac folgte dem Schwung und lief ölig an der Innenwand zurück.

»Sie Banause«, tadelte er mich, nachdem ich den Inhalt in einem Zug hinuntergekippt hatte. »Fressen Sie die Zigarre bitte nicht auch gleich auf. Kostet zwanzig Euro das Stück. Hat mir ein Freund aus Kuba mitgebracht.«

Er knipste das Mundstück an und reichte sie mir.

»Rauchen müssen Sie schon selbst. Darf ich nachschenken?«

Er wartete, bis die ersten Schwaden den Raum durchzogen.

»Sie wollen doch eine Story? Habe ich zu viel versprochen?«

Der Schnaps und der Tabak ließen mich langsam wieder die Fassung gewinnen.

»Wo ist Lisa?«, fragte ich betont kühl.

»Langsam.« Er hob beschwichtigend die Hände. »Es gibt vorher bestimmt noch andere Fragen zu klären. Aber zu Ihrer Beruhigung: Sie ist hier und in Sicherheit.«

Er sah mir an, dass meine Lebensgeister dabei waren, den Schock zu überwinden ...

»Keine Hektik. Die Zigarre verträgt so etwas nicht. Ich habe Ihnen die Story versprochen, und die bekommen Sie. Nur, etwas ist schiefgelaufen, was ich nicht bedacht habe. Dazu brauche ich Sie. Aber es ist spät geworden. Betrachten Sie sich als mein Gast. Wir reden morgen weiter.«

Er drückte auf etwas unterhalb seiner Armlehne und erhob sich.

Der Kapuzenmönch betrat den Raum.

»Bringen Sie meinen Freund auf sein Zimmer. Ach ja, darf ich um Ihr Handy und die Unterlagen bitten.«

Ich stellte den Koffer mit den Dokumenten vor seine Füße, machte aber keine Anstalten, ihm mein Telefon auszuhändigen.

»Bitte, geben Sie es mir. Pater Orchus«, er wies auf die Kapuze, »bessert das Einkommen seines Ordens als Catcher auf.«

Der Genannte streifte die Haube ab. Sein vernarbtes Gesicht und die verbogene Nase veranlassten mich, das Handy hastig auf den Tisch zu legen und dem Koloss in der Kutte zu folgen.

Mein Schlafplatz glich eher einer Gefängniszelle als einem Gästezimmer. Bett, Tisch, Stuhl und ein paar Heiligenbilder waren das einzige Inventar.

»Wo ist die Toilette?«

Orchus stand im Türrahmen. »Unter dem Bett. Ich wecke um sechs Uhr.« Dann schloss er die Tür, und ein Schlüssel drehte sich.

Ich drückte die Klinke. Er hatte tatsächlich abgeschlossen.

Ein Blick aus dem Fenster ließ mich gleich den Gedanken an Flucht vergessen. Der Raum befand sich im dritten Stock und lag zu einem Innenhof, dessen Abmessungen ich in der Dunkelheit nicht erkennen konnte.

»Nur die dümmsten Kälber suchen sich ihren Metzger selber«, brummte ich resignierend in mich hinein. Lutz hatte mich mit meiner Neugier auf die sanfte Art in seine Gewalt gebracht.

»Du bist ein Arschloch«, waren meine letzten Gedanken.

29

Orchus hatte mich um sechs Uhr geweckt und brachte mich im Erdgeschoss in eine Art Essküche mit Schlachtraum-Flair. Alles war gekachelt. An der Längsseite blinkte eine Edelstahlküche, an der zwei Asiaten werkelten. Der Esstisch war aus rohem Fichtenholz und bot zwanzig Leuten Platz.

»Was wollen Sie frühstücken?«, fragte einer der kleinen Männer.

Der andere stellte zwei Blechkannen auf den Tisch und deckte für zwei ein.

Wider besseres Wissen bestellte ich Speckeier und Grapefruitsaft.

Ein Korb Weißbrot, Butter, Käse und geräucherter Schinken wurden aufgetragen.

»Kanne links, Kaffee. Kanne recht Tee«, klärte mich einer der Köche in gebrochenem Französisch auf.

»Haben Sie gut geschlafen?«, dröhnte die Stimme von Pater Lutz, als er eine halbe Stunde später hereingeeilt kam.

»Sperren Sie Ihre Gäste immer mit einem Nachttopf ein?«, machte ich meinem Missmut Luft.

Er schaute irritiert zwischen mir und dem Koch, der ihn nach seinem Wunsch fragte, hin und her und fing an zu lachen.

»Nehmen Sie es bitte nicht als Unhöflichkeit, dass ich lache. Es ist mir wirklich peinlich. Aber ich hätte daran denken müssen. Orchus ist mit Leib und Seele als Seelsorger in den Gefängnissen tätig. Er versucht den schweren Jungs anhand seiner eigenen kriminellen Vergangenheit die Hoffnung auf ein besseres Leben danach zu vermitteln. Türen abzuschließen ist ihm in Fleisch und Blut übergegangen. Bitte verzeihen Sie ihm. Und für die einfachen Räumlichkeiten kann ich nur um Verständnis bitten. Mein Zimmer sieht auch nicht anders aus. Es ist nun mal so, dass sich nur die deutschen Kirchen auf dem Polster der Kirchensteuer ausruhen können. Meine französischen Kollegen müssen sich jeden Tag etwas einfallen lassen, damit der Orden morgen noch etwas zu essen hat. Kirchen aller Konfessionen leben hier von eigener bürgerlicher Arbeit, von Spenden und, na ja, auch vom Betteln. Hat aber auch seinen Vorteil. Gelder, die man sich hart erarbeitet, steckt man nicht zu achtzig Prozent in die Verwaltung, um dann, wenn es wie immer nicht für die Basisarbeit reicht, nach mehr vom Staat zu schreien.«

Ich hatte ihm ruhig zugehört und mir dabei Gedanken gemacht, ob ich unter diesem Aspekt aus der Kirche austreten sollte.

»Haben Sie mir vergeben ...?«

Ich konnte mir ein Lächeln nicht verkneifen. Dieser Jesuit war ein Chamäleon, das sich blitzschnell jeder Situation anpasste.

»Ja, an allem muss gespart werden«, fuhr er fort, »nur wenn es hier ans Essen geht, dann gibt es eine Palastrevolution. Brot weiß, grau, Butter, Marmelade, Käse und Wurst aus der Zellophanhülle. Fertig ist der Tagesbeginn bei den Deutschen. Hier begrüßt man den Tag mit einem opulenten Mahl. Das macht doch gleich viel friedlicher. Oder empfinden Sie das anders?«

»Ich werde gleich trotz opulenten Frühstücks sehr unfriedlich, wenn wir nicht bald auf den Punkt kommen«, knurrte ich. Dieses Gerede begann an meinen Nerven zu zerren. »Was soll dieser Zirkus mit der Entführung, dem Austausch der Dokumente und diese dubiose Verfolgungsjagd? Alles was Sie mir bisher erzählen, ist für mich nicht nachvollziehbar. Solange ich keine handfesten Beweise für alles habe, halte ich Sie für einen Aufschneider und Lügner.«

Lutz steckte sich den letzten Bissen Lachsbrötchen in den Mund und leckte sich die Finger ab.

»Ich sehe schon, Sie verstehen keinen Spaß. Also, kommen Sie mit.«

Mit langen Schritten eilte er mir voraus.

Das Kaminzimmer sah bei Tageslicht und geöffneten Vorhängen wie ein Rittersaal aus. Der bei jedem Schritt knarrende Holzboden fiel mir erst jetzt auf.

Lutz setzte sich an den Schreibtisch, dessen Lampe letzte Nacht verzweifelt versucht hatte, gegen das Kaminfeuer anzuleuchten, und hieß mich ihm gegenüber Platz zu nehmen. Er stützte sich mit gekreuzten Armen auf die Tischplatte und fixierte mich.

»Sie sollen die Erklärungen haben und machen heute noch eine Story daraus. Einverstanden?«

»Hängt von der Logik und den Beweisen ab«, versuchte ich mich nicht wieder nach Simonte-Art überrumpeln zu lassen.

»Lesen Sie das ...«, er schob mir ein Schreiben hin, das den Briefkopf der Simonte'schen Kanzlei trug.

Es war eine Abmahnung an Gerda, mit dem Hinweis, dass er, Dr. Simonte, gegebenenfalls alle Maßnahmen ergreifen würde, um weitere Äußerungen ihrerseits zu unterbinden, dass der Tod seiner Frau und Tochter kein Unfall gewesen sei.

Lutz nahm das Schreiben wieder an sich.

»Ich weiß nicht, was da gelaufen ist, aber ich habe mich in Italien umgehört. Und tatsächlich war man nicht von einem Unfall überzeugt. Da muss der Professor drauf gestoßen sein, um es Simonte heimzuzahlen oder um nicht weiter mit den Schulden seiner Tochter erpresst zu werden. Sie verstehen?«

»Kein Wort«, log ich und setzte ein weiteres Teil in mein Puzzle.

Lutz zog die Augenbrauen kurz hoch. »Denken Sie sich ruhig Ihren Teil. Auf jeden Fall musste Lisa aus der Schusslinie. Gerda bat mich darum.«

»Wie bitte?«

»Ja, vor ihrem Tod. Sie waren sich der Gefährlichkeit Simontes nicht bewusst, boten also keinen Schutz. Im Gegenteil, mit dem Beginn Ihrer Schnüffelei brachten sie Mutter und Tochter in immer größere Gefahr. Da habe ich kurzerhand das Kind – wohlgemerkt, auf die Bitte von Frau Solvay und mit Lisas Einverständnis – an einen sicheren Ort gebracht.«

Mir war, als täte sich ein abgrundtiefer Schlund vor mir auf. Einen Moment wurde mir schwindelig. Der Pater drehte sich mit dem Raum um mich. Mein Puls klopfte in den Ohren, mein Herz raste, und meine Hände krampften sich schweißnass um die Stuhllehnen, um zu verhindern, dass ich in den Raum geschleudert wurde.

»Ist Ihnen nicht gut?«, hörte ich seine Stimme aus der Ferne.

Als ich die Augen wieder öffnete, beugte sich das Gesicht von Pater Orchus über mich.

»Geht es wieder?«, hörte ich die Stimme von Lutz.

»Geben Sie ihm einen Cognac. Gleich einen doppelten. Der muss noch ein bisschen fit bleiben.«

»Weiter. Ich höre«, riss ich mich zusammen. »Warum dann dieser Zirkus mit der angeblichen Entführung und dem Austausch der Dokumente?«

»Das hängt mit diesem verschwundenen Testament und Eibel zusammen.«

Ich musste mich zusammennehmen. Meine Ohren begannen wieder zu rauschen.

»Dass Otto ein Testament gemacht hat, gefällt mir nicht, und dass es jemand hat, den ich nicht kenne, schon gar nicht. Das könnte meine Pläne durchkreuzen. Da ich Ihnen auch nicht so ganz traute, musste ich Eibel auf Trab bringen, damit er Ihnen auf die Finger schaute. Da Eibel aber keine Lust mehr hat, sich vor seiner Pensionierung noch einen Fall ans Bein zu binden, musste ich ein wenig Spannung hineinbringen, und … Eibel ist ein Wasserträger.«

»Verstehe ich nicht«, lallte ich. Es wurde langsam anstrengend, mich darauf zu konzentrieren, welches Sinnesorgan ich gerade noch funktionsfähig halten wollte. Etwas ließ mich langsam die Kontrolle über mich verlieren.

»Eibel ist ein Schleimer und versorgt für Geld jeden mit Informationen. Daher musste ich es für ihn interessant machen, Ihnen zu folgen. Damit wollte ich zugleich auch den Unbekannten aus seinem Bau locken, dem er wahrscheinlich die Information brühwarm verkauft hatte. Da beide ja nicht wussten, wohin ich Sie dirigierte, musste jeder an Ihnen dran bleiben. Eibel gab sich mit der Verhaftung von Enrico zufrieden und ließ von Ihnen ab. Der andere, der von Enricos Verhaftung nichts wusste, folgte Ihnen weiter. Er sucht Sie übrigens immer noch im Münster. Nur, leider, leider ist es der Unbekannte nicht selbst, sondern ein alter Bekannter und ihr spezieller Freund. Der Messner, dieser Wolter …«

Das war das Letzte, was ich hörte.

Als ich wieder zu mir kam, war mein erster Gedanke, dass es doch ein Leben nach dem Tod gibt. Ich glaubte Margots Gesicht gesehen zu haben und schloss die Augen wieder. Meine Glieder waren schwer wie Blei.

»Er wird wach …«

Das war doch Margots Stimme, und ich versuchte es noch mal. Sie war es, und ich lag in einem Bett. Über mir hing eine Infusion, deren Schlauch irgendwo unter der Bettdecke verschwand.

»Mein Gott, du lebst«, schluchzte Margot.

Am Fußende erschien Pater Lutz mit einem Mann in weißem Kittel.

»Wir können dem Herrgott und dem Doktor danken, dass Sie noch leben«, brummte er mit besorgtem Gesicht.

»Was ... was ist mit mir ...?«

»Darüber sprechen wir, wenn Sie wieder auf den Beinen sind. Sie und Frau Hofmann sind so lange meine Gäste.«

30

Es dauerte zwei Tage, bis ich mit Hilfe von Margot das Bett verlassen konnte. Der Pater hatte immer mal wieder kurz hereingeschaut, war aber nicht sehr gesprächig gewesen.

Wir waren in einem schlossähnlichen Gebäude untergebracht, umgeben von einem riesigen, gepflegten Garten. Bei meinem ersten Spaziergang in dem gepflegten Garten schaffte ich es freilich gerade noch bis zur nächsten Bank. Margot, die mich begleitet hatte, setzte sich neben mich und berichtete mir, dass sie von einem Ungeheuer mit Kapuze geradezu entführt worden und hier von Pater Lutz kurz über meinen Zustand informiert worden war. Mehr hatte er ihr nicht gesagt.

»Was ist mit mir passiert?« griff ich meinen letzten Satz wieder auf, an den ich mich noch erinnern konnte.

»Der Doktor hat gesagt, du hast eine Salmonellenvergiftung.«

Ich zählte eins und eins zusammen. Das Omelett surprise. Die manipulierte Kühlanlage. Wolter. Jetzt hätte mich dieser Kerl fast auch noch auf dem Gewissen gehabt! Ich fragte mich, wie es wohl dem Erzbischof erging.

Ich konnte immer noch nicht klar denken. Ob der Küster auch am Tod des Professors beteiligt gewesen war? Denn wenn ich über zwei hinaus zählte, konnte da nur Simonte hinter stecken. Und der machte sich nicht selber die Finger schmutzig.

»An was erinnern Sie sich noch?«, fragte Lutz nach dem Abendessen, bei dem es für ihn und Margot Eisbein mit Sauerkraut und für mich nur eine Hühnerbrühe gegeben hatte.

»Verfolgungsjagd. Eibel jagt mich, Eibel wird von Wolter verfolgt und der wieder von Ihnen.«

»Sehr gut«, lächelte Lutz. »Gut, dass ihr Norddeutschen so viel Schnaps trinkt. Macht anscheinend immun gegen Bakterien. Also weiter im Text.«

Er führte uns in einen im Louis-seize-Stil eingerichteten Salon mit hohen Fenstern, die einen schönen Blick in den Park erlaubten.

»Fühlen Sie sich so weit fit, dass Sie endlich den Artikel schreiben können? Die Zeit drängt. Ich habe mir erlaubt, Ihre Redaktion zu informieren, dass der Bericht übermorgen vorliegt, und habe auch mit der lokalen Redaktion in der Stadt ein Abkommen getroffen, dass dieser Artikel ungekürzt, aber ohne Nennung des Verfassers übernommen wird. Anders bekomme ich diesen Hintermann nicht aufgescheucht.«

»Was ist denn so verdammt wichtig an diesem Testament?«, versuchte ich für mich langsam wieder eine Linie zu finden. »Ich dachte bisher, dass Enrico es hat und er Lisa als Pfand für die Unterlagen entführt hatte.«

Lutz zwirbelte in seinem Bart und schaute durch mich hindurch.

»Wichtig an diesem Testament ist, dass es überhaupt existiert. Enrico hat es nicht. Sonst wäre er nicht meinem Rat gefolgt, sich freiwillig der Polizei zu stellen.«

Der Pater sah mir meine nächste Frage an. »Na, so alles haben Sie wohl doch nicht behalten. Eibel hatte mal wieder nichts Besseres zu tun, als den Haftbefehl in alle Winde zu posaunen. Das ruft die Denunzianten auf den Plan und spart ihm Arbeit. Bloß nicht so viel Bewegung, das war schon immer seine Devise.«

Margot hatte die ganze Zeit ruhig zugehört und auch während des Abendessens nichts gesprochen. In der linken Hand rollte sie ein Zigarillo, die rechte wanderte auf meinen Schenkel und kniff mich sanft.

»Ich würde den Artikel an deiner Stelle nicht schreiben.«

Sie verstärkte den Druck von Daumen und Zeigefinger. Ich verstand und schwieg.

Lutz nahm den Federkiel aus einem handbemalten Tintenfass, das als antike Dekoration auf dem fast zu zierlich für den Raum wirkenden Schreibtisch stand.

»So? Und warum nicht?« Er fuhr mit der Feder über den Handrücken, als wolle er etwas fortwedeln.

Margot zündete das Zigarillo an. »Weil ich nur eine dumme Leserin bin, die sich nicht vorstellen kann, was der Artikel hergeben soll. Wo ist denn da überhaupt die Schlagzeile? Ein paar Tote, ein bisschen Krach am Münster. Dokumente, die noch nie jemand gesehen hat, die aber jeder haben will. Spekulationen und Lügen in jeder und aus jeder Ecke. Selbst ein guter Journalist wie Gerd – ich hoffe, dass du das bist – kann bei diesem Wust an Informationen, die kommen und sofort wieder nicht mehr stimmen, höchstens einen Science-Fiction-Roman daraus machen.«

Sie warf den Kopf in den Nacken, als wolle sie fragen: Na, wie habe ich das gemacht?

Lutz schaute mich fragend an. Ich hob die Schultern. Margot hatte ja recht. Der Pater war dabei, mich als sein Werkzeug zu benutzen, ohne mich mit den wichtigen Fakten zu versorgen. Ich kam mir vor wie beim Erlernen des Blindschreibens auf einer Schreibmaschine. Den Schülern verband man auch die Augen, um ihren Tastsinn zu üben.

»Also gut«, lehnte sich Lutz zurück. »Ich war bisher der Meinung gewesen, dass Sie sich schon Ihr eigenes Bild aus all den Informationen gemacht haben. Aber wenn dem nicht so ist ...«

Er steckte den Federkiel wieder an seinen Platz. »Wenn es Sie nicht zu sehr anstrengt, fange ich noch mal ganz von vorne an. Machen Sie sich aber besser Notizen. Wiederholen werde ich mich nicht.«

Er kramte in einem Sekretär, der in der Nähe des Kamins stand, und kam mit einer Bonbonniere aus Porzellan zurück.

»Möchten Sie auch welche?«, bot er Margot Pralinen an. »Sind aus Piemont von einem Freund, der so etwas Ähnliches betreibt wie Sie. Probieren Sie. Vielleicht kommen Sie hinter sein Geheimnis, wie man so etwas Vorzügliches auch hier herstellen kann.« Und zu mir: »Sie dürfen nicht, sagt der Arzt.«

Nachdem die beiden sich ausgiebig über den Geschmack dieser »Köstlichkeiten«, wie Margot bewundernd anerkannte, ausgelassen hatten, kam er zum Thema.

»Dass ich als Nachkomme dieser Linie der Este meinen Lebenszweck darin sehe, unser angestammtes Vermögen wieder zusammenzuführen, habe ich bereits erwähnt. Übrigens, dieses kleine Schlösschen gehört auch zu meiner Stiftung. Es war nicht ganz einfach, in Deutschland die nötigen Originale zu finden, da während des Krieges einiges verloren gegangen ist oder an einen anderen Ort ausgelagert wurde. Um es kurz zu machen, es dauerte ein paar Jahre, dann besaß ich alle noch existierenden Originale.

Der Professor kam bei seinen Recherchen, ob jetzt zufällig oder gezielt, dahinter, dass es noch einen legitimen Nachfolger der Este geben musste, und er kam meinem Bruder sehr, sehr nah. Aber das störte mich nicht, denn alles, was er hätte finden können, hatte ich. Im Gegenteil, ich half ihm noch mit Rat und Tat. Es beunruhigte mich auch nicht, dass durch seine Prophezeiungen Simonte und der Banker aufgeschreckt wurden und plötzlich auch hinter den Dokumenten her waren. Dadurch konnte ich meine »Möchtegern-Gegner« beobachten und gezielt in die Irre führen.

Das klappte auch ganz gut, bis der Professor plötzlich tot war,

Sie auftauchten und Gerster von geheimnisvollen Dokumenten berichtete, die er aus der Wohnung des Professors holen musste. Ich erteilte ihm Gottes Segen und folgte ihm. Ich wartete auf dem Treppenabsatz im darüberliegenden Stockwerk. Kurz nachdem er Solvays Wohnung verlassen hatte – ich war gerade dabei ihm zu folgen –, drang jemand in das Haus ein und öffnete die Wohnung. Wer es war, konnte ich nicht erkennen, denn er oder sie hatten kein Licht im Hausgang gemacht. Ich hörte nur, dass der Einbrecher lautstark die Wohnung durchsuchte. Nach etwa fünfzehn Minuten verschwand er, und ich ging in die Wohnung. Die Tür stand offen. Ich fand den Zettel auf dem Küchentisch und informierte sie.«

Er verteilte wieder Pralinen an Margot und sich. »Nehmen Sie ruhig, ich habe immer einen Vorrat in der Küche.«

Schmatzend leckte er sich die Finger ab.

»Am nächsten oder übernächsten Tag, ich weiß es nicht mehr, bat mich Gerster, die entwendeten Unterlagen bei mir aufzubewahren. Die waren ihm zu heiß geworden. Da ich mir nicht vorstellen konnte, dass diese für mich von Bedeutung waren, wimmelte ich ihn ab und sagte ihm, er solle sie Ihnen übergeben. Es war ein Fehler von Ihnen und ein Glück für mich, dass Sie sie auch nicht haben wollten.«

Die Bonbonniere war leer, und er klingelte mit einer Porzellanglocke.

Die massige Figur von Pater Orchus erschien in der halb geöffneten Flügeltür, und Lutz bestellte Nachschub und Getränke.

Während der Wartezeit öffnete er eines der vom Boden bis zur Decke reichenden Fenster und trat auf einen kleinen Balkon hinaus.

»Kommen Sie. Die Nachtluft ist herrlich. Tut Ihrem vergifteten Körper gut und Ihren verpesteten Lungen auch.« Er winkte Margot und mich hinaus.

Es war sternenklar, windstill und warm. Eine unwirkliche Ruhe umgab uns.

»Verstehen Sie, warum ich mehr Manager als Priester bin?« Lutz machte mit dem Arm eine kreisende Bewegung über die Landschaft da draußen. »Ich hatte keine andere Möglichkeit, an Bildung zu kommen, als die, einem Orden beizutreten. Aber ich habe nie mein Ziel aus den Augen verloren, diese Bildung zu nutzen, um unabhängig zu werden. Die Anonymität des Ordens half mir dabei, meine wirkliche Identität zu verschleiern. Wie bei der Fremdenlegion. Da fragt auch niemand, wer Sie wirklich sind und woher Sie kommen. Hauptsache, Sie dienen der Sache. Aber ich habe das, was ich mir mühsam zurückgeholt habe, niemals zur Machtausübung benutzt. Alles wurde – und wird – in eine gemeinnützige Stiftung überführt, die denen hilft, denen sonst niemand beisteht. Dass ich dabei ein wenig Besitzerstolz und Lebensfreude empfinde, sozusagen als Millionär im Büßergewand, kann mir niemand zum Vorwurf machen. Und sollte der Herr trotzdem anderer Meinung sein, dann mache ich das mit ihm aus.«

Als Orchus die Tür wieder hinter sich geschlossen hatte, fuhr Lutz fort.

»Ja, Gerster hatte wohl etwas viel getrunken, als er mich in der Nacht aufscheuchte, um mit ihm die Unterlagen aus seiner Hütte zu holen. Er wollte sie um jeden Preis loswerden. Ich hatte aber keine Lust, in der Dunkelheit quer durch den Schwarzwald zu fahren, und bat Wolter, mit ihm zu gehen. Der kam drei Stunden später und berichtete mir von dem Unfall. Den Rest kennen Sie.«

Er öffnete eine Pralinenschachtel, schenkte uns Mokka ein und schwenkte eine Cognacflasche.

»Diese Pralinen sind die Sünde in Perfektion. Dazu gehören Mokka und ein zwanzig Jahre alter Weinbrand, und man ist sofort im Nirwana.«

Mir lief der Speichel im Mund zusammen, aber ich begnügte mich mit einem Glas Wasser.

»Ich sichtete die Unterlagen am nächsten Tag, um zu prüfen, ob ich sie irgendwo in unsere Bibliothek einreihen konnte. Die Rückschlüsse, die der Professor gezogen hatte, oder Gersters Versuche, dem Banker dienlich zu sein, interessierten mich nur am Rande und veranlassten mich nur, mein Vorhaben noch schneller umzusetzen. Die Unruhen am Münsterplatz waren mir nur dienlich.«

Der Pater und Margot mussten Saumägen haben. Eisbein und Sauerkraut gemischt mit Pralinen, die die beiden in sich hineinstopften, als wäre es ihre letzte Chance.

»Und warum war es mein Pech ...?«, versuchte ich das Gespräch im Gang zu halten.

»Ja«, rülpste der Pater und hielt sich den Bauch, »ich fand etwas, dem ich nicht sofort eine Bedeutung beimaß. Es war eine Urteilsbegründung, die Ihre Familie, liebe Frau Hofmann, betraf. Danach berief sich das Gericht in der Urteilsbegründung zugunsten Ihres Großvaters auf ein Abkommen zwischen dem Land und der Kirche aus dem Jahr 1919, wonach der Kirche jede Möglichkeit genommen wurde, ein mehr als hundert Jahre im Familienbesitz befindliches Grundstück zurückzuerlangen. Das machte mich neugierig, und ich begann mich für die badischen Gesetze zu interessieren. Siehe da, ich wurde fündig. Im Badischen Konkordat von 1932 wurden der Kirche weitgehende Zusicherungen betreffs ihres Eigentums gemacht, mit der Einschränkung, dass ihr für Gebäude und Grundstücke, die sie verwaltete und nutzte, aber nicht schon vor dem Konkordat von 1859 im Grundbuch hatte eintragen lassen können, jederzeit die Nutzung entzogen werden konnte. Können Sie mir folgen?«

Margot machte ein verzweifeltes Gesicht und schüttelte den Kopf.

»Das ist mir zu trocken. Ich hätte gerne einen Cognac. Zwanzig Jahre lassen sich besser überschauen.«

»Ich auch«, schloss ich mich ihr an.

Lutz schüttelte den Kopf. »Halten Sie das für eine gute Idee? Sie müssen für den Artikel fit sein.«

»Nun machen Sie schon«, forderte ich ihn auf. Mir war auch nach einer Zigarre, aber das ließ ich dann doch lieber.

»Wenn Sie meinen. Ist Ihre Gesundheit. Aber bleiben Sie wenigstens noch achtundvierzig Stunden am Leben.«

Der erste Schluck schmeckte nach Seife. Aber ich ließ mir nichts anmerken.

»Dann kam 1933 das Reichskonkordat«, erzählte Lutz weiter. »Das bestätigte den Ländern Bayern, Preußen und Baden ihre vorher souverän mit der Kurie abgeschlossenen Abkommen. Wie jeder weiß, ist die Bundesrepublik Rechtsnachfolger des Dritten Reiches. Ergo hat diese Ausnahmeregelung immer noch Bestand und ist rechtsverbindlich. Kapiert?«

Der dritte Schluck schmeckte schon besser, und langsam begann mein Gehirn wieder in Schwung zu kommen.

Margot gähnte. »Himmel, ist das kompliziert. Kann mir das mal jemand verdeutschen?«

Lutz zeigte auf mich. »Ihr Freund soll Ihnen das erklären. Dann sehe ich auch gleich, ob er es verstanden hat, um daraus einen Artikel zu formen.«

Ich nahm noch einen Schluck, der jetzt sehr gut schmeckte, und fasste zusammen.

Lutz war im Besitz aller nötigen Dokumente, die seine Familie als eigentlichen Eigentümer des Münsterplatzes auswiesen, den sie 1803 von den Herzögen von Toscana erworben hatten. Da die Kirche die Liegenschaften der Este aber vor 1882, also der Rückübertragung an die Este, nicht als die ihren in die Grundbücher eintragen lassen konnte – da hatte der Großherzog Friedrich etwas gegen gehabt –, wurde den Urbesitzern mit dem badischen Konkordat sozusagen die Hintertür offen gehalten, sich ihr Eigentum auf dem Rechtsweg zu erstreiten. Da dieses Gesetz bis heute nicht geändert worden war, bestanden gute Chancen für den Pater.

»Sehr gut. Das ist ja schon der Artikel«, lobte Lutz.

»Es gibt nur einen Haken«, warf Margot ein. »Das Gesetz bezieht sich ausschließlich auf die Kirche. Aber am Münster gehört denen praktisch nur die Kirche und das Ordinariat.«

»Von wegen«, grunzte der Pater. »Außer Ihrem Café und dem Feinkostgeschäft gehört alles der Kirche. Selbst das Gelände der Sparkasse ist von denen gemietet. Die Pächter wissen es nur nicht. Aber ich kann es beweisen, dass überall Strohmänner im Grundbuch stehen. Meine Stiftung ist nicht umsonst ein Großkunde bei der Bank Ambrosio.«

»Na, toll«, grollte Margot. »Dann brauchen wir ja nur noch das Testament, und wir haben den Pater als neuen Nachbarn.«

Lutz rollte mit den Augen und zwirbelte wieder seinen Bart. »So weit sind wir noch lange nicht. Und ich wäre gewiss ein besserer Nachbar als Dr. Simonte.«

»Und was ist jetzt mit Lisa?«, frage ich.

»Lisa ... ja, ich müsste sie hierherkommen lassen. Das ist im Augenblick sehr gefährlich. Ich schlage vor, dass Sie übermorgen mit ihr unter dem Schutz des Kirchenasyls im Strasbourger Münster zusammentreffen.« Er betätigte die Porzellanglocke, und Orchus erschien. »Es ist schon spät. Meine Gäste sind müde. Bring sie auf ihr Zimmer.«

»Moment, so nicht. Ich schreibe den Artikel erst, wenn ich Lisa gesehen und gesprochen habe, ganz egal, wo. Überlegen Sie sich das. Gute Nacht.«

Orchus brachte uns zum Zimmer und bat uns mit einer Handbewegung hinein.

»Zimmer hat Dusche und Toilette. Schlüssel ist verloren gegangen.«

Damit zog er die Tür leise hinter sich zu, und ich musste lächeln.

Der Raum war modern wie in einem internationalen Hotel eingerichtet. Ohne Stil, aber praktisch.

»Schau dir das an«, quiekte Margot aus dem Bad.

Auf der Ablage waren fein säuberlich Hosen und Hemden von mir gestapelt. Die Unterwäsche mit Socken und dem Zeug, was man zur Körperpflege brauchte, lag in einem separaten Beutel daneben.

»Ist das nun ein Hinweis, dass ich stinke oder dass wir hier länger bleiben werden?«

»Wohl Ersteres, sonst wären auch meine Sachen hier«, überlegte Margot.

»Woher hat er die? Mutter kennt sich in deinen Sachen nicht aus und würde auch nie da drangehen, geschweige sie jemandem aushändigen. Die müssen ins Haus eingedrungen sein. Hoffentlich ist ihr nichts passiert.«

Mir war selbst nicht klar, was ich von der ganzen Geschichte halten sollte. Inzwischen zweifelte ich nämlich an allem, selbst an meiner angeblichen Salmonellenvergiftung. Etwas medizinische Kenntnisse hatte ich mir im Laufe meiner Tätigkeit angeeignet. Wenn es wirklich die Salmonellen gewesen wären, wäre ich längst noch nicht auf dem Damm. Hatte man mich schlicht betäubt, um mich ungesehen und ohne Widerstand hierher zu bringen und Margot, mit mir als Köder, noch dazu?

»Weißt du, wo genau wir hier sind?«, fragte ich sie.

»Du traust dem Pater nicht«, stellte sie fest. »Ich auch nicht. Was soll diese ganze Geschwätz von seinem Eigentum? Er rückt weder die Unterlagen noch Lisa raus.«

»Und uns auch nur unter Auflagen«, fügte ich hinzu.

Margot setzte sich auf den Toilettendeckel und schaute verzweifelt zu mir hoch.

»Du meinst, der hat uns entführt? . . . Wozu?«

Ich zuckte mit den Schultern. Ich wusste mir keinen Rat mehr.

»Hast du eine Ahnung, wie dich Orchus hergebracht hat oder wie lange ihr gefahren seid? Fallen dir irgendwelche Ortsnamen ein? Bitte denke nach.«

»Ich hab kein Schlafhemd. Kann ich eins von dir nehmen?«, schmollte sie.

Ich nickte.

»Nein. Ich habe keine Ahnung«, fuhr sie fort. »Es war dunkel, und ich war in Sorge um dich. Glaubst du, dass ich da als Beifahrerin in einem fremden Auto mit einem Gorilla als Fahrer in einem fremden Land auf die Straße achte? Du überschätzt meine Fähigkeiten.«

Sie schlüpfte unter die Bettdecke und zog sich das Kissen über den Kopf.

31

Es war schon elf Uhr, als ich vom Geräusch der Dusche wach wurde.

Einen Moment blieb ich mit unter dem Kopf verschränkten Armen auf dem Rücken liegen und zog die Beine an.

Was war in den letzten Stunden alles passiert, und welchen Sinn ergab das?

Dass Lutz sich als eigentlicher Besitzer und Erbe am Münsterplatz durchkämpfen würde, war nicht zu bezweifeln. Es stand auch außer Zweifel, dass er sich die Chancen sehr gut ausgerechnet hatte und bestens vorbereitet war. Ottos Testament hatte ihn ins Schleudern gebracht. Aber warum ging er den Weg, mich zu entführen und Lisa und Margot praktisch als Unterpfand in der Hinterhand zu behalten?

»Was überlegst du?«

Margot kroch zu mir unter die Decke.

»Brr, du bist ja noch ganz nass. Haben wir keine Handtücher?«

»Doch«, schmiegte sie sich an mich, »aber diese Situation erregt mich. Dich nicht?«

»Mich regt sie höchstens auf«, grummelte ich.

»Das haben wir gleich«, flüsterte sie und ließ ihre Hände laufen.

»Haben Sie sich erholt? Fühlen Sie sich wieder fit?«, begrüßte uns Lutz. »Wollen Sie noch Frühstück oder lieber gleich Mittagessen?«

Da ich die vergangenen Tage nichts Vernünftiges zu mir genommen hatte, entschied ich mich für das Mittagessen. Margot beließ es bei einer Kanne Kaffee.

»Frau Hofmann, Sie verpassen etwas. Unser Koch ist ein Meister seiner Klasse«, tadelte Lutz und lächelte verschmitzt.

Nach einem Menü aus Froschschenkeln in einer Tomaten-Knoblauch-Sauce, Lammfilet an grünen Böhnchen, einer Käseplatte und Mousse au chocolat war ich vorübergehend mit der Welt versöhnt.

»Sind Sie bereit?«, drängelte Lutz nach dem Espresso. »Ihr Artikel muss raus.«

Er brachte mir einen Laptop, der sich nach dem Start als mein eigener herausstellte.

»Woher haben Sie den? Und wie kommen, verdammt noch mal, meine Kleider hierher?«, wollte ich von Lutz wissen, der mir über die Schulter schaute.

»Regen Sie sich nicht auf. Frau Hofmann senior ist eine gute Freundin von mir. Ein kleines freundliches Schreiben, dass Sie kurzfristig zu einem Termin mussten und beides dringend brauchen, und schon war ihre Hilfsbereitschaft grenzenlos. Sie scheint Sie nicht besonders zu mögen. Aber das ist nicht mein Problem. Bin gespannt, wie Sie den Artikel aufziehen.«

Der Pater spielte wieder mit mir und verstand es geschickt durch kleine Finessen, ohne dabei die Grenze des Anstandes zu überschreiten, seine Macht zu demonstrieren.

In der knappen Stunde, die ich brauchte, um zu schreiben, zu verwerfen, zu ändern, neu zu formulieren, wich er mir nicht von der Seite.

»Klasse. Ich bewundere Menschen mit Ihrem Talent zum Schreiben. So hatte ich mir das ungefähr vorgestellt«, klatschte er lautlos Beifall und reichte mir ein Kabel, um den Computer mit der Telefondose zu verbinden.

»Die Adresse Ihres Verlages haben Sie ja. Geben Sie den lokalen Verlag gleich in den Verteiler mit ein.«

Er reichte mir einen Zettel mit der E-Mail-Adresse.

Nachdem die Mail raus war, zog er das Kabel wieder ab und steckte es ein.

»Jetzt brauchen wir nur noch bis zur morgigen Ausgabe zu warten, dann haben Sie Ihre Pflicht getan. Orchus wird gleich eine kleine Ausfahrt mit Ihnen machen. Ich darf mich verabschieden. Habe noch zu tun. Ach ja, ich vergaß«, er legte mein Handy auf den Tisch. »Ist leider leer. Wir sehen uns auf der anderen Rheinseite.«

»Kapierst du das?«, fragte Margot mit einem leicht verzweifelten Unterton in der Stimme.

»Ich fürchte, nein«, schüttelte ich den Kopf. »Ich habe keine Ahnung, wie sein Plan weitergeht.«

»Plan, Plan. Verdammt noch mal. Ich kann es nicht mehr hören. Was will der Kerl von uns?«, wurde Margot wütend. »Was soll dieser Artikel, und warum rückt er nicht mit Lisa raus? Überhaupt, was soll ich hier?«

»Er braucht einen unbeteiligten Zeugen, der aber auf meiner Seite steht, damit er beweisen kann, dass ich nicht unter Zwang gehandelt habe.«

»Und wie nennst du das hier? Sind wir etwa freiwillig hier?«

Ich lächelte. »Du schon, im juristischen Sinn. Mich hat er vor weiteren Anschlägen in Sicherheit gebracht. Mehr kann von uns keiner aussagen. Kapierst du das?«

Sie schüttelte den Kopf.

»Ich auch nicht«, gab ich zu.

»Bitte Sachen packen«, unterbrach Orchus. »Abfahrt in fünf Minuten.«

Er stand wie ein Baum im Raum, steckte die Hände in die Ärmel seiner Kutte und schaute unbeteiligt durch uns hindurch.

»Glaubst du, der sagt uns wohin?« Margot verzog das Gesicht, in dem sich schon die Antwort spiegelte, dass ihre Frage rein rhetorisch gewesen war.

»Probier es. Vielleicht steht er außer auf Knastbrüdern auch mal auf Frauen«, sarkastete ich und ging meine Habseligkeiten packen.

Orchus chauffierte uns eine Stunde nach Süden.

»Wir sind hier irgendwo auf der Rückseite der Vogesen«, kommentierte Margot die Gegend.

Orchus hatte seit der Aufforderung zum Aufbruch keinen Ton mehr von sich gegeben. Nach einer weiteren Stunde wies eine Tafel am Straßenrand darauf hin, dass wir uns Colmar näherten.

Der Pater bog in den Innenhof eines schlossähnlichen Gebäudes ein.

Zwei Nonnen schlossen das Tor hinter uns.

»Bitte aussteigen«, befahl er.

»Das ist doch mal etwas anderes. Jetzt wirst du zur Nonne und ich euer Abt«, spottete ich, als eine hagere Frau in Ordenskleidung mit einem fein zisilierten Kreuz auf der Brust auf uns zukam.

Margot sah mich schief an. »Dass ältere Herren sich mit zunehmenden Alter überschätzen, ist ja nicht neu. Aber du leidest ja schon an Wahnvorstellungen ...«

»Ich bin Mutter Ursula, die Äbtissin«, stellte sich die Frau vor, deren Alter unter der Haube nicht zu schätzen war. »Ihr Besuch wurde uns schon von Pater Lutz avisiert. Folgen Sie mir bitte.«

Sie führte uns in einen Raum, der wie der Speisesaal des Klosters eingerichtet war.

»Darf ich Ihnen etwas anbieten? Kaffee, Wasser oder einen selbst gekelterten Cidre?«

Sie winkte eine Schwester herbei, die etwas abseits gewartet hatte.

»Schwester Johanna, bitte kümmern Sie sich um unsere Gäste. Mich entschuldigen sie bitte für einen Augenblick. Ich komme gleich zurück.«

»Hätten Sie ein Telefon, das ich benutzen dürfte?«, rief ich ihr nach.

Mutter Ursula drehte sich in der Tür um. »Ja, natürlich. Im Büro. Ich werde es Ihnen nachher zeigen.«

»Was hast du vor?«, flüsterte Margot.

»Die Redaktion noch mit ein paar Zusatzinformationen versorgen«, tuschelte ich zurück.

»Du spinnst«, grollte sie. »Doch nicht von hier aus, wo jeder mithören kann.«

»Doch, gerade deshalb. Lutz kann den Artikel nicht mehr aufhalten.«

Eine noch jüngere Schwester brachte Kaffee für Margot und Cidre für mich und ein Brett mit einer Keule luftgetrocknetem Schinken und Brot.

»Wie kann ein Mensch bloß ständig ans Fressen und Saufen denken«, zischte sie, nachdem ich mich über den Schinken hergemacht hatte. »Du hast doch eben erst Mittag gehabt.«

»Nacktes Fleisch erregt mich nun mal.«

»Bist du still! Wir sind hier im Kloster ...«

»Eben. Deshalb wird hier gut gegessen und getrunken. Das lenkt ab.«

»Rindvieh. Friss weiter«, kommentierte sie meine Anspielung und grinste.

Mutter Ursula entschuldigte sich und stellte schwer atmend einen Karton auf den Tisch. »Tut mir leid, dass es so lange gedauert hat. Das musste ich erst im Keller suchen. Pater Lutz hat mich gebeten, Ihnen das zu übergeben.«

»Was ist das?«

»Ich weiß es nicht«, zuckte die Nonne die Schultern. »Es ist schwer wie Blei. Ach und noch etwas, ich habe Ihnen ein Taxi bestellt. Pater Orchus musste zu einem Notfall.«

»Notfall?«

»Ja, er ist Tierarzt, und in der Nachbargemeinde hat eine Stute Probleme mit der Geburt.«

»Wolltest du nicht mit der Redaktion telefonieren?«, erinnerte mich Margot.

»Nein. Ich schaue mir erst mal den Inhalt des Pakets an, bevor ich denen was Falsches sage.«

»Wo hast du eigentlich meinen Wagen gelassen?«, wollte sie wissen, als wir wieder vor dem Haus der Hofmanns angelangt waren.

»Oh verdammt.« An den hatte ich nicht mehr gedacht. »Der ist entweder geklaut, oder die Polizei hat ihn abgeschleppt. Vielleicht weiß die Touristeninformation mehr, vor deren Eingang er geparkt ist ... oder war.«

»Dann kümmere dich gefälligst darum. Ich gehe duschen«, schmollte sie und ließ mich stehen.

Obwohl mich der Inhalt des Paketes mehr interessierte als der Verbleib eines Autos, konnte ich mir eine schlecht gelaunte Gastgeberin nicht erlauben. Die Telefonnummer war schnell gefunden.

»*Oui, Monsieur*«, meldete sich eine freundliche Frauenstimme. »Der silbergraue Mercedes gehört Ihnen? Den haben wir gestern abschleppen lassen. Das ist billiger, als jede Stunde einen neuen Strafzettel wegen Überziehung der Parkzeit zu bekommen.«

Sie gab mir die Adresse, wo ich den Wagen auslösen konnte.

»Dort sagt man Ihnen auch, wo er abgestellt wurde. Hat Ihnen Strasbourg gefallen?«

»Dann nimm mal ein paar hundert Euro mit«, kommentierte Margot meine positive Nachricht. »Ich mache mir was zum Essen. Hast du eventuell auch schon wieder Appetit?«

»Was gibt's denn?«

»Gulasch aus der Dose.«

Ich lehnte dankend ab und machte mich über den Karton her.

Er enthielt eine Kassette aus Blech, die mit einem Schnappriegel verschlossen war. Der Inhalt bestand aus Fotokopien.

»Schau dir das mal an.« Ich kippte den Papierstapel auf den Tisch. »Das sind alles beglaubigte Kopien von Pater Lutz' gesammelten Beweisen, dass die Este die eigentlichen Eigentümer des Münsterplatzes sind.«

»Ich hätte doch besser von dem Schinken essen sollen«, mümmelte Margot und spuckte den Bissen in eine Serviette. »Und was machst du jetzt damit?«

»Sie meinem Chef um die Ohren hauen«, jubelte ich, denn ich hatte den Artikel so verfasst, dass ihn kein Redakteur einer Zeitung drucken würde, wenn die von mir aufgestellten Behauptungen nicht vor jedem Gericht Bestand haben würden. Auch das hatte Lutz vorausgesehen und mir die Beweise für die Richtigkeit seiner Aussagen geliefert.

»Ist dir eigentlich als Nichtbürger dieser Stadt klar, was das bedeutet?« Margot blätterte in den Papieren und zog ein bedenkliches Gesicht. »Wenn der damit durchkommt, bringt er die ganze Infrastruktur am Münster ins Wanken. Nicht nur, dass es eine Pleitewelle bis in die Zuliefererebene geben wird, sondern es werden auch Köpfe rollen, bis in den Landtag. Selbst der Klerus wird einige Probleme haben zu erklären, wer denn nun der wahre Besitzer des Münsterplatzes ist. Dieser Lutz ist ein Psychopath, der dabei ist, einen neuen Glaubenskrieg anzuzetteln. Nicht auszudenken, wenn jetzt jeder Adlige in seinen Archiven kramt, um sein ehemaliges Eigentum zurückzufordern, nur weil ein 1932 erlassenes Gesetz nie revidiert worden ist. Überleg dir das, wenn du mit deinem Chef sprichst.«

Mir war wohl bewusst, was es für Konsequenzen haben würde,

wenn Lutz dieses Ding durchzog. Aber es war sinnlos, ihr zu erklären, dass es nicht Aufgabe des Journalisten war, sich den Kopf seines Verlegers zu zerbrechen. Die Story hatte wasserdicht zu sein, sonst nichts. Wer sich von uns Schreibern Gedanken über die Tragweite seiner Tätigkeit machte, konnte umschulen. Nein. Das war meine Story und der Aufreißer für viele Wochen.

»Du vergisst, dass Lutz sein Leben aufs Spiel setzt, um an dieses Testament zu kommen. Eine andere Chance hat er nämlich nicht. Und wenn er das so will, hat er diese Möglichkeit mit einbezogen. Er ist clever genug, um zu wissen, was er tut. Ist letztendlich nicht mein Problem.«

»Du bist auch nicht besser als er. Mach doch, was du willst.«

Margot stemmte sich auf geballten Fäusten vom Tisch hoch und schaute mich resignierend an.

»Das würde dir als Schlagzeile noch gefallen: *Millionen-Pater umgebracht!* Beschaffe mir bis morgen mein Auto, sonst werde ich sauer.«

Mein Chefredakteur war ebenfalls nicht bester Laune.

»Verdammt noch mal. Wo stecken Sie? Geht Ihr Handy nicht? Was soll ich mit diesem Artikel? Wenn Sie mir nicht schwören, dass Sie das alles Buchstabe für Buchstabe beweisen können, dann versetze ich Sie vor den Deich. Da können Sie über Ebbe und Flut berichten, bis Sie ersoffen sind. Sie haben bis zum Druck noch sechs Stunden, um mir diese Beweise zu bringen. Die Titelseite halte ich so lange offen.«

Eine Stunde später brachte mir der Computerladen, bei dem ich den Laptop gekauft hatte, einen Scanner vorbei. Es gab keine andere Möglichkeit in dieser kurzen Zeit, als so viele der Kopien wie möglich einzulesen und der Redaktion als Datei zu übermitteln.

Ich suchte aus den mehr als fünfhundert Blättern die aus, die erkennbar mit unterschiedlichen Jahreszahlen versehen waren. Das musste erst einmal genügen.

Kurz vor dem Andruck kam die telefonische Bestätigung.

»Sie dürfen vorerst hinterm Deich bleiben. Können von Glück sagen, dass hier ein paar Latein und Italienisch können. Gut gemacht, und Sie sind für den Fall abgestellt. Ihr Urlaub ist damit beendet.«

32

Der Abend und die Nacht hätten nicht frostiger sein können, wenn ich auf einer Parkbank, zugedeckt mit der Samstagsausgabe meiner Zeitung, übernachtet hätte.

Frau Hofmann senior war zu einer Freundin in den Schwarzwald gefahren, und Margot richtete mir wortlos das Gästezimmer.

So saß ich lange in der Küche und überdachte die letzten Tage bei einem Kasten Bier. Auf der einen Seite war ich stolz, seit langem mal wieder eine Story zu haben, die mich auf die Titelseite brachte. Auf der anderen musste ich Margot recht geben. Ich hatte den Artikel geschrieben, weil es für mich die einzig logische Aktion für Lutz war, die Hintermänner aufzuscheuchen, um an das Testament zu kommen. Für mich war es unerheblich, was dieses Papier enthielt. Ich fand es nur logisch und konsequent, dass sich ein Geschäftsmann wie der Pater bei seinem Vorhaben nach allen Seiten absicherte. Mein Kobold, den ich lange nicht mehr hatte zu Wort kommen lassen, sagte mir, dass die Chance für Lutz ohnehin gleich null war.

Und wenn sie doch größer waren? Dann verstand ich Margots Bedenken.

»Bestrafst du dich jetzt selbst?«, weckte mich Margot. Ich war im Wohnzimmer auf der Couch eingeschlafen und hatte mich mit Zeitungen zugedeckt. »Ich mache dir einen extrastarken Kaffee mit Aspirin. Das hilft gegen einen Kasten Bier.«

Mein Katerfrühstück verlief genauso schweigend wie die Stunden davor. Nur lächelte Margot wieder und beobachtete, ob und wie ich litt.

»Holst du den Wagen?«, fragte sie über den Rand ihrer Tasse hinweg.

»Ja. Ich nehm den Zug bis Offenburg. Dann den Bus.«

Sie nickte. »Gut. Versuch, bis drei Uhr zurück zu sein. Ich brauche das Auto. Habe einen Termin beim Anwalt ... wegen der Salmonellengeschichte. Die versuchen uns jetzt fertigzumachen. Ich bestell dir ein Taxi zum Bahnhof. Hauch aber den Fahrer nicht an, sonst ist er fahrunfähig.«

Am Kiosk kaufte ich mir unsere und die lokale Zeitung. Ich hatte eine Viertelseite auf dem Titel mit einem Verweis auf den Wirtschafts- und Geschichtsteil. Hier hatten meine Kollegen Fleißarbeit geleistet. Der wirtschaftliche Bereich befasste sich mit den Zahlen der Münsterstadt und ihrem wirtschaftlichen Potenzial. Industrie, Handel, Dienstleistungen und der Zustand der Stadtkasse wurden unter die Lupe genommen.

Der Geschichtsteil war chronologisch seit der Gründung bis 1945 geordnet.

Die Lokalpresse hatte meinen Artikel verschämt unter den Stadtnachrichten im hinteren Teil versteckt, aber ihren eigenen bissigen Kommentar dazugegeben.

»Wollen Sie nach Straßburg, den Wagen holen?«, fragte eine Stimme hinter mir, als ich die Fahrkarten lösen wollte.

Es war Simonte.

»Kommen Sie. Ich bringe Sie hin. Da haben wir Zeit zu reden. Mein Wagen steht vor dem Eingang.«

Ich zögerte. Mir war nicht wohl bei dem Gedanken, mein Fahrtziel ihm zu überlassen.

»Was ist?«, drängte er. »Ich habe Ihnen eines ausgewischt, und Sie haben doppelt zurückgeschlagen. Da habe ich doch das moralische Recht, ein paar Worte mit Ihnen zu wechseln. Oder?«

Widerwillig folgte ich ihm.

»Kompliment für den Artikel«, lächelte er, als der Jaguar auf die Autobahn beschleunigte.

»Was bekommt ein Journalist dafür, auf der Titelseite gedruckt zu werden? Die Recherche kostet doch Zeit und Geld.«

»Ein Gehalt«, knurrte ich. Seine süffisante Art, Gespräche einzuleiten und wie ein ferngesteuertes Auto zu dirigieren, lösten bei mir Widerstände und Aggressionen aus.

»Ich hatte Sie gleich richtig eingeschätzt, aber den Ernst der Lage unterschätzt.«

Bei Tempo zweihundert dirigierte er den Wagen mit zwei Fingern und suchte in der Konsole nach Zigaretten.

»Sie verweisen in Ihrem Artikel auf eine Interessengruppe, die rechtliche Möglichkeiten gefunden hat, sich ein altes Erbe zurückzuholen. Es hat wohl keinen Sinn, Sie nach dem Ursprung Ihrer Informationen zu fragen?«

Ich sah ihn von der Seite an und zog die Augenbrauen hoch.

»Schon gut. War ja nur eine Frage. Ich bin ja selbst schuld, dem Professor nicht geglaubt zu haben. Trotzdem werde ich das Gefühl nicht los, dass jemand den alten Herrn in die Irre geführt hat – oder er mich. Ich hätte ihn doch besser bezahlen sollen.«

»Sie hätten ihn überhaupt bezahlen sollen«, tappte ich in die Falle.

»Aha, das wissen Sie also auch. Dann wird mir so einiges klar. Wer hat die Unterlagen des Professors? Die sind nach seinem Tod spurlos verschwunden.«

Um nicht als gerupftes Huhn mein Ziel zu erreichen, musste ich meine Taktik ändern.

»Gerda Solvay hat mir von seinen Aufzeichnungen erzählt. Aber nach dem Einbruch waren sie spurlos verschwunden. Ich glaube auch nicht, dass die etwas an der Gesamtsituation geändert hätten.«

»So, meinen Sie«, nickte er nachdenklich und verminderte die Geschwindigkeit auf mein Wohlfühlmaß. »Mal ehrlich. Sie sind ja der Einzige, der die wahren Hintergründe kennt. Sind Sie nicht auch der Meinung, dass diese Interessengruppe überhaupt keine Chance hat? Selbst wenn ein Gericht die Klage annehmen würde, kostet es Jahre und Millionen, um das Verfahren durchzustehen. Haben die wirklich so viel Geld?«

Ich machte mich im Sitz lang und zog den Sicherheitsgurt vom Körper wie ein Revuetänzer, der seine Daumen unter das Revers schob, um auf die Leichtigkeit seines Stepptanzes hinzuweisen.

»Warten Sie es doch einfach ab. Oder sehen Sie jetzt schon Ihre Felle davonschwimmen?«

Er schwieg.

Wir bogen von der Autobahn auf den Zubringer nach Kehl-Straßburg.

»Die Hofmanns sollen Schwierigkeiten haben«, wechselte er das Thema. »Könnte ich Ihre Informationslust steigern, wenn ich den beiden Damen ein gutes Angebot für das Café mache?«

»Was ist gut? Ihr Angebot vor dem Anschlag auf die Kühleinrichtung hielt ich schon für zu gering.«

»Ach, es war ein Anschlag. Das wusste ich nicht«, tat er, als habe er wirklich das erste Mal davon gehört.

»Ja, man ist einem Ihrer Service-Techniker auf der Spur.«

»So? Es wurde aber nur Anzeige gegen Unbekannt ...«

Er brach den Satz ab.

»Ihre Verbindungen zu den Behörden scheinen sehr gut zu sein«, setzte ich nach.

Er warf mir einen kurzen Blick zu. »Ich bin beliebt. Das zahlt sich aus.«

Wir überquerten die Grenze. »Wo kann ich Sie absetzen?«

»Am nächsten Taxistand.«

»Gut. Ich mache den Hofmanns ein Angebot auf der Basis einer Schätzung. Fairer geht es nicht. Besprechen Sie das mit den Damen und ... überlegen Sie sich, ob Sie nicht doch einem großen Schwindel aufgesessen sind. Das wäre doch noch eine Titelseite wert! Aber dazu benötigen Sie meine Hilfe ... und ›Verbindungen‹.«

Wenn ich einen kurzen Moment geglaubt hatte, die Oberhand gewonnen zu haben, so entzog sich dieser Aal sofort wieder meinem Zugriff und drehte die Front um. Großer Schwindel. Das wäre allerdings eine ganze Titelseite wert.

»Ach, hat man Lisa schon gefunden?«, fragte er beiläufig und hämisch lächelnd, als ich gerade ausgestiegen war.

Grußlos schloss ich die Wagentür. Dieser Mensch verstand es jedes Mal, mich an die Wand zu drücken, mich zu verunsichern und mir die Laune zu verderben.

Die französischen Behörden taten ebenfalls alles, um meine Stimmung nicht besser werden zu lassen.

Nachdem sie mich für aufgelaufene Strafzettel, Abschlepp- und Standkosten meines ganzen Bargeldes beraubt hatten und nach einer stundenlangen Odyssee von einem Abstellplatz zum nächsten, drückte ich Margot kurz vor drei Uhr wortlos den Wagenschlüssel in die Hand.

»Ich frage wohl besser nicht, wie es war«, wagte sie zu lächeln.

Drei Stunden später sah ich ihrem Gesicht an, dass etwas schiefgegangen war.

Mit vor Zorn bebender Stimme polterte sie los: »Du glaubst es nicht. Die haben mir Auflagen gemacht, die sich nicht rechnen. Der ganze Keller muss gefliest werden. Wasser und Abwasser brauchen eigene Filter. Die Kühlsysteme entsprechen nicht mehr den neuesten Vorschriften, und, und, und ... Das kostet eine halbe Million. Das erwirtschaften wir zu Mutters Lebzeiten nicht mehr.«

Wütend lief sie in der Küche auf und ab und schlug im Vorbeigehen mit der Faust auf die Anrichte.

»Und die größte Impertinenz ist – das haut dich vom Stuhl –, Dr. Simonte hat Anzeige gegen mich wegen Verleumdung seines Service-Dienstes und unlauteren Wettbewerbs zu seinem italienischen Café erstattet. Kannst du mir mal sagen, wie der dazu kommt? Ich habe bisher nur Anzeige gegen Unbekannt erstattet.«

Einen Moment wünschte ich mir, dass sich ein Loch unter mir auftat und mich mit sich riss.

»Ja, ähm ...«, begann ich ihr von der Begegnung mit Simonte zu berichten.

Sie hatte mit zunehmend erstarrendem Gesicht zugehört und nervös mit ihrer Halskette gespielt.

»Na gut«, presste sie nach Minuten des Schweigens hervor. »Dann rechnen wir mal.«

Sie nahm den Notizblock, der sonst als Papiergedächtnis für die zu tätigenden Einkäufe diente, von der Pinnwand, die neben der Küchentür hing.

»Ohne den ganzen Scheiß momentan haben Grundstück, Gebäude, Einrichtung, ohne Jahresumsatz, einen Schätzwert von zirka dreieinhalb Millionen. Ziehen wir die laufende Belastung von fünfhunderttausend ab, die ich aus steuerlichen Gründen ständig vor mir herschiebe, bleiben mir drei Millionen. Simonte wird aber die Schätzung auf der Basis der heutigen Auflagen durchführen lassen. Bleiben nur noch zweieinhalb Millionen. Den Imageverlust und dieses ganze Brimborium wird er noch mal mit mindestens der Hälfte des Jahresumsatzes in Anrechnung bringen. Bleiben ... eineinhalb Millionen.«

Sie warf den Bleistift auf den Tisch, dass die Spitze abbrach.

»Prima. So kann man auch Geschäfte machen. Das ist weniger

als sein letztes Angebot, und alles auf der Basis einer offiziellen Bewertung. Also kann ihm keiner nachsagen, dass er unfair handelt.«

Sie nahm die Wanderschaft durch die Küche wieder auf, und mein Gehirn suchte fieberhaft nach einer Lösung. Das, was sie mich nannte, hatte ich mich schon selbst geheißen. »Du bist ein Trottel.«

Das Handy riss mich aus meinen dumpfen Betrachtungen und Selbstvorwürfen.

Pater Lutz teilte mir mit, dass das Testament beim Nachlassgericht von Unbekannten abgegeben worden sei.

»Und wo ist Lisa?«, hakte ich ein, bevor er die Verbindung unterbrechen konnte.

»Haben Sie Geduld. Das Mädchen ist jetzt mehr denn je in Gefahr. Außerdem muss ich es schonend auf den Tod seiner Mutter vorbereiten ...«

Meine Laune hellte sich auf, um gleich wieder zusammengestutzt zu werden.

»Dann hast du ja, was du willst«, zischte Margot. »Setz deinen von Leichen und Unheil gepflasterten Weg fort. Aber nicht mehr in diesem Haus. Seitdem du dich in die Interna des Münsterplatzes gehängt hast, bringst du nichts als Unglück. Pack deinen Krempel und verschwinde!«

Obwohl der Rauswurf mein Ego kränkte, musste ich mir eingestehen, dass ich mal wieder auf der ganzen Linie der zwischenmenschlichen Beziehung versagt hatte. Ich versuchte mir in Erinnerung zu rufen, wie alles angefangen hatte. War es vor Tagen oder Wochen gewesen, als ich dem Professor und Otto begegnet war? Mir kam es wie ein ganzes Jahr vor. Die Erinnerungen drohten unter den Ereignissen der letzten Stunden zu verblassen. Und noch ein paar Stunden, dann würde sich mit der Eröffnung des Testaments meine Aufgabe hier erledigt haben. Eine neue Story an einem neuen Ort würde mich für kurze Zeit mit anderen Menschen und deren Schicksalen zusammenbringen. Vielleicht ergab sich doch noch die Möglichkeit, eine Partnerschaft zu bilden, die nicht unter meinem Beruf auseinanderbrach. Ich bezweifelte es. Wenn ich ehrlich war, schloss meine Profession feste Bindungen aus.

Frau Gerster empfing mich gut gelaunt und wohl auch ein bisschen beschwipst.

»Jemine, dass ich so einen berühmten Gast habe! Wissen Sie, in unserer Zeitung steht ja nicht, wer den Artikel verfasst hat. Da haben mich Ihre Kollegen aufgeklärt. Kommen Sie, die sind schon ganz gespannt auf Sie.«

Sie zog mich in den Schankraum. Ich konnte mich nicht erinnern, ihn jemals so voll gesehen zu haben. Ein junger Mann besorgte den Tresen, und zwei Bedienungen wuselten hin und her.

»Trinken Sie erst mal ein schönes Bier und von dem Schnaps, den Sie so gerne mit meinem Mann getrunken haben. Geht aufs Haus. Ich mache Ihnen auch sofort was zu essen. Es gibt Schweinerollbraten mit Speckknödel. Oder möchten Sie lieber Kroketten?«

Sie wies mir den Tisch zu, der sonst der Familie und dem Personal vorbehalten war und von dem aus man den ganzen Raum überblicken konnte.

Sie brachte mir die Getränke und bat die Anwesenden lautstark um Ruhe.

»Meine Damen und Herren. Darf ich Ihnen Ihren Kollegen vorstellen, der den Artikel geschrieben hat und der mir die Ehre gibt, wieder mein Gast zu sein.«

Sie klopfte mir auf die Schulter und verschwand in der Küche.

Ich war vom Regen in die Traufe gekommen. Die Damen und Herren waren allesamt Journalisten verschiedenster Fraktionen, die für sich eine fette Zusatzstory oder zumindest mehr Hintergrundinformationen zu finden hofften.

Mit einem beschaulichen Abend war es vorbei. Eine Heuschreckeninvasion in einem Kornfeld konnte nicht schlimmer sein. Dutzende von Fragen prasselten auf mich ein, Dutzende von Mikrofonen und Rekordern fuchtelten mir vor dem Gesicht herum.

So wolltest du es doch, meldete sich mein Kobold aus der Ecke. Aber um mir den Fortgang meiner Story nicht zu versauen, musste ich mit meinen Antworten wie auf rohen Eiern balancieren. Ein falsches Wort von mir, wie das gegenüber Simonte mit der Sabotage, und die Story würde Beine kriegen und in alle möglichen Richtungen davonlaufen. Und ich könnte mir den Deich schon einmal aussuchen, von dem aus ich in Zukunft die Wellen zählen würde.

Ich hatte nur die Chance, dass meine Kollegen schneller müde wurden als ich, oder die Flucht in die Nacht.

Nach einer Stunde des Katz-und-Maus-Spiels zog ich die Flucht in die Küche vor, die Frau Gerster hartnäckig gegen nachrückende Kollegen verteidigte.

»Ihnen habe ich alles zu verdanken«, jubelte sie und rührte einen Kuchenteig an. »Durch den Tod meines Mannes bin ich schuldenfrei und habe noch eine nette Summe übrig.«

Sie mischte Schokoladenpulver unter den Teig und legte mir noch zwei Knödel nach.

»Ich bin sozusagen mit einem Schlag eine gute Partie.« Sie zwinkerte mir zu und mixte eine halbe Flasche Schnaps unter den Teig.

»Ich mag Männer, die etwas bewegen und eine gute Köchin zu würdigen wissen. Diese dürren Typen nerven ... und sterben früh.« Sie machte eine Drehbewegung um sich selbst, als führe sie Kleider für Mollige auf dem Laufsteg vor.

»Warum sind diese Journalisten hier? Gibt es kein anderes Hotel?«, versuchte ich von mir als möglichem Heiratskandidaten abzulenken.

»Weil ich clever bin und die anderen Gastronomen nicht. Als ich den Artikel heute Morgen gelesen habe, war mir sofort klar, dass das einen Medienansturm gibt, und ich habe denen bei der Hotelvermittlung gesagt, dass bei mir Journalisten bevorzugt ein Bett bekommen. Das Essen ist frei. Und siehe da, die sind froh, ein gemütliches Zimmer, Parkplätze für ihre Autos und Essen rund um die Uhr zu kriegen. Zum Glück hat sich mein Mann einmal gegen mich durchgesetzt, damit jedes Zimmer über einen Internetanschluss verfügt. Ich habe das für eine Spinnerei gehalten, damit er sich heimlich Pornos anschauen kann. Aber nun bin ich das einzige Hotel im ganzen Landkreis, das so etwas bietet. Und stellen Sie sich vor, morgen kommt das Fernsehen, und der Bürgermeister soll interviewt werden und auch die Geschäftsleute und der Erzbischof …«

Ihr Wortschwall mutierte in meinen Ohren von einem reißenden Fluss zu einem Rauschen und dann zu einem in der Ferne gurgelnden Bach.

Ich klemmte mir die Flasche Schnaps unter den Arm und suchte mein Zimmer auf. Ruhe. Endlich Ruhe war alles, was ich wollte.

Bevor ich mich besinnungslos trinken würde, fasste ich die Neuigkeiten des Tages an die Redaktion zusammen und setzte die Mail ab.

Schweißgebadet wachte ich auf und versuchte festzustellen, wo ich war. Es war schon hell. Trotzdem dauerte es eine Weile, bis sich der Nebel vor meinen Augen so weit lichtete, dass ich meine Füße erkennen konnte.

Otto war mir in der Nacht begegnet und hatte mich mit seiner knarzigen Stimme einen Narren geheißen, der auf ein dummes Spiel hereinfällt. Dann war sein hämisches Kichern in ein tosendes Gelächter übergegangen, das mit zunehmender Entfernung immer mehr Hall und dann zum Echo wurde.

»Mögen Sie noch Frühstück oder gleich Mittagessen?«, fragte Frau Gerster. Die Frage hatte ich doch schon mal gehört. Ich bestellte ein Bauernfrühstück.

»Warum sind Sie nicht bei Ihren Kollegen? Die sind heute alle im Rathaus zusammen mit den Wirten, Geschäftsleuten und Händlern vom Münsterplatz. Die wollen vom Oberbürgermeister wissen, was die Stadt tun will, wenn sich der geheimnisvolle Erbe durchsetzt.«

Mir war es egal, was der Bürgermeister oder sonst wer sagen würde. Niemand konnte wissen, was Pater Lutz tatsächlich plante. Die Einzigen, die jetzt den Inhalt des Testaments kannten, waren der Notar und der Richter des Nachlassgerichts. Bevor dessen Inhalt dem Erben nicht zugänglich gemacht worden war, waberte alles nur als Spekulation durch den Raum.

Meine anfängliche Hybris, mehr als alle anderen zu wissen, wich langsam der Erkenntnis, dass ich ein Werkzeug gewesen war, das seinen Dienst erfüllt und somit ausgedient hatte. Nicht Lutz war in Gefahr. Ich wusste zu viel. Etwas Besseres konnte meinen Kollegen nicht passieren, als über den ungeklärten Tod des Urhebers einer Titelseite zu berichten. Danach wuchs wieder Gras über alles, und die Drahtzieher suchten sich neue Werkzeuge.

Ich war zwar spät dran, aber nicht zu spät, um die Stimmung der mehr als hundert Anwesenden im großen Sitzungssaal zu spüren.

Wie schon bei der Wirteversammlung hatten sich ethnische Gruppen gebildet, die mehr oder weniger lautstark diskutierten.

Die einheimischen Geschäftsleute riefen nach mehr Gesetzgebung, die Italiener berieten bereits, wie man sich mit dem neuen Besitzer arrangieren konnte, die Kroaten wollten Widerstand leisten, die Griechen schmunzelten in sich hinein, und die Türken waren überhaupt nicht vertreten.

Es war ein Panoptikum von Klischees, das sich selbst *ad absurdum* führte.

Nicht einmal meine Kollegen schienen zu wissen, was sie berichten sollten.

»Wie ist die Meinung der Stadtobersten?«, fragte ich einen der Journalisten, die mich gestern so bedrängt hatten.

Er hob die Arme und ließ sie wieder fallen. »Krieg an allen Fronten. Der Bürgermeister lässt die Sachlage erst einmal prüfen. Es wird ein Ausschuss gebildet. Das war's.«

Ich konnte dem Pater meine zunehmende Bewunderung nicht versagen. Er kannte die Stadt und hatte genau mit ihrer Hilflosigkeit spekuliert. Die erste Runde ging an ihn.

Von den Betroffenen würde sich ihm niemand in den Weg stellen. Außer vielleicht Simonte. Vielleicht, wenn ... ja, wenn was? Er war der Einzige, dessen Rolle in diesem Spiel – und es war ein Spiel, dessen wurde ich mir immer sicherer – noch nicht definiert war.

33

»Amtsgericht, 16.30 Uhr, Raum 101, am dreizehnten«, hatte mich Lutz informiert. »Aber zu niemandem ein Wort. Die Sitzung ist nicht öffentlich.«

Wie jeder Journalist hatte ich an bestimmte Daten schlechte Erinnerungen. Bei mir war es Freitag der Dreizehnte. Und dieser Dreizehnte war ein Freitag.

Die vergangenen Tage hatte ich mich in Ermangelung anderer Möglichkeiten wieder in das Heer der Tagesberichterstatter einreihen müssen. Hatte Leute auf der Straße befragt, was sie von diesem dubiosen Erbe hielten. Sie nach ihren Ängsten und Problemen gefragt, die sich daraus eventuell ergeben könnten, und alles brav, als ginge mich das eigentlich nichts an, an die Redaktion weitergegeben.

So wurde es auch veröffentlicht. Entweder gar nicht oder als Zweizeiler mit dem Hinweis, dass da mal was war.

Meine Kollegen von der lokalen Presse waren die Einzigen, die wirklich von meinem Artikel profitierten. Sie verstanden es, das Thema am Leben zu halten, und waren bald zu meinen einzigen Informanten geworden, die dem »Volk aufs Maul schauten«.

Margot hatte sich nicht mehr gemeldet. Das Café war immer noch geschlossen, und Frau Gerster betrachtete mich wieder als normalen Gast, nachdem der Trubel vorbei war und die Zahl der Gäste sich auf das übliche Minimum reduziert hatte.

Eibel hatte auf die Mailbox gesprochen und mir Vorhaltungen über meine mangelhafte Zusammenarbeit gemacht. Dass er

Enrico hatte laufen lassen müssen, sei allein meine Schuld, und es würde noch Konsequenzen für mich haben.

Dass 16.30 Uhr ein ungewöhnlicher Termin war, erfuhr ich erst von Pater Lutz, der mich kurz vorher zu einem Gespräch in eine Kneipe um die Ecke beordert hatte.

Ein mir unbekannter Mann winkte mich an seinen Tisch. Ein glatt rasierter Mann, die grauen Haare in ein dunkles Braun gefärbt, im grauen Flanellanzug mit Seidenkrawatte lächelte mich verschmitzt an.

»Erkennen Sie mich nicht?«

»Was soll das denn?«, fragte ich ungläubig und machte dabei wohl ein selten dummes Gesicht.

»Sehe ich so schlimm aus?« Er schaute an sich hinab und zog den Krawattenknoten zurecht.

»Nein, nein«, beeilte ich mich zu versichern. »Nur, ich verstehe nicht ...«

»... was diese Maskerade soll? Es ist keine. Ich werde in der nächsten Stunde ohnehin enttarnt. Als Ordensbruder bin ich hier nur beschränkt geschäftsfähig. Also habe ich meiner christlichen Berufung adieu gesagt und bin ab sofort ein ganz normaler Geschäftsmann.«

»Aha, normaler Geschäftsmann ...«, wiederholte ich. »Wie heißen Sie denn jetzt, und wo ist Lisa?«

Er grinste. »Ich heiße wieder Michael Graf Este.«

Auf Lisa ließ er sich nicht ein.

»Geht das? Ich denke, Ihrem Vater wurde der Titel ...«

»... aberkannt, meinen Sie? Stimmt. Aber kurz bevor Mussolini 1922 die Macht an sich riss, hatte König Viktor Emanuel den Adligen alle Privilegien zurückgegeben, weil er hoffte, sie damit auf seiner Seite zu haben, um die Faschisten zu stoppen. Wie Sie wissen, ging das schief. Aber wir hatten unsere Rechte zurück. Sonst hätte ich unseren Besitz dort nicht erstreiten können.«

»So, und nun haben Sie sich ein neues Schlachtfeld ausgesucht?« Mein Unterton war ungewollt aggressiv.

Ein breites Grinsen überzog sein Gesicht. »Warum nicht? Aber lassen Sie uns jetzt zur Testamentseröffnung schreiten. Ich bin schon ganz gespannt, was mein Bruder mir da für ein Ei ins Nest gelegt hat.«

»Kann er das?«

Er lachte in seinem Bass.

»Eigentlich nicht, denn er hatte ja nichts zu vererben. Daher wundert es mich, dass er ein Testament gemacht hat. Vielleicht vererbt er die Tiere, die schon längst aufgegessen worden sind. Was weiß ich. Aber wie ich ihn kenne, hat er sich bestimmt irgendeine Sauerei einfallen lassen.«

Vor dem Gerichtssaal lief Kommissar Eibel nervös mit einer erkalteten Pfeife im Mundwinkel auf und ab. Er würdigte den Graf keines Blickes und zog mich beiseite.

»Warum melden Sie Mistkerl sich nicht bei mir?«, grollte er. »Was sollte dieses Ablenkungsmanöver mit Enrico? Davon haben Sie doch gewusst. Und wo ist Lisa jetzt? Das werden Sie doch hoffentlich heraus bekommen haben.«

Ich nickte. »Pater Lutz hat sie.«

»Wie bitte?« Er suchte vergebens nach einem Aschenbecher zum Pfeife Ausklopfen und steckte sie dann grollend in die Tasche.

»Und wo ist dieser Lutz?«

»Er wird schon noch kommen.«

Ich ließ ihn stehen und betrat den Saal 101.

Für eine nichtöffentliche Sitzung waren die Stuhlreihen gut

besetzt. Alle Wirte vom Münsterplatz waren anwesend. Das Café wurde von Frau Hofmann vertreten. Margot war nicht anwesend. Aber Frau Gerster, der Messner Wolter und ... Dr. Simonte.

Ich setzte mich auf einen freien Platz neben den Grafen in die letzte Reihe.

»Was machen die denn alle hier?«, flüsterte ich ihm zu.

Er zuckte kurz mit der Schulter. »Keine Ahnung. Das gefällt mir nicht.«

Drei Männer in Zivil betraten den Raum und nahmen am Richtertisch Platz.

Der Wortführer, ein Dr. Lukas, bedankte sich bei den Anwesenden für ihr vollzähliges Erscheinen. Nachdem er seine Unterlagen ausgebreitet hatte, fragte er die beiden Männer rechts und links von sich: »Können wir?«

Beide bestätigten wortlos.

»Meine Damen und Herren. Ich habe sie hergebeten, weil ich ein Testament zu eröffnen habe, wie ich es in meiner langjährigen Praxis noch nicht erlebt habe.«

Er fächerte ein paar Blätter auf und hielt sie kurz hoch.

»Es ist das Testament des verstorbenen Otto Este. Das Dokument wurde uns anonym zugestellt und auf seine Echtheit überprüft. Die Handschrift wurde verglichen und stimmt überein, und das Papier hat am Rand dunkle Flecken, die mit Hilfe von Kommissar Eibel als Pflaumenmus identifiziert werden konnten. Das Testament entspricht der Rechtsform.«

Er rückte sich die Brille zurecht.

»Das Testament enthält eine ganze Reihe von Namen, die testamentarisch zwar nicht von Relevanz sind, aber doch Licht auf eine ganze Reihe von bisher ungeklärten Vorkommnissen werfen.«

Ein Gemurmel hob an.

»Als Erstes klagt der Verstorbene die Wirte vom Münsterplatz an ...«, er verlass die Namen aller Anwesenden »... ihn über Jahre beleidigt, gedemütigt und körperlich misshandelt zu haben.«

Das Gemurmel steigerte sich zu unterdrücktem hysterischem Gelächter.

»Bitte Ruhe! Ich lese hier nur den letzten Willen vor. Die Bewertung überlasse ich anderen.«

Der Graf lächelte unmerklich und verschränkte die Arme vor der Brust.

»Frau Hofmann, sind Sie das?«, deutete er auf Frau Gerster.

Die Seniorin hob kurz die Hand. »Nein ich.«

»Frau Hofmann, Sie beschuldigt der Verstorbene – ich zitiere wörtlich – ›der Drahtzieherschaft hinter den Anschlägen gegen Einrichtungen am Münsterplatz‹.«

Ein paar Sekunden konnte man förmlich hören, wie alle den Atem anhielten.

»Wie bitte?«, sprang sie auf. »Ich lass mich doch nicht von einem hergelaufenen Bettler denunzieren. Was glauben Sie wohl, wer ich bin? Dass ich nachts über das Münster schleiche, Sonnenschirme absäge und verbrenne, Mauern beschmiere und tonnenschwere Blumenkübel umwerfe? Das muss ich mir nicht bieten lassen!«

Sie zog den Rock zurecht und strebte dem Ausgang zu.

»Einen Augenblick noch. Nehmen Sie bitte noch einen Moment wieder Platz«, bat Dr. Lukas höflich, aber bestimmt. »Ich verlese einen letzten Willen. Für den Inhalt kann ich nichts.«

Frau Hofmann setzte sich widerwillig auf die Stuhlkante, zum Absprung bereit.

»Natürlich glaubt niemand, dass Sie das getan haben. So wie Sie gebaut sind ...«

Die Wirte lachten, und die alte Dame lief puterrot an.

»Denn in diesem Zusammenhang nennt der Verstorbene noch einen Namen ...«

Sein Blick wanderte durch den Raum, und er ließ sich von dem Mann rechts eine Mappe geben.

»Herr Heinrich Wolter ... Sie als Messner im Münster bekommen doch so einiges mit.«

Wolter schien in Gedanken versunken zu sein oder geschlafen zu haben. Er hob langsam den Kopf.

»Der Verstorbene schwört, dass Sie mit einer Gruppe Glatzköpfe, wie er diese Leute beschreibt, nachts unterwegs waren, die Randale gemacht haben, und dass Frau Hofmann Ihre Auftraggeberin war. Er hat Sie beide im Münster belauscht. Und dass Sie Geld von dieser Dame dafür bekommen haben.«

»Das muss mal erst jemand beweisen«, antwortete Wolter ruhig, als fühle er sich nicht angesprochen.

»Wir sind hier nicht in einem Gerichtsverfahren«, betonte Lukas. »Aber es ist schon merkwürdig, wenn der Verstorbene wörtlich schreibt: ›Wolter hat für jeden Aufträge erledigt, der ihn bezahlt hat ..., und sein Vorstrafenregister weist eine ganze Latte solcher Delikte auf. Körperverletzung, Landfriedensbruch, Bildung einer kriminellen Vereinigung, Widerstand gegen ...‹ und so weiter.«

»Es reicht«, knurrte Wolter, erhob sich und verließ grußlos den Raum. Frau Hofmann folgte ihm und warf die Tür hinter sich zu.

»Die anderen Wirte können jetzt auch gehen. Bis auf Frau Gerster«, übertönte Dr. Lukas die entstehende Unruhe.

»Wir machen fünf Minuten Pause.«

Er kam auf mich zu: »Wer sind Sie denn? Ich habe Sie nicht auf der Liste.«

»Er gehört zu mir«, übernahm Lutz die Antwort an meiner Stelle.

»Halten Sie das für eine gute Idee?«, musterte Dr. Lukas ihn, wandte sich aber zum Gehen, als Lutz alias Graf Este nur nickte.

»Ich muss telefonieren. Bin gleich zurück. Sie haben ja in Dr. Simonte einen perfekten Unterhalter.«

Simonte stand am geöffneten Fenster im Flur und rauchte.

»Na, Sie scheinen Ihre Nase ja überall hineinzustecken«, meinte er und schnipste die Kippe hinaus. »Wer ist denn der Herr neben Ihnen? Der kommt mir irgendwie bekannt vor.«

»Ein Familienmitglied des Verstorbenen«, wich ich aus. »Wie kommen Sie denn hierher? Erben Sie auch etwas, oder haben Sie etwas verbrochen, was Otto wusste?«

Simonte lachte trocken. »Nichts von beidem. Mich interessiert nur, ob dieser Otto wirklich so geheimnisvoll war, wie ihn der Professor dargestellt hat. Ist doch ganz interessant, was so ein Krüppel, den man nur als Ärgernis empfunden und für einen total zurückgebliebenen Idioten gehalten hat, so alles mitbekommen hat. Und Dr. Lukas ist ein Freund. Er hat mich sozusagen als Gasthörer eingeladen.«

»Wer sind die beiden anderen Herren?«

Simonte schmunzelte. »Alles scheinen Sie doch nicht zu wissen. Der rechts von Dr. Lukas ist Oberstaatsanwalt Matthis, den anderen kenne ich auch nicht. Aber ich werde mich für Sie schlau machen.«

Dr. Lukas, der die Pause für beendet erklärte, unterbrach mich bei meiner Betrachtung, dass diese Information aus erster Hand für Simonte das Café noch billiger machen würde. Frau Hofmann hatte, nachdem ihr Ruf nun ruiniert war, keine Chance mehr, über irgendwelche Preise zu verhandeln.

»Frau Gerster«, hob Dr. Lukas an, »in seinem Testament beschwört der Verstorbene, dass er selbst gesehen hat, wie sich Ihr Mann und Professor Solvay auf der Straße gestritten haben. Und zwar an der Straßenbahnhaltestelle am Schwabentor. Es sei zu Handgreiflichkeiten gekommen, in deren Folge Ihr Mann den Professor vor die herannahende Bahn gestoßen habe.«

Dr. Lukas nahm seine Brille ab und begann auf einem Bügel zu beißen.

Frau Gerster suchte hektisch etwas in ihrer Handtasche und zog ein Taschentuch hervor, mit dem sie sich den Schweiß aus dem Gesicht tupfte.

»Hat Ihr Mann jemals darüber gesprochen?«, fragte Staatsanwalt Matthis in einem seltsam sachten Tonfall.

Frau Gersters Oberkörper begann sich zu heben und zu senken. Mit tränenunterdrückter Stimme presste sie ein »Nein« hervor.

Matthis lehnte sich einen Moment zurück und nahm eine Mappe zur Hand.

»Das ist auch für Sie nicht von Belang. Ihr Mann kann strafrechtlich nicht mehr verfolgt werden. Aber eine andere Frage an Sie ...«, er beugte sich wieder vor, und seine Tonlage wurde um eine Nuance schärfer, »Sie hatten bis zum Tod Ihres Mannes erhebliche Verpflichtungen bei der Bank.«

Frau Gerster konnte die Tränen nicht mehr zurückhalten und schluchzte fast lautlos vor sich hin.

»Der Tod Ihres Mannes hat Sie durch einige Versicherungen schlagartig zu einer wohlhabenden Frau gemacht. Stimmt das?«

Sie nickte still und tupfte im Gesicht die Rinnsale aus Tränen und Schweiß ab.

»Die Obduktion der Leiche Ihres Mannes hat ergeben, dass ihm ein Unkrautvernichtungsmittel verabreicht worden ist – und Sie waren außer dem Krankenhauspersonal die Einzige, die Zugang zu ihm hatte.«

Dass Matthis einen Haftbefehl wegen Mordes gegen sie aussprach, nahm sie in dem Dammbruch, der nun bei ihr erfolgte, nicht mehr wahr.

Es dauerte eine halbe Stunde, bis der Notarzt das Häufchen Elend aus dem Saal transportiert hatte.

»Das kann ja heiter werden«, brummte der Graf während der Unterbrechung. »Mein Bruder räumt auf. Das habe ich schon kommen sehen, als der ganze Münsterplatz eingeladen war.«

»Haben Sie auch eine Leiche im Keller?«, fragte ich vorsichtig.

»Blödsinn. Mein Bruder war nur nicht mit der Art einverstanden, wie ich unser Erbe handhabe. Da gab es schon mal den einen oder anderen Ausfall. Das ist normal im Geschäft.«

»Was sind bei Ihnen Ausfälle?«

Er sah zum Fenster hinaus und verbarg seine Hände in den Hosentaschen.

»Ausfälle eben, wie sie nun mal vorkommen, wenn man sich widerrechtlich fremdes Eigentum – mein Eigentum – angeeignet hat.« Er wippte auf den Zehenspitzen und fühlte sein Jackett ab. »Schade. Mir wäre jetzt nach einer Zigarre. Hab sie vergessen. Sie haben nicht zufällig …?«

Ich verneinte.

»Na gut. Dann eben nicht. Kommen Sie. Lassen wir das Desaster über uns ergehen.«

Simonte hatte die ganze Zeit außer Hörweite gestanden und wild gestikulierend telefoniert. Ich war mir sicher, dass er den Kauf des Cafés und des jetzt schuldenfreien Gasthauses der Gersters eingeleitet hatte. Wie es aussah, war er der Einzige, der von Ottos Testament profitierte.

»Saukerl, verfluchter«, murmelte ich für mich.

»Sie meinen doch hoffentlich nicht mich?«, flüsterte der Graf.

»Wir kommen zum abschließenden Teil des Testaments des Otto Este«, verkündete Dr. Lukas. »Ich lese wortwörtlich vor:

›Nun zu dir, mein lieber Bruder Pater Michael Lutz alias Michaele Graf Este, oder wie du dich auch gerade nennst.

Du weißt, dass ich mit deiner Vorgehensweise selten einverstanden war. Du hast mit deiner rücksichtslosen Art, unser Erbe zu beanspruchen, ganze Familien in den Ruin getrieben. Ich halte dich auch für schuldig, durch deine elenden Finanzmanipulationen den Tod des Sparkassendirektors herbeigeführt zu haben. Der Mann stand dir mit seinem Vorhaben im Weg, den Münsterplatz an einen Investor zu verschachern. Das hätte für dich den Kampf ums Erbe gegen einen anonymen Giganten bedeutet. Weiterhin nehme ich es dir übel, dass du mich für einen kranken Trottel gehalten hast, den man benutzen kann, wie es einem passt.

Du hast vergessen, dass die Stiftung auf meinen Namen laufen musste, da du als Mitglied der Gesellschaft Jesu keinen Besitz haben durftest. Somit bestimme ich als Gründer der Stiftung, Vorsitzender des Aufsichtsrates und als zurzeit ältester noch lebender Este als alleinige Erbin des gesamten Vermögens Fräulein Lisa Solvay.‹«

Lukas klappte die Akte zu.

Der Graf saß aufrecht und stierte mit versteinertem Gesicht irgendwohin.

»Ob die Aussage Ihres Bruders strafrechtliche Konsequenzen für Sie haben wird, muss die Staatsanwaltschaft entscheiden.«

Simonte klatschte sich auf die Schenkel und brach in freudiges Gelächter aus.

»So sieht also der große, geheimnisvolle Drahtzieher aus. Ich fasse es nicht. Unser Pater Lutz, dieses Schlitzohr …«

»Moment«, unterbrach Dr. Lukas seine Freudenausbrüche, »Moment, es gibt noch ein Problem. Aber dazu brauchen wir Sie, Dr. Simonte, nicht mehr.«

Simonte sprang auf, breitete die Arme aus und unterdrückte mühsam das Lachen.

»Ach, komm, Lukas, alter Freund. Das kannst du mir doch

nicht antun. Jetzt, wo es so spannend ist. Lass mich hier bleiben.«

Die drei Männer steckten die Köpfe zusammen.

»Von uns aus. Ist sowieso nur eine Formalität.«

Simonte setzte sich wieder. Sein Gesicht verriet die Genugtuung darüber, dass der Münsterplatz nun zu seinen Füßen lag. Lisa würde ihm bis zu ihrer Volljährigkeit keine Probleme bereiten, wenn es ihr denn überhaupt jemals in den Sinn kommen würde.

»Für das Protokoll«, fuhr Dr. Lukas fort, ohne eine Regung über den Freudenausbruch seines Freundes gezeigt zu haben. »Die Erbin Lisa Solvay ist minderjährig und Vollwaise. Das zuständige Gericht wird ihr einen Vormund zuweisen. So lange wird das Mädchen dem Jesuitenstift in St. Blasien zur Obhut übergeben.«

»St. Blasien?«, flüsterte ich dem Grafen zu, der immer noch keinerlei Regung zeigte. »War sie schon die ganze Zeit dort?«

»Ja. Halten Sie das Maul«, brummte er kaum hörbar zurück.

Simonte fuchtelte wieder mit den Armen und sprang auf.

»Lisa ist keine Vollwaise. Sie hat einen Vater ...«

»So?«, hob Matthis die Augenbrauen beim Zusammenpacken seiner Unterlagen. »Und wer sollte das sein?«

»Ich«, triumphierte Simonte.

Die drei Herren sahen sich kurz an und nahmen wieder Platz.

»Und das können Sie auch beweisen?« Matthis packte seine Mappen wieder aus.

»Natürlich. Ich habe einen DNA-Test machen lassen.«

Ich erinnerte mich an Eibels Aussage, dass er sich dagegen gewehrt hatte, als Gerda von ihm Unterhalt gefordert hatte.

»Und der beweist, dass Sie Lisas Vater sind? Wie wollen Sie das feststellen, dass dann Lisa Ihre Tochter ist. Dazu brauchen Sie den Test des Kindes.«

»Den habe ich«, strahlte Simonte und sah dabei wie ein Kind vor dem Auspacken der Geschenke unter dem Weihnachtsbaum aus. Aus dem eiskalten Geschäftsmann war plötzlich ein habgieriger Junge geworden, dem das Schicksal noch mehr Macht in die Hände spielte.

Lukas und Matthis schauten sich an, und der Graf kniff mir in den Oberschenkel.

»Woher haben Sie den Test des Kindes? Wir können uns nicht vorstellen, dass Sie das Kind so ohne Weiteres dazu bringen konnten, sich ohne Wissen seiner Mutter einem Test zu unterziehen.«

»Gerda – ich meine: Frau Solvay – hat ihn mir gegeben, damit wir uns über einen angemessenen Unterhalt für Mutter und Kind einigen konnten.«

Seine Stimme klang schon weniger überschwänglich, und ich hatte das Gefühl, dass es ihm leidtat, sich so früh als Vater zu erkennen gegeben zu haben.

Matthis nickte. »Na gut. Stellen wir das mal zurück. Mein Kollege ...«, er deutete auf den Mann links von Lukas, der bisher noch kein Wort gesprochen hatte, »möchte Sie dazu etwas fragen.«

»Danke, Signore. Ich bin Generalstaatsanwalt Giovanni Alegri aus Rom, und mein Kollege Oberstaatsanwalt Matthis war so freundlich, mich einzuladen. Sagen Sie, Dottore Simonte, wann und wo soll das Kind gezeugt worden sein?«

Simontes Gesicht verlor seine kindlichen Züge und wechselte zur unverbindlich süffisant lächelnden Maske, die ich an ihm hasste.

»Was soll das hier werden? Eine Gerichtsverhandlung? Nein meine Herren. Schicken Sie mir eine Vorladung. Diese Fragerei ist nicht statthaft.«

Er knöpfte seine Jacke zu und schickte sich an, den Raum zu verlassen.

»Dr. Simonte. Meinen Sie vielleicht diesen Test?«, rief Matthis hinter ihm her, bevor die Tür ins Schloss fiel.

Der Graf saß wie ein leibhaftiger Pater im Beichtstuhl neben mir. Die Hände über dem Bauch gefaltet. Die Augen geschlossen. Den Kopf auf die Brust gesenkt. Nur seine arbeitenden Kaumuskeln verrieten, dass er nicht schlief.

Mir fiel plötzlich ein, dass ich ja schon wieder ohne ein Dach über dem Kopf dastand. Meines Wissens hatte Frau Gerster keine Vertretung. Wer kümmerte sich jetzt um den Gasthof? Ich hatte zwar einen Schlüssel. Aber in einer menschenleeren Pension wollte ich auch nicht bleiben. Schon gar nicht ohne Abendessen und Frühstück.

Ich entschloss mich, nach dem ermüdenden Geplänkel hier meine Sachen zu packen und den Nachtzug nach Hause zu nehmen.

Die Tür schlug zu, und ein kampfbereiter Simonte stürmte zum Richtertisch.

Matthis wedelte mit einem Blatt Papier. »Meinen Sie etwa diese Analyse?«

Er hielt Simonte das Blatt mit zwei Händen hin, um es wieder in der Mappe verschwinden zu lassen.

»Die Hausdurchsuchung bei mir!«, stöhnte der und suchte sich einen nächstgelegenen Stuhl.

»Ja, die Hausdurchsuchung hat es ans Licht gefördert«, wiederholte Matthis.

»Dr. Simonte! Wir beide haben jetzt ein Problem miteinander. Ich klage Sie wegen Einbruchs in der Wohnung von Frau Solvay zwecks Erlangung dieses Dokumentes an. Es gibt einen Augenzeugen, der Sie beobachtet hat, wie Sie in die Wohnung eingedrungen sind und eine Verwüstung hinterlassen haben. Damit würden

Sie als vorbestraft gelten, und dann wäre jeder weitere Versuch, als Vater und gesetzlicher Vertreter von Lisa ein gewaltiges Vermögen zu managen, zwecklos. Das wäre die eine Lösung.«

Simonte war kurz davor, seine Fassung zu verlieren. Hektisch fuchtelte er mit den Armen und rang nach Worten.

»Was wäre die andere?«, drang die Frage widerstrebend aus ihm.

»Ich verhafte Sie wegen des Mordes an Frau Gerda Solvay.«

Einen Moment herrschte absolute Stille im Raum. Der Graf öffnete die Augen, um zu sehen, warum sich nichts tat, und ich entschloss mich, doch nicht den Nachtzug zu nehmen.

Simonte sprang auf und zündete sich eine Zigarette an. Mit langen Schritten durchquerte er den Raum von der Wand zum Fenster und zurück.

»Nein. So nicht«, stieß er in Höhe Alegris aus. »Das war ich nicht. Was sollte ich für ein Motiv haben? Ich sage jetzt kein Wort mehr.«

Er öffnete ein Fenster und warf die Zigarette hinaus, um sich gleich eine neue anzuzünden.

»Sie bleiben am besten gleich da stehen«, wies ihn Lukas zurecht. »Hier ist nämlich Rauchen verboten.«

Der italienische Staatsanwalt schlug seine Unterlagen auf und erhob sich.

»Dottore Simonte. Erlauben Sie mir, Ihnen Ihr Motiv zu erläutern.«

Er trat mit der Mappe, die er wie ein aufgeschlagenes Gebetbuch in der linken Hand hielt, hinter dem Richtertisch hervor.

Jedes seiner folgenden Worte begleitete er mit dem Zeigefinger seiner rechten Hand, den er wie einen Taktstock auf und ab schwingen ließ.

»Signorina Solvay hatte vom ersten August 1990 bis zum dreißigsten November 1990 eine Stelle in der Firma Ihres Schwiegervaters in Rom. Wenn ich Lisas Alter berücksichtige, dann ist sie in dieser Zeit gezeugt worden. Die Vaterschaftsanalyse dürfte das bestätigen. Nun waren Sie aber in dieser Zeit bereits mit der Tochter des Inhabers verheiratet und hatten mit ihr eine gemeinsame Tochter von zehn Jahren.«

Simonte lehnte sich aus dem Fenster und drehte allen den Rücken zu.

»Ihre Frau«, fuhr Alegri fort, »kam dahinter. Sie drohte Ihnen mit der Öffentlichkeit, was Ihre Karriere sofort zerstört hätte. Nun gab es zwei Möglichkeiten: Entweder Sie verschwanden oder Ihre Frau. So kam es zu diesem tragischen Segelunfall, bei dem bedauerlicherweise auch Ihre Tochter dran glauben musste.«

Simonte drehte sich um. »Das sind doch alles unhaltbare Behauptungen«, wütete er. »Diesen Mist höre ich mir nicht länger an. Es war ein Unfall. Ich habe nichts damit zu tun.«

Alegri hielt ihm ein Papier vor das Gesicht.

»Ich denke, dass Sie noch Ihrer Muttersprache mächtig sind. Hier ist das Testament Ihres verstorbenen Schwiegervaters, der das alles behauptet.«

Simonte lockerte seine Krawatte und löste die oberen Hemdenknöpfe.

»Ich will Ihnen sagen, wie das alles abgelaufen ist«, hakte Matthis ein. »Sie hatten immer noch gute Verbindungen zur Stadt hier, wo Sie mal studiert hatten. Damals lernten Sie den Erzbischof kennen. Er war seinerzeit noch nicht Erzbischof, sondern nur Prälat, aber Verbindungsmann zwischen dem Erzbistum und der Vatikanbank. Gut zu gebrauchen für alles, was nicht an die Öffentlichkeit durfte. Eine Hand wusch die andere, und Sie erzählten ihm von Ihrer Misere. Er versprach das Problem zu lösen, wenn Sie ihm auch einen Gefallen taten.

Nun, er wurde als Anwärter auf das vakante Amt als Erzbischof gehandelt, und Sie sollten Ihren Einfluss für ihn geltend machen.

Danach sollten Sie unter dem Dach der Sparkasse, in dessen Vorstand Sie inzwischen berufen worden waren, alles um das Münster herum aufkaufen. Die Erlöse wollten Sie sich teilen. Und so geschah es dann auch, wie die Unterlagen aus Ihrem Büro belegen«, ergänzte Matthis.

Simonte sagte immer noch nichts, aber man merkte, dass es in ihm brodelte.

»Und was hat der Erzbischof Ihnen angeboten?«, versuchte Matthis seinen Faden weiterzuspinnen. »Eine Annullierung der Ehe? Nein, damit wäre Ihnen nicht geholfen gewesen. Eine kleine Hilfe bei der Manipulation eines Segelbootes?«

»Damit hat der Erzbischof nichts zu tun«, fauchte Simonte. »Genauso wenig wie ich. Das war sein Bluthund, Wolter.«

Alegri klappte die Mappe zu. »Das war's, was ich wissen wollte.«

Es folgte die Bestätigung dessen, was ich schon vermutet hatte.

Der Sparkassendirektor kam den beiden mit seiner eigenen Vorstellung von der Vermarktung des Münsterplatzes in die Quere. Auch hier wusch Simonte seine Finger in Unschuld. Mit dem Tod des Bankers wollte er nichts zu tun haben, wie überhaupt mit keinem Tod von irgendjemandem. Von nun an verweigerte er jede Aussage.

Er blickte wieder zum Fenster hinaus und drehte uns beharrlich den Rücken zu.

»Na schön«, beendete Matthis das Gespräch. »Dr. Simonte, Sie sind vorläufig festgenommen.«

34

Der Graf schaute mich von der Seite an und legte die Stirn in Falten. »Sie sehen nicht aus, als sei das eine tolle Story für Sie. Ist doch alles prima gelaufen.«

»Für wen?«

Irgendetwas störte mich. Ich konnte nicht sagen, was, aber mein Kobold saß im Glockenturm und läutete Sturm. Das ganze Szenario hatte unwirklich und inszeniert auf mich gewirkt.

»Kommen Sie«, hakte sich der Graf bei mir unter. »Wir holen Ihre Sachen aus der Pension. Da können Sie nicht mehr bleiben. Seien Sie ein paar Tage mein Gast.«

Er zog mich gerade aus der Tür, als Oberstaatsanwalt Matthis hinterherrief: »Pater Lutz, halt ...«

Der Graf verstärkte seinen Druck auf meinen Arm und schob mich die Treppe zum Ausgang hinunter.

»Graf Este«, tönte es vom Treppenabsatz.

»Was ist denn noch?«, drehte er sich um. »Ich habe jetzt Hunger und Durst und noch mit meinem Freund hier zu reden.«

Matthis kam die Stufen herabgesprungen.

»Ich wollte mich noch für die Zusammenarbeit bedanken. Hätte für Sie nicht besser laufen können ... diesen Simonte kriege ich auch noch irgendwie. Der Banker und Frau Solvay weisen ähnliche Todesmerkmale auf. Es ist die Handschrift eines Mörders, der sich irgendwann verraten wird. Auf jeden Fall kann ich jetzt verhindern, dass dieser Winkeladvokat weiterhin als unbescholtener Bürger durchgeht.«

Er klopfte dem Grafen auf die Schulter und wünschte uns einen schönen Abend.

Orchus wartete am Wagen und hielt uns die Tür auf.

»Schauen Sie nicht so vorwurfsvoll fragend«, knurrte mich der Graf an, »Sie sehen wie ein beleidigter Basset aus, dem man die Futterdose nicht aufgemacht hat. Werd's Ihnen noch erklären. Los, Orchus, zur Pension Gerster, und dann nichts wie weg hier.«

Wir hatten die Stadtgrenze von Colmar passiert und fuhren nach Norden.

»Erinnern Sie sich noch, was ich Ihnen mal dringend angeraten habe«, eröffnete der Graf das Gespräch, nachdem er seither keinen Laut mehr von sich gegeben hatte.

»Nein. Sie haben so viel wirres Zeug von sich gegeben, dass das bei mir durch die Zensur gefallen ist.«

Er schmunzelte und ließ sich von Orchus das Zigarrenetui reichen.

»Rauchen wir auf den Frieden?« Er hielt mir eine Zigarre hin. »Den Cognac gibt's nachher ... und als Belohnung eine Überraschung.«

»Belohnung? Für was?«

»Dass Sie so schön brav stillgehalten und mitgespielt haben. So wie ich es Ihnen geraten hatte.«

»Kunststück, wenn ich laufend entführt und mundtot gemacht werde«, murrte ich ungehalten.

»Na, na. Dafür haben Sie jetzt zwei exklusive Storys, die Sie in Ihrem Verlag ganz nach oben bringen werden. Aber Scherz beiseite. Sie gehörten zu meinem Plan, und da konnte ich Sie Hitzkopf nicht tun lassen, was Sie wollten.«

Er öffnete das Fenster einen Spalt, um unseren Qualm aus dem Wagen zu lassen.

»Mein Name ist Bond. James Bond.«

Er wartete auf eine Reaktion von mir und versuchte mit aufgeblasenen Backen ein Lachen zu unterdrücken, konnte aber nicht lange widerstehen und prustete los. Auch Orchus sah ich das erste Mal seinen Mund zu einem Grinsen verziehen.

Nachdem er sich die Tränen aus den Augen gewischt hatte und wieder zu Atem gekommen war, versuchte er wieder sein Brummbärgesicht aufzusetzen.

»Im Ernst. Ich bin Agent des Heiligen Stuhls und weltweit hinter schwarzen Schafen in den Führungsebenen der Kirche her. Dieses Mal war es der Erzbischof, den wir schon seit Jahren im Verdacht hatten, krumme Geschäfte zu machen. Wir konnten ihm aber nichts beweisen, da er sich geschickt immer hinter jemand versteckte. Und das war Simonte. Da ein Erzbischof so etwas wie diplomatische Immunität genießt, konnten wir nur über Simonte an ihn ran. Den Rest haben Sie heute erlebt.«

Ich war mir nicht klar, ob ich das glauben konnte. Aber mein Kobold schwieg.

»Das war also heute eine Inszenierung?«, fragte ich misstrauisch.

Er nickte. »Genau. Die Staatsanwaltschaft kam mit den Morden nicht weiter und ich nicht mit dem Erzbischof. Also haben wir das Testament meines Bruders etwas verändert. Wie Sie gesehen haben, hat es perfekt funktioniert. Es ist nur eine Frage der Zeit, wann Matthis Simonte geknackt hat. Für mich ist nur wichtig, dass der über Lisa keinen Zugriff auf mein Vermögen bekommt.«

»Zugriff auf Ihr Vermögen? Testament verändert? Wie soll ich das verstehen, und wer sind Sie nun wirklich? Ein gräflicher Priester, ein priesterlicher Graf oder ein dubioser Agent?«

»Stimmt alles«, sagte Orchus und beobachtete mich im Rückspiegel.

»Orchus, bring unseren Gast nicht aus dem Konzept. Schau lieber auf die Straße«, tadelte der Mann neben mir seinen Fahrer in mildem Ton.

»Ich bin sowohl Graf Este als auch Pater Lutz. Je nach Einsatzgebiet. Die Einrichtung des kirchlichen Agenten gibt es schon seit der Inquisition. Dazu nimmt man gerne Brüder aus meinem Orden. Ich sagte ja, dass wir schon immer die Feuerwehr des Glaubens waren ... Zum Testament: Das Original tauchte mit anonymer Post kurz nach Erscheinen Ihres Artikels auf. Keine Ahnung, wer es entwendet haben könnte. Das ist das, was mir noch ein wenig Kopfzerbrechen macht ... Die Testamentseröffnung war bereits vor vier Tagen, sodass ich wusste, was mein Bruder verfügt hatte. Lisa ist tatsächlich die Erbin, allerdings mit der Einschränkung, dass ich, solange ich lebe, immer eine Stimme in allen Gremien der Stiftung mehr haben werde als sie. Sie erhält genug Geld, um sich die beste Ausbildung und einen angemessenen Lebensstandard leisten zu können. Das Problem ist nur, sie braucht bis zur Volljährigkeit tatsächlich einen Vormund.«

Der Pater, mir lag dieser Adelstitel nicht, hatte seine Ausführung so schnell heruntergerasselt, dass ich Mühe hatte, seiner Logik zu folgen.

Ich versuchte die Informationen auf die Reihe zu bekommen. »Die Anschuldigungen im Testament von heute ...«.

»... waren etwas konstruiert, was mich anbetraf. Der Rest stimmte«, vollendete er den Satz.

»Simonte ist zu schlau, um selbst einen Mord in Auftrag zu geben«, fuhr er fort. »Da wird ihn Matthis auch schwer packen können. Daher hatten wir nur die sehr geringe Chance, ihn mit seiner Habgier aufs Eis zu locken. Hätte er sich nicht als Vater von Lisa geoutet, hätten wir ihn mit dem Test des Kindes nicht unter Druck setzen können. Gerda hatte das Verschwinden des Dokuments nach dem Einbruch bemerkt und war deshalb in Panik geraten. Ich weiß nicht, was sie angestellt hat. Vielleicht hat sie versucht, ihn mit dem Tod seiner Frau zu erpressen, sodass er sie aus dem Verkehr ziehen musste.«

Er hielt mir einen Flachmann hin. »Wollen Sie einen Schluck? Whisky. Ich muss mich langsam auf mein neues Einsatzgebiet und seine Eigenheiten vorbereiten.«

Orchus ließ den Wagen vor dem Haupteingang des Schlösschens ausrollen, in dem Margot und ich vor Tagen, wie sich Lutz ausgedrückt hatte, »in Klausur« gewesen waren.

»Gerd ...«, hallte ein einziger Schrei durch das Treppenhaus. Lisa stürzte sich mit wehenden Haaren auf mich. Sie drückte ihren Kopf an meine Brust und löste sich förmlich in einem Weinkrampf auf. »Mami ist tot ...«, wiederholte sie, bis ihre Kräfte nachließen und ich nur noch ein lebloses Bündel Kind in den Armen hielt.

Lutz stand verlegen herum und kraulte sich seinen nicht vorhandenen Bart.

»Los, Orchus. Tun Sie was. Sie sind Tierarzt. Das kann ja nicht so weit vom menschlichen Organismus weg sein«, winkte er den Mönch herbei, der sich mein Gepäck unter die Arme geklemmt hatte, als gelte es, einen Gegner beim Catchen zu erdrosseln.

Er ließ alles fallen und nahm mir Lisa behutsam ab, die er wie ein rohes Ei die Treppe hinauftrug.

»Dich bekommt man wohl nur zu sehen, wenn man dich entführt«, kam es von oben.

Margot kam langsam die Stufen herunter. Ein weißer Hosenanzug stand in einem aufregenden Kontrast zu ihren offen getragenen Haaren.

Lutz murmelte etwas von »Bis später!« und entfernte sich.

»Dickschädel, verdammter! Warum hast du dich nicht mehr

gemeldet?«, flüsterte Margot und blieb auf der untersten Stufe stehen. »Na, was ist? Soll ich dich jetzt wie Lisa anspringen, oder willst du dich noch vorher entschuldigen?«

»Ersteres. Die gegenseitigen Entschuldigungen können wir später nachholen«, grinste ich und nahm sie in die Arme.

Es war ein schönes Gefühl, wie eine richtige Familie beim Abendessen an einem Tisch zu sitzen. Lisa hatte sich erholt. Orchus hatte auf unsere Frage, wie er das so schnell bewerkstelligt hatte, nur geantwortet: »Wie bei Katzen. Immer streicheln.«

»So ihr beiden Turteltäubchen«, begann Lutz, nachdem wir uns zu einer Flasche Cognac ins Kaminzimmer zurückgezogen hatten, »das Kind braucht Eltern und nicht irgendeinen habgierigen Vormund von Staatsseite. Werdet euch schnell einig, und ich traue euch persönlich im Münster. Das Fest und eure Hochzeitsreise mit Lisa sind mein Geschenk. Ihr braucht auch vorher nicht zu beichten. Wäre ja doch alles gelogen.«

Margot schaute zwischen dem Pater und mir hin und her. »Das muss ich mir noch überlegen. Ich glaube, der Typ ist vielleicht doch ein bisschen zu alt für mich. Und außerdem ... was ist mit Ihrem Vorhaben, den Münsterplatz wieder zu Ihrem Eigentum zu machen?«

Lutz lehnte sich zurück und blies Rauchkringel in die Luft.

»Eine sehr gute Frage. Aber nachdem ich, ohne das Zölibat zu verletzen, jetzt eine Erbin habe, hat das momentan keine Eile mehr. Wenn Lisa mal erwachsen ist, kann sie sich das Erbe am Münster ...«

»Nein ...!«, kam es wie aus einem Mund von Margot und mir.

»Das werden wir zu verhindern wissen. Margot, willst du meine Frau werden?«

Sie legte den Kopf auf die Seite und grinste.
»Unter einer Bedingung … du nimmst meinen Namen an. Wir können es Lisa nicht antun, Krzcywanowski zu heißen.«

Epilog

Frau Gerster erlitt während der Untersuchungshaft einen schweren Schlaganfall. Das Verfahren gegen sie wurde nicht eröffnet.

Der Erzbischof wurde innerhalb weniger Stunden abberufen und verschwand in den Weiten Südamerikas. Ein Verfahren gegen ihn wurde nicht eröffnet.

Wolter bestritt hartnäckig alle Vorwürfe. Er wurde nur aufgrund seiner Vorstrafen und Indizien zu fünf Jahren Haft verurteilt. Er starb an einer Vergiftung in der Vollzugsanstalt.

Frau Hofmann wurde aus Mangel an Beweisen freigesprochen. Sie lebt zurückgezogen auf Teneriffa.

Dr. Simonte wurde wegen Einbruchs und Vandalismus zu einer Bewährungsstrafe verurteilt. Er starb wenige Tage darauf auf die gleiche Weise wie der Banker und Gerda.

Die Verwaltung des Münsterplatzes übernahm die Stadt. Treuhänderisch, wie sich Pater Lutz augenzwinkernd dazu äußerte.

Er hatte sein Versprechen eingehalten. Keine Beichte vor der Trauung.

Seither benimmt er sich, als sei er der Vater von Lisa. Margot und ich haben ihm verboten, das Kind weiter so zu verwöhnen. Er untergräbt unsere Autorität.

Und ich werde in wenigen Stunden Vater eines Sohnes und höre nicht mehr auf meinen Kobold, der mir einreden will, dass es der seitdem spurlos verschwundene Enrico war, der das Testament entwendet und sich für den Mord an Gerda an Wolter und Simonte gerächt hat. Oder doch? Er war der Einzige, der Zugang zu Medikamenten hatte, Otto kannte und ein Motiv besaß.

Dieser verdammte Pater hatte alles inszeniert. Aber sollte ich ihm böse sein? Warum?

Danksagung

Dass dieser Roman zustande kam, habe ich ein paar lieben Menschen zu verdanken, vor denen ich mich verneige, da sie den einen oder anderen sehr wichtigen Beitrag geleistet haben:

Vorweg und *post mortem* bei Otto Graf Este, den es so wirklich gegeben hat.

Bei meiner Frau Ulla, die, wie immer, meine Launen bei der Recherche ertragen musste.

Bei meinem Chef-Kritiker Ludger Tüschen und bei meinem Lektor Dr. Helmut Pesch. Der nur noch kopfschüttelnd wiederholt: »Ich mache das schon. Dir stehen Formalien ohnehin nur im Weg herum.« Danke, Helmut …

Ein seltsamer Fund, eingemauert im Kölner Dom, und eine tödliche Rache

Hef Buthe
DAS ERBE DER LOGE
Roman
368 Seiten
ISBN 973-3-404-15599-6

Der Zufall fördert einen seltsamen Fund zutage: eine Munitionskiste aus der Nachkriegszeit, eingemauert in luftiger Höhe im Kölner Dom. Darin ein Beutel mit Rohdiamanten, ein Satz Tarotkarten, ein Buch in hebräischer Schrift mit einem Messingdreieck auf dem Einband und ein Bündel Soldbücher aus dem Zweiten Weltkrieg. Als dann ein Lokalpolitiker ermordet wird, bei dem mysteriöserweise eine dieser Spielkarten auftaucht, wittert der Reporter Peter Stösser die Story seines Lebens. Doch als er bei der Rückkehr in seine Wohnung eine Tüte vor der Tür findet, in der ein Hahn mit abgeschnittenem Kopf vor sich hinblutet, wird ihm langsam unheimlich zumute …

Bastei Lübbe Taschenbuch